크리스타 T.에 대한 추억

크리스타 T.에 대한 추억
Nachdenken über Christa T.

Nachdenken über Christa T. by Christa Wolf
First publication by Mitteldeutscher Verlag, Halle, 1968
© Suhrkamp Verlag Frankfurt am Main 2007
All rights reserved by and controlled through Suhrkamp Verlag Berlin.
Korean Translation © 2025 by Marco Polo Press, Sejong
이 책의 한국어판 저작권은 Suhrkamp Verlag AG와의 독점계약으로 마르코폴로 출판사에 있습니다. 저작권법에 따라 한국 내에서 보호를 받는 저작물이므로 무단 전재와 복제를 금합니다.

Nachdenken über Christa T.

크리스타 T.에 대한 추억

크리스타 볼프 지음 | 양혜영 옮김

마르코폴로

| 일러두기 |

1. 이 책은 Christa Wolf의 Nachdenken über Christa T.(Mitteldeutschen Verlag, Halle 1968/Suhrkamp Verlag, Frankfurt am Main 2007)를 우리말로 옮긴 것이다.
2. 모든 주는 옮긴이의 것이다.

차례

[프롤로그] ······· 9
[1] ························· 15
[2] ························· 33
[3] ························· 47
[4] ························· 65
[5] ························· 85
[6] ························· 103
[7] ························· 115
[8] ························· 135
[9] ························· 151
[10] ······················ 165
[11] ······················ 181
[12] ······················ 193
[13] ······················ 219
[14] ······················ 233
[15] ······················ 249
[16] ······················ 265
[17] ······················ 285
[18] ······················ 305
[19] ······················ 323
[20] ······················ 337

크리스타 T.는 소설 속 가상 인물이다. 그녀의 일기와 문장과 편지에서 인용한 일부 내용은 실제로 존재한다. 나는 세부 사항까지 정확하게 표현할 의무가 없다고 생각한다. 주변 인물이나 여러 상황은 허구다. 실제 인물과 사건이 이와 비슷하다고 여겨진다면 그건 단지 우연일 뿐이다.

―크리스타 볼프

인간이 자기 자신으로 회귀한다는 것, 그것은 무엇인가?

―요하네스 R. 베허 *Johannes R. Becher*

생각한다는 것, 그녀를 회상한다는 것은 자기 자신이 되기 위한 노력에 대해 생각하는 것을 의미한다. 이 말은 우리에게 남겨진 일기장에, 발견된 낱장의 원고들에, 내가 알고 있는 편지의 글 속에 나온 내용이다. 그녀의 편지는 내가 크리스타 T.에 대한 추억을 이제는 잊어야 한다고 일깨워 준다. 추억의 빛깔은 사람을 속인다.

그럼 우리는 그녀를 잃어버렸다고 여겨야 할까?

그녀가 사라져 가는 것 같다. 그녀는 마을 묘지 보리수나무 두 그루 사이에 죽은 자들과 함께 누워 있다. 그녀는 그곳에서 무엇을 하는 걸까? 그녀 위로 흙이 일 미터는 덮여 있고, 그 위로 메클렌부르크 하늘이 펼쳐져 있고, 봄에는 종달새가 지저귀고, 여름에는 천둥 번개가 치고, 가을에는 폭풍이 몰아치고, 겨울에는 눈이 내린다. 그녀가 사라져 가고 있다. 불평을 듣는 귀도, 눈물을 바라보는 눈망울도, 비난에 대답할 입술도 없다. 불평과 눈물과 비난만이 헛되이 남아 있다. 영원히 버림받은 우리는 추억이라 불리는 망각 속에서 위안을 찾는다.

하지만 우리는 사라지는 기억 앞에서 그녀를 보호해서는 안 된다고 다짐한다. 기억이 사라지기 전이라고 말해야 할 것 같지만, 이는 변명일 뿐이다. 그녀가 자기 자신을, 우리를, 하늘과 땅과 비와 눈을 잊어버리고 있거나 이미 잊고도 남았기 때문이다. 하지만 내 눈에는 그녀가 생생하게 보인다. 더욱 걱정스럽게도, 나는 내 마음대로 그녀를 생각할 수 있다. 살아 있는 다른 사람보다 더 쉽게 이곳으로 그녀를 불러낼 수 있다. 내가 원한다면 그녀는 움직인다. 그녀는 아무런 거리낌 없이 내 앞에서 달린다. 그렇다. 그녀는 넓은 보폭으로 성큼성큼 걷다가 제멋대로 비틀거리며 걷는다. 저기 바닷가에 그녀가 잡으려 했던 붉고도 하얀 커다란 공이 있다. 내가 듣는 것은 유령의 목소리가 아니다. 의심할 여지 없이 그녀, 크리스타 T.의 목소리다. 마음속 의심을 진정시키며 나는 그녀의 이름까지 부른다. 그리고 이제 그녀 목소리라는 것을 확신한다. 하지만 나는 언제나 알고 있었다. 도시와 풍경과 일상의 공간에서 실제로 빛에 노출된 환영의 필름이 돌아가고 있다는 것을. 이럴 수가, 이럴 수 있을까. 무엇 때문에 나는 이토록 불안한 걸까?

이 불안감은 무척이나 낯설다. 마치 그녀가 다시 죽을 것 같아서, 또는 내가 중요한 무언가를 놓친 것 같아서 그렇다. 나는 처음으로 내 마음속에 그녀가 아주 오랫동안 변치 않은 채 그대로 있고 이제는 어떤 변화도 기대할 수 없다는 사실을 깨닫는다. 세상 누구도 그녀의 헝클어진 검은 머리를 내 머리처럼 잿빛으로 만들 수 없다. 그녀의 눈가에는 결코 새로운 주름이 생기지 않는다. 그녀는 나이 들었지만, 젊어 보인다. 서른다섯인데도 너무나 어려 보인다.

그때야 이별임을 인식했다. 환영의 필름은 여전히 돌아가고, 변함없이 필름이 풀어진다. 하지만 이제 빛을 비추어 줄 수 있는 장면이 남아 있지 않다. 끊겨버린 마지막 장면이 갑자기 튀어나와 그 장면에서 돌고 돌자, 영사기는 멈추고 필름은 거기에 매달린 채 가벼운 바람에 조금씩 흔들린다.

여전히 불안하다.

그녀는 정말 거의 죽을 뻔했다. 하지만 그녀는 살아남아 머물러야 한다. 이제, 그녀를 계속 생각하고 그녀를 살게 해서 모든 사람처럼 그녀도 나이 들게 해야한다. 소홀했던 슬픔과 정확하지 않은 기억과 모호하게 알고 있던 사실로 기억이 희미해질 수도 있다. 그녀는 자기 뜻대로 그렇게 가버렸다. 이 또한 그녀의 모습이다. 마지막 순간이 되어서야 그녀의 존재에 대해 회상할 생각을 했다.

여기에는 분명 강압적인 요소가 다분히 있다. 그렇다면 누구를 강요하는 걸까? 그녀를? 무슨 이유로? 여기 제발 머물라고? 그 핑계거리들은 남겨두기로 하자.

아니다. 그녀 스스로 자기 존재를 드러내는 것이다.

우리가 그녀를 위해 이렇게 한다고 가장하지 말자. 확실히 그녀는 우리가 필요하지 않다. 그러니 분명히 말해두자면, 이 일은 우리를 위한 것이고, 우리에게 필요하다. 그녀에게 보낸 마지막 편지에서 그 편지가 마지막일지도 모른다고 생각했지만, 마지막 편지를 어떻게 써야 하는지 아무도 알려 주지 않아 떠나고 싶어 하거나, 떠나야 하는 그녀를 책망하는 것 말고는 달리 무엇을 해야 할지 몰랐다. 아마 나는 멀어져가는

[프롤로그] 크리스타 T.에 대한 추억

그녀를 막으려 어떤 방법을 찾고 있었을 거다. 그때 나는 그녀에게 우리가 처음 알게 된 순간을 떠올렸다. 우리의 첫 만남을. 그녀가 그 순간을 알아차렸는지 아니면 내가 그녀의 삶 속으로 뛰어 들어갔는지 알 수는 없다. 우리는 거기에 대해 한 번도 이야기한 적이 없었다.

1

그녀가 입으로 나팔 소리를 내는 걸 본 날이었다. 그때는 그녀가 우리 반에 들어온 지 몇 달이 지나서였다. 나는 이미 그녀의 길쭉한 팔과 다리, 어색한 걸음걸이, 목덜미까지 내려온 다듬지 않은 머리카락, 어둡고 다소 거친 목소리와 가볍게 혀 짧은 소리를 내는 특징을 알고 있었다.

그녀가 우리를 만나러 온 첫날 아침에 나는 이 모든 걸 바로 알아챘다. 이를 다르게 표현하고 싶지 않다. 그녀는 제일 마지막 줄에 앉아 우리를 알고 싶어 하는 열의를 보이지 않았다. 어떤 열정도 보이지 않았다. 대신 그녀는 책상에 앉아서 열의도 열정도 없는 똑같은 눈빛으로 선생님을 바라봤다. 상상이 가는가. 눈빛에 흥미라고는 찾아볼 수 없었다. 그렇다고 눈빛이 불손하지는 않았다. 아마 그녀의 눈빛은 우리가 선생님에게 당연히 집중하는 눈빛과 달라서 그렇게 보였을지도 모르겠다. 그녀는 그런 눈빛에 의존해 살았으며 지금까지 그렇다고 나는 믿고 있다.

우리 반에 온 것을 환영한다. 새로 온 학생 이름이 뭐지?

그녀는 일어서지 않고 쉰 목소리로 가볍게 속삭이듯 이름을 말했다. 크리스타 T.입니다.

선생님이 반말로 말했다고 그녀가 눈썹을 추켜세웠다는 게 말이 되는가? 들켰다면 바로 한소리 듣고도 남았을 것이다.

어디서 왔지, 새로운 전학생은? 폭격당한 루르 지방이나 파괴된 베를린에서 온 게 아니라고? 세상에! 프리데베르크에 있는 아이히홀츠라니.

우리 반 학생 서른 명은 머릿속으로 드문드문 지나가는 간선 기차를 타고 떠나고 있었다. 체호프, 찬토흐, 차친, 그리고 프리데베르크. 우리는 몹시 당황했다. 이는 당연했다. 이곳에서 오십 킬로미터도 떨어지지 않은 작은 마을 학교 선생의 집에서 기어 나와 저런 눈빛을 하다니, 누군가가 연기를 내뿜는 스물네 개 광산 굴뚝을 뒤로하고 왔다던가, 적어도 슐레지엔 시골 기차역과 쿠르퓌르슈텐담 거리라도 지나온 거면 몰라도… 말이다. 전나무들과 금잔화와 히드 냄새로 싫증날 정도로 똑같은 여름의 향기를 맡으며, 도드라진 광대와 갈색 피부를 가지고 있으면서 저런 태도라고?

어떻게 생각해야 할까?

아무 생각도, 아무것도 하지 말아야지. 나는 정말로 아무 생각 없이 지루해서 창밖을 내다보았다. 내게 관심을 쏟는 아이라면 누구라도 알아차렸을 거다. 체육 선생님이 피구장 영역이 지워지지 않게 깃대를 세워 표시하는 것이 눈에 들어왔다. 그걸 구경하는 게 새로운 전학생이 선생님을 어떻게 대하는지 보는 것보다 훨씬 나았다. 그녀가 얼마나 끈기 있게 대화를 이끌어가는지 놀라웠다. 따져 묻는 말에 유쾌하게 대답했고, 무슨 이야기를 할지도 결정했다. 나는 내 귀를 믿을 수 없었다. 그들은 숲에 관해 이야기하고 있었다. 운동장에서 게임의 시작을 알리는 호루라기가 울렸지만, 나는 고개를 돌려 새로운 전학생을 뚫어져라 봤다. 좋아하는 과목이 무엇이냐는 질문에 그녀는 숲에 가는 걸 가장 좋아한다고 대답했다. 선생님의 목소리는 모든 걸 포기했다는 듯이 들렸고, 지금껏 우리는 그런 모습을 본 적이 없었다.

배신의 기운이 감돌았다. 하지만 누가 배신하고 누가 배신당하겠는가?

우리 반 학생들은 언제나 그렇듯 숲을 사랑하는 새로운 전학생, 크리스타 T.를 반갑게 맞이했다.

나는 입술에 힘을 주고 입꼬리를 아래로 내렸다.

싫어. 친하게 지내지 않을 거야. 친구로 받아주지도 않을 거고, 무시해 버릴 거야.

우리 반 친구들이 왜 나에게 전학생 소식을 알려 주었는지 이유를 말하기 어려웠다. 나는 무슨 말을 하든 다 들어주고 나서 그래서 어쩌라는 거냐고 대답했다. 그녀는 중학교에서 전학을 왔는데, 유급으로 한 학년을 반복해야 했고 그래서 우리보다 한 살이 더 많고 "여관에서" 지내면서 주말에만 집으로 간다고 전했다. 아, 그렇구나. 집에서는 그녀를 크리샨이라고 부른다고 했다. 크리샨이라고? 그러고 보니 그 이름과 참 잘 어울렸다.

크리샨.

그 후로 나는 그녀를 그렇게 불렀다.

그런데 그녀는 우리 반에 어울리려고 애쓰지 않았다. 좋게 지내려거나, 불편하게 지내려거나 그 어느 쪽도 아니었다. 아무 상관 하지 않았다. 우리는 그녀에게 "지나친" 관심을 두지 않았다. 우리는 그때 막 그 단어를 사용하기 시작했다. 지나치게 예의 바른 것도 아니야. 그렇지? 나는 허공에 대고 말했다. 그래서, 뭐 어떻다고?

새로운 전학생 말이야, 터무니없이 오만하고 정신이 나간 것 같아.

사실 그녀는 우리가 필요하지 않았다. 그녀는 학교에 오갈 뿐이었고, 자신에 대해 하는 말을 듣지도 않았다.

나는 그때 이미 그녀에 대해 거의 모든 것을 알고 있었다. 거의 모든 것이 아니라도 그녀에 대해 알려진 사항은 충분히 알고 있었다.

공습경보가 점점 길어졌고 깃발 게양과 함께 울리는 소집 나팔 소리는 차츰 우울해지면서 힘이 빠져나갔다. 우리는 아무것도 알아챌 수 없었다. 게다가 다시 11월이었다. 어쨌든 어느 11월의 흐린 날이었다. 한 줌의 지혜로움조차 없이 아무것도 모르고 있었다. 우리는 무리를 지어 도시를 돌아다녔다. 공습경보가 해제되었을 때, 학교로 돌아가기엔 너무 늦었고 집으로 돌아가기엔 너무 일러서 당황스러웠다. 학교 공부는 벌써 오래전부터 중요하지 않았다. 태양도 빛나지 않았다. 군인과 전쟁미망인과 공군 보조병 사이에서 우리는 무엇을 찾을 수 있었을까? 시립 공원을 찾아갔지만, 사슴 목장은 언제나 그렇듯 울타리로 둘러 있어 사슴은 볼 수 없었고, 스케이트도 더는 탈 수 없었다.

누가 그것을 말해 주었나? 아무도 말해 주지 않았다. 도대체 우리는 무엇을 보고 있었던가?

괜찮다. 늦게까지 잠을 자지 않는 사람은 유령을 보거나 그런 소리를 듣기 마련이다.

오후에 상영하는 영화 〈황금도시〉는 평소대로 청소년 관람 불가다. 우리는 시빌레에게 머리를 올리고 엄마의 하이힐을 신고 붉은 입술을 더 붉게 칠하라고 부탁했다. 그녀는 간신히 열여덟 살 정도로 보였고 우리는 그녀 뒤를 따라 좌석 안내원 앞을 지나갈 수 있었다. 시빌레는 잘했다는 말을 듣기 원했고 우리는 그렇게 듣기 좋은 말을 해 주었다. 우리는 그녀에게 입발림 소리를 했다. 하지만 우리와 함께 있으면서도 없는 것 같은 새로운 전학생 크리스타 T.에게는 아무도 관심을 기울이지 않았다.

그즈음 그녀가 나팔 소리를 내기 시작했다. 아니 외쳤다고 해야 하나, 이걸 표현할 적절한 문구가 없다. 내가 보낸 마지막 편지에서 여기에 대해 기억을 떠올리게 하려 했다. 하지만 그녀는 어떤 편지도 더는 읽지 못했다. 그녀는 세상을 떠났다. 키가 큰 그녀는 언제나 홀쭉하게 말랐었다. 아이를 낳고 나서도, 죽을 때도 그랬다. 그녀는 우리보다 앞서 걸으며 고개를 높이 들고 경계석을 따라 걷다가 갑자기 신문지를 둘둘 말아 입에 대고 소리를 질렀다. '후하후' 이런 식이었다. 그녀는 자기만의 나팔을 불었다. 휴식을 취하던 방위지구사령부 상사와 부사관들은 머리를 흔들며 그녀를 돌아다봤다.

쟤도 사람 목소리를 낼 줄 아네? 그 아이가 어떤 아이인지, 너 지금 보고 있잖아. 한 여자애가 나에게 말했다.

나는 그때 다른 사람들처럼 입을 비죽거리며 그 광경을 바라봤지만 그렇게 웃어서는 안 된다는 걸 알고 있었다. 다른 사람들과 달리 나는 이 장면을 처음 본 게 아니기 때문이다. 언제 저런 모습으로 내 앞을 지나갔는지 기억을 더듬었지만, 과거에 이런 일이 절대 없었다는 걸 알아냈다. 그럴 줄 알았다. 내가 꼭 나팔 소리를 예상한 건 아니다. 그렇다면 거짓말일 것이다. 하지만 모르는 것은 눈에 보이지 않는다. 이건 이미 잘 알려진 사실 아닌가. 나는 그런 모습을 봤었을 것이고, 지금까지도 보고 있고, 이제야 비로소 똑바로 보고 있다. 멍청한 비웃음을 얼굴에서 지워내기까지 얼마나 오랜 시간이 걸렸는지, 그러려고 내가 어떤 대가를 치러야 했는지 짐작하겠는가. 그때 참을성이 부족했던 것에 대해 지금 나는 웃을 수 있다. 결코, 절대로, 다시는 시립 공원의 가장자리에 그렇게 서 있지 않겠다고 결심했다. 태양이 비치지 않던 날, 사슴 목장의 울타리 앞에서 누군가 소리 질렀고, 그 소리는 모든 것을 사라지게 했다. 찰나의 순간이었지만, 하늘이 높이 솟아올랐다가 다시 내 어깨 위로 내려앉는 듯한 느낌을 주었다.

어떻게 하면 그녀를 내 쪽으로 돌아보게 할 수 있을까? 그것이 문제였다. 나는 프리데베르크에 관심을 두기 시작했다. 아이히홀츠 마을과 이끼로 덮인 가파른 지붕의 마을 학교 선생님의 집에 대해서도…. 나는 이 모든 것을 그때 알고 있는 정도만 알고 있다. 소풍도 바이어스도르프나 알텐조르게를 넘어 가본 적이 없었고, 베를린 동물원으로 두 시간 정도 차를 타고 간 적이 두어 번 있을 뿐이다. 그때는 아직 성이 있었다. 그래도 우리는 멀리 떠나는 것을 좋아하지 않았다. 누가 전쟁 중에 그런 것을 바랄까! 그런데도 크리스타 T.는 1944년 여름에 친구와 여행을 떠났다. 나는 그 친구에게 질투를 느꼈다. 그녀는 베를린 아파트의 텅 빈 음악실에서 촛불을 켜 놓고 크리스타 T.에게 베토벤 곡을 연주해 주었다. 공습경보가 울리면 촛불을 끄고 창가에 몸을 기댔다. 그녀가 불행과 죽음과 우정을 되는대로 내버려 두는 방식은 정말 믿기 어려울 정도였다. 그때 그녀는 어찌 되었든 성은 볼 수 없었다. 고작해야 폐허와 푸르스름한 구리 지붕 정도만 볼 수 있었을 것이다. 나에게 거기에 대한 기억이 더는 남아 있지 않다.

나는 그녀가 당시 나에게 한 말들을 기억하는 척하지 않을 거다. 다만 프리데베르크 지역의 숲이 다른 곳의 숲보다 훨씬 우거졌다는 것과 새들이 훨씬 더 많다는 말을 들은 건 확실하다. 새 이름을 일일이 알면 새들의 숫자는 더욱 많아질 거라고도 말했다. 또 무엇이 있을까, 그 정도가 전부인 것 같다.

단호한 질문에 그녀가 어떻게 대답했는지, 그것도 잊어버렸다. 그녀는 죽고 나서 비로소 답을 주었다. 내 기대와 달리, 그녀의 일기장에 자신의 어린 시절에 생각했던 확실성과 불확실성이 나와 있었다. 또한 특정한 현상들을, 어쩌면 가장 중요한 현상들을 어린아이였을 때 확신한다고 해도 문제될 건 전혀 없으며, 열일곱에 영원히 이 나라를 떠난다 하더라도 많은 것을 느낄 수 있을 거라 했다. 우리가 또다시 한번 그만큼의 세월을 살아야 한다면 이런 점들을 고려해야 할 것이라 적혀 있었다.

그 당시 나는 이런 생각을 전혀 하지 못했다.

어쨌든 그녀는 나에게 여러 가지를 알려 주었다. 누가 질문했고 누가 대답했는지 누구나 알 수 있었다. 우리는 다른 친구들의 질투를 불러일으켰고 이미 터부시되고 있었다. 그때까지도 아직은 허물없이 친밀한 말을 주고받지는 않았다. 나는 모든 다른 관계를 신중히 생각하지 않고 재빨리 끊어냈다. 외치는 소리를 모두 성급하게 억눌러 버리면 상황이 악화한 상태로 끝난다는 사실에 나는 순간적으로 놀랐다. 낭비할 시간이 없었다. 나는 '후하후'라는 외침 소리를 끌어올려 내는 인생과 함께하고 싶었다. 그녀도 분명 알고 있었을 것이다. 나는 그녀가 다른 아이들과 함께 가는 것을 보았다. 나와 함께 걸으며 이야기하듯이 그들과 다정하게 이야기를 나누고 있었다. 소중한 시간이 손가락 사이사이로 새어 나가는 것 같았다. 나는 점점 무기력해져서, 억지를 부려야 했고 결국 모든 것을 망쳐버렸다. 나는 그녀에게 물었다. 이제야 내가 얼마나 유치했는지 깨닫는다. 너, 누가 수학 메츠 선생님 책상에 꽃을 올려놓았는지 알아? 아니. 그녀는 아무렇지 않게 거짓말을 했다. 내가 그걸 어떻게 알겠니? 그 여선생님은 학생들 사이에서 두말할 것 없이 시체같이 소름 끼치는 존재였다.

크리스타 T.에 대한 추억

시체같이 소름 끼치는, 정말 이 표현이었다. 누가 그런 사람의 책상에 꽃을 꽂아 두었는지, 그녀가 생각할 수 없었다고? 그 사람은 바로 그녀, 크리스타 T.였다. 그녀는 이 사실을 인정할 아무런 이유 없이 내가 발견하지 못했다고 생각해 나를 속였고, 나는 이제 모든 것을 알게 되었다. 크리스타 T.는 몇 년 뒤 일기장에 이렇게 썼다. 그 메츠 선생님만이 자신을 구속하지 않았고, 불행하게 만들지 않은 유일한 사람이었다고. 수많은 세월이 지나고 발견되는 이런 고통이 얼마나 어리석은가.

나는 이제 이간질하는 아이들을 떨쳐 버렸다. 왜 그들은 헛소문을 퍼트리기에 너무 늦었다는 걸 깨닫지 못할까. 나는 그녀가 이걸 눈치챘는지 확인하기 위해 부끄러워하지도 않고 그녀를 쳐다보았다. 그녀는 알아차렸다. 여기에 대해 너무 기뻐 어찌할 바를 모르겠다는 건 아니라는 듯이 어둡게 비웃는 눈길을 대답으로 보냈다. 그녀는 탈의실 난간에 기대어 체육실을 내려 보며 건너편 벽에 붙은 표어를 쳐다봤다. "참신하게, 경건하게, 즐겁게, 자유롭게." 그녀는 하얀 블라우스에 검정 삼각 손수건을 두르고 우리처럼 가죽 매듭을 위로 올려 달았다. 총통에 대한 음모가 발생해서 우리는 변함없는 충성의 표시로 유니폼을 입어야 했다. 나는 이제야 그녀를 안다고 믿었다. 나는 그녀에게 전화까지 했다. 그녀는 태연하게 받았지만, 나는 그녀가 무엇을 생각하는지 속을 알 수 없었다. 왜 내가 어떻게 해서라도 그걸 알고 싶은지 그 이유를 설명할 수 없어 답답했다.

나는 먼저 나서서 다가가기 시작했다. 언젠가 선생님이 머리부터 발끝까지—한 인간에게 결점이란 것이 있을 수 있는지 의구심이 들 정도로—모범을 보이며 카랑카랑한 목소리로 우리 인사에 답하며 지나갈 때, 나는 '저 선생님 마음에 안 들지?'라고 질문했다. 이제 누가, 누구를 위해, 누구를 이간질하는지 분명해졌다. 크리스타 T.는 여선생님을 자세히 관찰하고 있었고, 그건 나도 마찬가지였다. 그러자 여선생의 걸음걸이는 당당한 게 아니라 독선적이라 느껴졌고, 종아리 끝까지 기운 스타킹은 보기 싫게 기운 스타킹일 뿐, 5년째 전쟁 중이라 옷감이 부족한 독일 여성의 자랑스러운 희생은 결코 아니라고 여겨졌다. 나는 깜짝 놀라 크리스타 T.를 힐끗 봤다. 마치 그녀는 선생님을 판단하는 게 자신의 책임인 것처럼 말했다. 선생님은 계산적이야. 그녀의 목소리는 확신에 차 있었다. 나는 그 말을 정말 듣고 싶지 않았지만, 그녀는 있는 그대

크리스타 T.에 대한 추억

로 보고 있다고 생각했다. 그녀가 옳았다. 그녀가 어디서 왔던가, 누구든 아이히홀츠라고 말하겠지. 그녀가 네모난 학교 운동장을 걷는 모습은 뭐라 말하기 어렵지만, 어딘가 우리와 달라 보였다. 우리는 시장 광장까지 길을 걸었고, 광장에는 이 마을의 영향력 있는 가문 출신인 선생님의 이름을 딴 분수대가 있었다. 우리는 가장자리에 앉아 분수에 손을 넣었고, 그녀는 물을 세심하게 바라봤다. 그때 나는 뜬금없이 분수대 물은 마실 수 없고, 마리엔 성당이 가장 웅장한 건축물이 아니며 우리가 사는 도시도 세상의 유일한 도시가 아니라는 생각을 해야만 했다.

그녀가 이러한 영향력을 의식하지 못했다는 것을 나는 알고 있다. 후에 그녀가 여러 도시를 언제나 똑같은 걸음걸이에 매번 경이로운 눈길로 돌아다니는 것을 봤다. 언제나 모든 곳을 집처럼, 또는 낯설게도 느끼며 같은 순간에 집과 타인을 동시에 느끼는 것을 감수하는 듯 보였고, 무엇을 위해 대가를 치르고 또 무엇으로 대가를 치르는지 그녀에게 점점 분명해지는 듯했다.

그녀는 자신이 선택할 수 있다면 의존적인 삶도 무작정 반대하지 않는다는 의사를 증명해 보였다. 편견 없는 조롱과 자기 비하로 가득한 그녀는 나를 믿고 그 표시로 젊은 남자 선생님에 관해 이야기해 주었다. 그는 심각한 부상으로 병역 면제를 받았고 그녀 아버지의 보조원으로 일하게 되었다고 했다. 그는 파이프 오르간을 연주한다고 했다. 그렇다고 해서 그녀가 일요일에 성당에 갔을 리 없었다. 그녀는 나의 서투른 생각을 알아챘고 내가 대답을 생각해 내지 못하자 씩 웃었다. 그녀는 '이 부분에서'도 나보다 앞서 있었고 나를 어린애로 생각할까 꽤 당황스러웠다. 나는 마침내 조심하기만 하면 된다고 말했다. 그녀가 푹 빠져 있는 사건들에 내가 마치 적어도 조금 이해했다는 듯이 말이다. 우리는 학교 담벼락에 기대 있었다. 울퉁불퉁한 담장이 우리 어깨를 눌렀다. 가방은 옆에 세워놓고 자갈밭에 발끝으로 원을 그렸다.

크리샨. 그녀를 바라보지 않고 말을 꺼냈다. 편지 쓸 거지, 그렇지? 응. 겨울 방학이 시작되고 있었다.

그럼, 편지 쓰지. 그녀가 말했다. 봐서, 아마 쓰겠지.

길고 가느다란 모양의 차가운 눈송이가 내리기 시작했다. 우리는 해야 할 말을 알고 있던 거보다 더 오래 그곳에 서 있었다. 내가 그림을 그릴 줄 안다면 기다란 담장을 두고, 여기 기댄 우리를 작게 그리고, 그 뒤에 커다란 네모 모양의 붉은 석조 건물인 헤르만 괴링 학교는 소리 없이 내리는 눈송이로 가볍게 가릴 거다. 차가운 빛을 굳이 표현하지 않아도 내가 느꼈던 압박감은 그림에서 풍겨 나올 것이다. 그림을 보는 사람마다 우리의 머리 위 하늘이 텅 빈 잿빛이라는 걸 볼 것이고, 우리가 인정하든 하지 않든, 이는 다음 단계로 이어지는 이야기가 있다는 걸 암시하겠지. 이런 하늘과 그런 빛에 휩쓸려 자신이 사라질 수도 있다고 어렴풋이 느낄 수 있을 거다. 그렇게 우리는 우리 자신과 서로를 그리고 각자를 스스로 잃게 되기도 한다. 이런 이유로 낯선 이에게 주저 없이 '자신'을 이야기하고 낯선 자아가 다시 돌아와서 내 안으로 들어가는 순간, 자신에 대해 객관성을 유지하게 된다. 그러다가 느닷없이 편견에 사로잡히기도 하지만 이는 예측 가능하다. 아마 사람들은 이런 순간이 반복되기를 열망하고 또한 의존할 것이다. 그녀, 크리스타 T. 크리샨도 다시 한번 그럴 수 있다면 참으로 의미 있을 텐데.

 눈발이 거세졌다. 바람이 불었다. 우리는 헤어졌다. 그녀의 열일곱 번째 생일은 방학에 끼어 있어서 나는 그녀에게 편지를 보냈다. 나는 숨김없이 우정을 고백하고 제안했다. 나는 그녀의 답장만을 기다렸다. 그러는 동안 내가 살던 굳건한 도시의 모습은 내게는 원래대로 남아 있었지만, 이미 피난민들과 함께 이동하는 군인들의 물결로 마치 폭풍우를 만난 배처럼 요동쳤고, 또 어쩔 수 없이 파도에 휩쓸려 떠내려갔다. 모든 것이 움직이고 있었지만, 내 눈에 보이는 것이 무엇인지 나는 몰랐다. 나는 편지를 기다렸다. 편지는 새해 다음 날 마지막 우편 수송차를 타고 동부에서 도착했다. 그 편지를 몸에 지니고 오랫동안 수 킬로미터를 헤맸고, 그걸 잃어버리기까지 했다. 나에게 담보물이나 마찬가지였던 편지에는 어떤 약속도 확언도 쓰여 있지 않았고, 단지 고맙다는 말 몇 마디와 그 젊은 남자 교사에 대한 소식이 담겨 있었다. 나는 그 남자를 한 번도 보지 못했고, 그가 우리 사이에 다시 등장하지 않아 지금은 그가 존재했었는지조차 의심이 간다. 하지만 그때는 그 남자 이야기로 그녀를 향한 희망을 품을 수 있었다.

   1월 내내 거리의 피난민들이 길에서 외치는 마을 이름이 점점 많아지는 동안에도 내 희망은 지나쳐 가는 사람들의 늘 똑같은 표정보다 훨씬 현실적이라는 걸 깨달았다. 어느 날 기차에서 '프리데베르크'를 외치는 지친 목소리가 들려왔다. 희망이 한순간에 무너졌다. 나는 그대로 여기 사람들과 마찬가지가 되어버렸다. 나는 벌써 그들의 언행을 시험 삼아 따라

했다. 아직 5일이 남았었다. 그리고 하루, 그리고 더는 하루도 남지 않았다. 나는 그들 중 한 사람이었고, 안정된 집에서 편안하게 절망과 동정심으로 피난민을 바라볼 수 있다는 사실을 얼마 지나지 않아 잊고 말았다.

나는 크리스타 T.를 잊지 않았다. 나는 그녀 때문에 마치 반복할 수 없는 약속에 가슴이 아프듯, 마음이 아팠다. 그래서 나는 고통스러운 충격으로 뒤에 남겨진 모든 것들과 함께 그녀가 완전히 사라진 것으로 생각해 버렸다. 뒤돌아보지 마, 뒤돌아보지 마, 뒤돌아보거나 웃는 사람은….

우리는 전혀 웃을 수 없었다. 오히려 다음 피난길에 나오는 도랑에 몸을 던지고 큰 소리로 우는 것이 적어도 아무것도 하지 않는 것보다 나았다. 몇 년 후 다시 찾은 우리의 잃어버린 웃음에 관한 이야기는 또 다른 이야기다.

2

 아니면 그렇지 않을 수도 있다. 어떻게 당시의 모든 이야기가 자연스레 그녀, 크리스타 T.와 연결되는지 이상하다. 그녀가 살아 있을 때 누가 이런 일이 일어날 거라 생각이라도 했을까? 아니면 이야기가 되거나 미완성 자료로 남은 모든 것과 연결하기 위해 그녀의 생애가 현재까지도 계속된다고 주장해야만 할까?

 단지 추측할 뿐이지만, 그녀는 형태를 갖추지 못한 것에 강한 혐오감을 보였다. 전조가 있다면 그게 바로 전조였다. 가볍게 가방을 챙겨 나오는 것만이 전부였을 때도 그녀는 자그마한 책 한 권을 챙겼다. 그 책은 지금 내 손에 있다. 푸른색 꽃무늬 비단 커버에 분철하지 않은 종이들로, 겉장에는 어린아이 같은 비뚤배뚤한 글씨로 쓰여 있다. *나는 시를 쓰고 싶고 소설도 사랑한다.*

열 살 어린이가 확신에 차서 시를 쓰고 함축할 때 언어는 유용해진다고 말한다. 무엇을 함축하고 왜 그렇게 해야 할까? 그녀는 확고한 삶의 테두리 안에서 살아가면서도 이런 것이 필요했을까? 튼튼한 집에, 소년들이 글라이더를 띄우며 각자 이름을 글라이더 날개에 큼지막하게 적어놓는 그런 마을에서 살면서? 햇빛이 들지 않는 빽빽한 숲, 게다가 어느 다른 지방보다 더 높이 뻗은 전나무와 잡목이 우거진 숲과 그 어느 곳보다 더 하얀 구름이 있는 맑고 푸른 하늘, 우리는 이것들을 암묵적으로 확고한 삶의 테두리에 포함했다. 여기에는 대장장이의 아들 에르빈도 있다. 그의 철 반지는 일기장의 비밀 공간에 보관되어 있고 그는 아무것도 알 필요가 없다. 이건 마치 사자 사냥에 대해 거침없이 이야기하는 할아버지가 아프리카에 가본 적이 단 한 번도 없다는 사실을 우리가 모르는 것과 같다. 하지만 할아버지처럼 꿀벌을 잘 다룰 줄 아는 사람이라면 그 무엇이 불가능할 수 있을까?

"유럽의 허례허식을 모르는 캐나다인", 그가 가장 좋아했던 구절이다. 이 구절은 그가 어떤 사람이었는지 보여준다.

마을 학교 교사인 T.는 아버지와 대조적으로 유화를 그리고 고성당의 자료실에서 마을 역사를 조사했다. 결국 이 일로 기병 대장의 원성을 사게 된다. 그는 영지의 실제 소유자로 마을 학교 교사가 자기 가족을 나쁘게 기록하는 것을 보고만 있지 않았을 것이다. 마을 학교 교사는 군사 훈련에는 나타나지 않았고, 남자 이름을 가진 그의 개구쟁이 어린 딸을 동네 말썽꾸러기들과 함께 채집허가증 없이 영지의 숲으로 보내 버섯을 따게 했고, 영지 농장 사과 과수원에도 보냈다. 물론 영지 관리인은 이들에게 벌판에서 "돌을 줍는" 벌을 내렸다.

별을 품은 아이는 귀족의 아이가 아니다. 누가 그녀에게 이 말을 했을까? 그녀는 아무 말 없이 자신이 알고 있는 확실한 사실들과 함께 이 말을 적었다. 그녀는 알고 있었다. 이것이 맞는 말이라고. 하지만 여기에 대해 한마디도 하지 않은 건 부당했다.

영지 관리인에 대한 두려움은 어쩔 수 없었고 암묵적으로 인정되었다. 그녀는 귀족의 아이가 아니다. 불꽃이 전부 타오르고 나면 비밀은 어둠 속에 묻힌다. 검정·빨강·황금색의 깃발이 불타고 있다. 그녀는 다섯 살이었고, 나이가 조금 더 많은 언니가 놀라서 창백한 얼굴로 다가와 그녀를 집으로 데려간다. 최악의 상황을 예상하고 따라가지만, 거실 창문이 깨졌을 뿐이다. 바람이 휘몰아쳐 들어오지만 아무도 불을 켜지 않았다. 갑자기 위험한 상황이 된다. 그때 아이는 창문을 깨부술 용기가 있다면 가능한 한 빨리 도망쳐야 한다고 어른들에게 빨리 전하고 싶었다. 영지의 우유 관리사가 그랬을 거라는 소문이 들려왔다. 그는 어른이었다. 사회민주주의 당원이라 외치면서 새로운 제복을 입고 용감해졌는지 도망치지 않았다고도 했다.

불타는 깃발은 기억에 남았다. 무엇이든 빨리 타버리는 시골의 불꽃 때문이 아니라 사람들의 얼굴 때문이었다. 이번에는 열다섯의 나이로 다른 사람들과 공원 입구에 서 있다. 불은 횃불이며, 특별히 잘 차려입은 영지 사람들과 기사철십자 훈장*을 이제 막 받은 사람을 포함한 초대 손님들이 타오르는 불빛 속으로 들어섰다. 그녀는 어둠 속에서 더욱 비밀스럽게 두 번째 줄에 서 있어 다행으로 여겼다. 젊은 풋내기는 아무리 알아보고 싶어도 누구도 알아볼 수 없었다. 그가 어떻게 사람을 알아볼 수나 있었을까? 그가 크리샨 쪽으로 몸을 돌리려 했을까? 짧은 바지와 바람막이 점퍼 차림인 크리샨. 사내

---

* Ritterkreuz 2차 대전 당시 나치 정권이 수여한 훈장

아이들 속에 유일한 여자아이인 크리샨. 여자아이들은 어울리면 안 된다고 머리가 긴 아이들 반대편으로 당당하게 들어서던 크리샨. 지붕 꼭대기에 올라서서 오크 통으로 뛰어내리는 죽음의 곡예를 하는 크리샨. 가장무도회에서 터키 노인으로 분장한 크리샨. 다 함께 몰이사냥을 하고, 덜컹거리는 자전거를 타고 영화 〈이것이 나의 삶이었다〉 촬영 팀 한가운데로 브레이크를 잡지 못해 뚫고 지나가는 크리샨. 라다츠가 배우 한지 크노텍Hansi Knotek을 위해 사과를 나무에서 떨어뜨리는 장면을 연출해야 했는데, 모자 가득 사과를 담아 들고 나무 꼭대기에 앉아 있는 어린 청년이 보이지 않았다. 그 사람은 바로 요헨이었다. 십자 훈장을 받은 젊은 풋내기 요헨은 크리샨의 모습에 너무 웃다가 나무에서 떨어졌다.

*별을 품은 아이*는 행운의 아이, 행운아라는 뜻은 아니다. 별이라고 모두 빛나지는 않는다. 사람들은 빛이 변하기도 하고, 흔들리기도 하고, 다시 돌아오기도 하고, 때로는 보이지도 않는 종잡을 수 없는 별이 있다는 것을 안다. 중요한 건 그런 것이 아니다. 그렇다면 무엇이 중요할까?

1945년 1월 그녀는 마지막 차량인 탄약 수송차의 비좁은 운전 조수석에 끼어 타고 서쪽으로 향했다. 실제로 일어난 사건보다 더 해로운 것은 그 무엇도, 심지어 경악스러운 공포조차도 더는 놀랍지 않다는 사실이었다. 태양 아래 더는 새로울 게 없었다. 이렇게 계속되는 한 오직 종말만 남아 있을 것이다. 너무나 확실하게 종말이 다가오고 있었다. 무지한 공포로 마을 식당을 향해 떼 지어 몰려든다면, 그것은 종말처럼 보인다. 일상이 된 피난길에 창백해진 여인들, 피곤함에 지친 아이들, 탈진한 군인들, 이들은 일주일 동안 잠을 못 자서 생긴 피로감뿐 아니라 삶에서 가장 중요한 무언가가 손가락 사이로 빠져나가도 그것을 알아차리지 못했다. 바닥에 쪼그려 앉아 벽에 몸을 기댈 수 있는 사람은 행복하다. 크리스타 T.는 절망하지 않으려 어린아이 한 명을 무릎 위에 앉혔다. 그때 머리 위로 라디오 방송이 요란하게 울려 퍼지기 시작했다. 또 시작이다. 이런 지옥에서도 파괴적이고 광신적인 목소리가, 다시 한번 총통에 대한 충성의 외침이, 죽음의 충성 소리가 울려 퍼졌다. 하지만 그녀, 크리스타 T.는 그 남자의 말을 이해하기도 전에 온몸이 싸늘해지는 걸 느낀다. 그녀의 몸은 평소대로 머리보다 더 빨리 반응했다. 그녀 머리에는 이제 온몸을 흔들어 놓은 경악함을 처리하는 뒤처리 과제만 남아 있을 뿐이다.

그래, 그것이었고, 그렇게 끝이 나야만 했는데. 여기 앉아 있는 사람들은 모두 저주받은 사람들이고 나도 마찬가지야. 아무리 노래가 울려 퍼져진다 해도 나는 일어날 수 없어. 그래, 나는 계속 앉아 있다. 나는 어린아이를 내 품에 꽉 안았다. 넌 이름이 뭐니?

안네리제.

이름 참 예쁘구나, *세상 그 무엇보다도…*. 나는 더는 팔을 높이 쳐들지 않는다. 나는 어린아이를 안고 있다. 아이의 작고 따스한 숨결이 느껴진다. 나는 더는 노래를 따라 부르지 않는다. 간이 의자에 앉은 소녀들이 노래를 따라 부른다. 담배를 피우고 저주를 퍼부으며 벽에 기대고 있던 군인들조차도 노래에 맞춰 몸을 꼿꼿하게 세워 긴장한다.

오, 힘이 잔뜩 들어간 꼿꼿한 당신들의 허리여! 우리는 어떻게 다시 몸을 일으켰을까?

서둘러. 조수석에 앉은 사람이 소리쳤다. 그들은 다시 차를 움직이게 했고 크리스타 T.는 달리는 차로 뛰어올라 그 사람 옆으로 다시 끼어 탔다. 비로소 밤이 시작되었고 눈보라가 치기 시작했다. 두 번째로 도착한 마을에서 고립되었다. 부삽은 별 도움이 되지 않았고, 외부의 도움이 절실했다.

아가씨, 아가씨는 여기 앉아 있어요.

그녀는 아무 말도 하지 않았다. 그녀에게 닥친 모든 상황이 악몽과 같았다. 이제 그녀는 영원히 다른 세계, 오래전부터 전혀 낯설지 않은 어두운 세계로 들어갔다. 그렇다면, 아름답고 밝고 견고한 세상을 함축하여 시를 짓는 그녀의 성향은 어디에서 온 것일까? 그녀의 두 손은 여전히 차고 어두운 바람이 들이치는 틈새를 꽉 누르고….

나 얼마나 가련하고 불쌍한지. 가엾고 가여워라. 나는 튼튼한 벽 뒤에 앉아 있고 밖에는 바람이 분다….

열 살 아이, 세상에 길들지 않아 외톨이가 된 아이에게 꽃무늬 비단으로 덮인 자그마한 책 한 권이 있다. 글 한 줄 한 줄마다 위로가 숨어 있다. 그 경이로움과 안도감은 절대 사라지지 않는다.

밤이면 그녀는 깨어났다. 거기에 소작인과 그의 부인이 있다. 그들은 술을 마시고 축음기는 돌아가고 있다. 나는 너랑 춤추며 천국으로 들어갈 거야. 그들도 춤을 춘다. 유리문 뒤로 그들의 그림자가 움직이더니 갑자기 얼어붙는다. 날카로운 비명이 들린다. 소작인 부인이 늙고 온순한 검은 고양이를 밟았다. 검은 고양이는 부인을 향해 그르렁거리고, 부인이 소리를 질렀지만 이내 조용해진다. 불길한 예감으로 창밖을 바라본다. 달이 빛나고 있다. 그러자 소작농이 고양이를 집어 들어 문밖으로 나가 마구간 벽에 고양이를 내동댕이친다. 저주를 퍼붓는다. 살아 있는 존재가 둔중하게 바닥으로 떨어진다. 뼈가 부러질 때 나는 소리를 알게 되었다. 그렇게까지 할 필요가 정말 없었는데. 게다가 소작농은 고약하고 치밀하기까지 해서 벽돌까지 집어 든다. 창가에서 뒤로 물러나 언니가 창가에 못 가게 막는다. 언니가 처음으로 어린 동생의 말을 따른다 해도 놀랍지 않다. 고양이가 어떻게 되었는지 아무도 모른다. 소작인을 물어뜯은 게 광인이 아니라 광견병에 걸린 개였다면 얼마나 좋았을까. 그가 아버지 눈앞에서가 아니라 외로이 홀로 죽어갔다면 얼마나 좋았을까

우리가 그 자리에 없을 때 상황이 그렇게 되었다.

아이는 환한 대낮과 매끈한 얼굴을 믿지 못한다. 밤이 되면 고양이가 아이 가슴 위에 쪼그려 앉는다. 크고 검은 짐승이 그렇게 해서 아이는 어쩔 수 없이 자리에서 일어나 서성이게 된다. 안네마리 침대로 가서 자리를 내 달라고 불평한다. 겁먹은 소녀는 정말 그렇게 한다. 하지만 다음 날 낯선 침대에서 일어나면 지난밤에 무슨 일이 있는지 기억하지 못한다.

사실 그것이 다른 무엇보다 심상치 않은 일이다.

  이 소녀가 아니라 나중에 또 다른 소녀가 갑자기 '미쳐' 버렸다. 왜 미쳐 버린 걸까? 거울을 보기 시작했다. 이상하고 멍하고 절망적인 모습에 어린 시절 겪었던 모든 일을 하나씩 떠올리게 되었다. 그날 저녁, 그녀는 다른 사람들처럼 자기 이름 부르기를 그만뒀다. 크리샨, 그 후로 20여 년이 지나 내가 발견한 문집에 크리샨의 이름이 등장했다. 크리샨이 갔다. 크리샨이 왔다…. 그날 저녁의 아이는 가지도 오지도 않았다. 이는 아이가 홀로 견디며 떨쳐낼 수 없는 고통과 연결되어 있다. 정확하게 이유는 알 수 없지만 그런 거다. 어제만 해도 엄마와 함께 있는 언니가 바라던 대로 언니 혼자 수프를 만들고 있는 부엌으로 달려갔을 것이다. 하지만 오늘은 그 대신 문살을 손으로 꽉 잡고 집시들이 마을 떠나는 모습을 지켜본다. 뮐베크에서 온 소작농 안톤과 그의 아내와 네 명의 자녀가 그 뒤를 따라가는 모습을 보고 있을 것이다. 어제까지만 해도 '창녀'라 부르며 손가락질하던 일도 더는 할 수 없다. 지난주에 나에게 준 이별 선물인 부싯돌은 소중하게 간직할게. 그 아이를 바라보는 사람은 오직 집시 소년뿐이다. 소년은 뒤에 남겨진 아이에게 얼굴을 찌푸렸을까? 그는 자신이 원하는 것을 할 수 있는 자유를 갖고 있다. 오늘 아침 그는 마을의 넓은 거리에서 바지를 벗었고 시장의 저택 앞에 잔뜩 대변을 봤다. 이제 그에게는 나를 포함해 마을에 남아 있는 모든 것을 경멸하는 일만 남았겠지. 고통은 더욱 커질 수 있다. 그 아이는 생각한다. 나, 나는 다르지. 녹색 마차는 이미 어둠 속으로 사라져 버렸고, 뒤엎어진 손수레만 남아 있다. 그리움, 약간의 두려움, 고통 그리고 탄생과 비슷한 무언가가 남아 있다. 30년이 지나도 마음속에서 꺼내어 기록으로 남길 수 있을 만큼 끈질긴 기억이다. 그렇지 않다면 내가 거기에 대해 어떻게 알 수 있겠는가?

운이 좋았어, 아가씨! 삶이 이토록 진부하게 말을 걸어왔다. 믿음직한 운전 보조는 자기 얼굴을 문질렀던 눈덩이를 손에 여전히 움켜쥐고 있었다. 그는 그녀가 잠이 들었을 거라고 여겼을 것이다. 그런데 이런 날씨의 깊은 밤에 세 시간도 안 되는 짧은 시간에 견인 트랙터를 찾아낼 수 있었을까? 그녀, 크리스타 T.는 웃고 싶다. 그녀는 이 사실을 지나치게 진지하게 받아들이고 싶지 않다. 그 어느 곳에서 따듯하고 안전하게 지냈던가? 그곳으로 다시 돌아간다 해도, 최악은 아닐 것이다. 어쨌든 그 운전 보조는 그녀의 어깨를 밀치고 차에서 뛰어내려 그녀에게 바깥을 보라고 말한다. 그리고서 그녀가 타고 있는 자동차 옆의 눈 덮인 작은 둔덕을 손전등으로 비췄다. 그가 허리를 굽혀 커다란 장갑으로 어느 한 곳의 눈을 치워냈다. 얼굴이 보였다. 소년의 얼굴이다. 운전 보조는 그 얼굴을 다시 눈으로 덮고 크리스타 T.에게 말한다. 이제 해결됐어. 그녀는 살았고 그 소년은 아마도 그녀가 잠들었을 때 죽었을 것이다. 이제 그녀는 그 소년도 데리고 떠난다. 시간이 흐를수록 마음의 짐이 너무 무거워지지 않냐고 그 누가 묻기나 하겠는가? 이상하다. 평화로운 숲속을 걷다가 삭아 버린 가스 마스크가 눈에 들어왔을 때, 몇 해가 지났는데도 그 소년은 여전히 거기 있다. 그 숲길은 그녀가 계속 벗어나고자 했던 반쪽의 어두운 세계와 다시 만나게 했다….

    시간이 지나면 모든 것이 말해질 때가 올 것이다. 가능한 한 겸허하게 풀어나가야 한다. 죽은 이를 상처 내는 건 너무 쉽기에 그래야만 한다. 살아 있는 자는 그가 살아서 자기 이야기를 할 수 있지만, 살아 있는 자의 경솔한 접근은 죽은 이를 영원히 죽게 할 수 있다. 너무 많은 불행한 우연과 별다른 의미 없는 사실을 붙잡고만 있을 수는 없다. 동시에 무엇이 확실한 사실이며 그것을 언제부터 알고 있는지 구별하는 것도 점점 어려워지고 있다. 그녀 스스로가 밝힌 사실과 다른 사람들이 말해 준 이야기, 그리고 그녀의 유고에 덧붙여 쓰인 일들은 진실을 위해 알려져야 할 것이다. 이것이야말로 그녀가 때때로 내게 보여준 모습으로 나는 여기에 조심스럽게 접근해야만 한다.

우리가 실제로 함께 걸어온 길과 한 번도 가지 않은 길이 서로 겹친다. 그곳에서 한 번도 말하지 않은 말이 들려온다. 그녀, 크리스타 T.에게 목격자가 없는 상황에서도 나는 이미 그녀를 볼 수 있다. 이것이 가능한 일인가? 다시 떠오른 세월은 예전과 같은 세월이 아니다. 빛과 그림자가 얼굴 위를 스쳐 지나간다. 그 얼굴은 변하지 않았다. 놀랍지 않은가?

3

 우리는 기적을 대하는 마음조차 잊고 있었다.
 반대로 우리는 우연에 기대어 희망했다. 그 누가 커다란 혼란 속에서도 '반드시 이렇게, 다르게는 안 돼.' 하고 용감하게 말할 수 있었을까? 가끔 우리는 우리 자신을 바라보기 위해 익숙한 환경에서도 불쑥 고개를 들 수 있었다. 그래, 나는 이곳으로 흘러들어 왔구나……..
 대강당 칠판에 시 한 구절이 운율에 맞춰 적혀 있었다. "겨울은 어느 곳에서나 우리를 황폐하게 했다."
 경종을 울리는 문구는 아니었다. 어떤 전조의 신호도 느껴지지 않았다. 내 마음에 울림이 없었다. 나는 파란색 셔츠를 입고 빨간 머리에 주근깨가 있는 강연자의 말에 귀를 기울이고 있었다. 그는 교수진이 추진 중인 어린이 놀이터에 커다란 열의를 보였다. 아니야, 아니야, 그럴 리가 없다. 놀랍지도 않았고 의심조차 하지 않았다. 내 앞에 크리스타 T.가 앉아 있는 게 보였다. 그녀 어깨 위에 손을 올려놓을 수도 있었겠지만 나는 그렇게 하지 않았다. 그녀일 리가 없어. 나는 그녀라는 것을 더 잘 알고 있으면서도 이렇게 생각했다. 내가 봤던 필기하는 그 손은 그녀의 손이었다. 그녀가 강당 밖으로 나갔을 때 나는 자리에 남아 있었다. 그녀를 부르지도 않았다. 나는 혼잣말을 했다. 만약 그녀라면 이제 나는 그녀를 매일 보겠네. 정말 기적 같은 일이야. 하지만 나는 놀라지도 않았고 기대했던 설렘도 없었다.

만약 그녀라면, 진실로 그녀라면! 나는 그녀가 나를 알아보기를 바랐다. 7년은 수많은 이름과 얼굴을 잊을 수 있는 시간이었다. 당시는 추억에 대해 엄격했던 시절이었다.

그 후 우리는 뜻밖에도 백화점의 좁은 통로에 마주 서 있었다. 우리는 우리도 모르는 사이 서로 알아본다는 표시를 동시에 보냈다. 그녀였다. 그리고 역시 나였다. 그녀도 강의실에서 물론 나를 알아본 것을 인정했다. 왜 우리가 지금 여기에서 서로에게 말을 걸었는지 묻지 않는 건 과거에 또는 이미 새로 시작된 서로에 대한 믿음을 의미했다.

  백화점에서 나온 우리는 나에게 여전히 낯선 라이프치히 거리를 따라 기차역까지 천천히 걸었다.

  죽음의 골짜기에서 부활했다. 기적이 있다면 그것이 기적이었다. 하지만 우리는 이를 받아들이는 올바른 방법을 잃어버렸다. 우리는 반쪽짜리 말과 냉소적인 눈길만이 기적을 직면하는 방법이라고 의심조차 없이 받아들였다. 우리가 걷는 삭막한 거리 위로 종전 도시의 폐허 더미에서 불어오는 먼지 바람이 소리 내며 불어왔다. 우리 앞으로 먼지가 휘몰아쳤고 곳곳에 바람이 작은 소용돌이를 만들어 아늑한 분위기라고는 전혀 느낄 수 없었다. 언제나처럼 우리는 옷깃을 높이 세우고 두 손을 주머니에 파묻었다. 끝까지 하지 못한 말과 주저하는 눈빛은 이런 도시에 너무나 잘 어울렸다.

  크리스타 T.는 몸을 살짝 앞으로 숙이고 가볍게 걸었다. 마치 모든 게 익숙해 약할지라도 계속해서 저항하듯 보였다. 나는 그녀가 키가 커서 그런 거라 여겼다. 그녀는 언제나 그렇게 걷지 않았나? 그녀는 나에게 미소를 보였다.

  이제야 나는 왜 내가 그녀에게 곧바로 말을 걸지 않으려 했는지 이해했다. 이제야 나도 그 순간에 어울리는 질문이 떠올랐다. 쓸모없었다. 나는 그때도 이후에도 그 질문을 하지 않았고 그녀가 다시는 읽을 수 없었던 나의 마지막 편지에만 그 질문을 암시했을 뿐이었다.

　진실한 대화로 이어지기까지 얼마 동안은 여러 다른 소식으로 공백을 채워야 했다. 그녀가 어디로 떠밀려 갔는지, 나는 어디로 갔었는지, 서로 거의 닿을 듯 말 듯했던 지난 6년간의 기이한 행로에 서로 고개를 저었다. 하지만 '거의' 닿을 뻔했다는 것은 '실제로' 그렇다는 것은 아니었다. 이는 오십 킬로미터나 오백 킬로미터 같은 것을 의미할 수도 있다. 생존과 죽음이 털끝만큼의 차이로 결정됐고 우리는 이를 직접 경험했다. 이전에 서로 만났을 때 존재하지 않았던 일 킬로미터에 여전히 놀랍다는 듯이 그렇게 행동했다. 우리는 마치 모든 일이 어떻게 되었는지 진심으로 알고 싶다는 듯이 행동했지만, 많은 말을 꺼내지는 못했다. 그렇게 우리의 마음은 드러나고 말았다. 그녀는 여선생님의 죽음을 몰랐고, 이제 알게 되자 크리스타 T.와 나는 서로 눈을 마주봤다. 머나먼 죽음이었다.

　우리는 마치 여기에서 여러 가지를 단번에 알 수 있는 듯 우리가 겪은 일들에 묻는 걸 멈췄다. 우리는 같은 단어를 사용하기도 하고 애써 피하기도 한다는 것을 서로 인식했다. 우리는 방금 함께 강당에 앉아 있었고 우리 둘 다 같은 글을 읽기도 했다.

그 당시 우리에게 선택할 길이 많지 않았다. 생각이나 희망 그리고 의심에 대한 선택의 폭 또한 넓지 않았다.

내가 정말로 알고 싶었던 것은 단 한 가지였다. 그녀가 언제든 이 복잡한 거리 한가운데에서, 남루한 옷차림의 바쁜 행인들 틈에서 '후하호, 후하호'라고 나팔 소리를 낼 수 있을까? 아니면 내가 그녀를 찾은 게 헛된 일이었을까? 다른 많은 건 그사이 내가 만났던 사람들도 할 수 있었다. 하지만 그 일은 오직 그녀만이 할 수 있는 일이었다.

내가 기쁨을 느낄 수 없다고 탄식했던가? 내가 아무것도 놀랍지 않다고 말했던가? 갑자기 나는 기쁨에 사로잡혔다. 게다가 언제나 한발 늦게 놀라움이 솟아났다. 단 하나의 기적이 존재한다면 바로 이거였다. 우리가 이걸 예상치 못해서 반쪽짜리 말로 대응했다고 누가 말했는가? 우리는 전차 정류장에 서서 웃기 시작했다. 갑자기 우리 앞에 모든 날이 펼쳐졌다. 우리는 서로를 바라보며 웃었다. 마치 누군가에게 어쩌면 우리에게 걸었던 계획된 교묘한 장난이 성공했다는 듯이 웃었다. 우리는 웃으며 헤어졌다. 내가 전차를 타고 떠날 때까지 그녀는 정류장에 서서 웃으며 손을 흔들었다.

그 웃음은 물론 그대로 그 자리에 둘 수도 있었다. 하지만 우리는 백화점에서 기차역까지 그 길을 다시 걸으며 서로에게 여러 다른 이야기를 하고 토막 난 반쪽짜리 이야기를 완전히 채울 수 있는 용기를 찾아 우리 말속에 명확하지 않은 것을 삭제해야만 했다. 하지만 이건 완전히 시간 낭비였다. 우리는 서로 다르게 봐야 하고 다른 것들을 바라봐야 한다. 오직 마지막에 함께한 웃음소리만이 남을 것이다. 우리 앞에는 수많은 나날이 펼쳐져 있었다. 우리가 원하든 원하지 않든 시간은 명확하지 않은 많은 것을 사라지게 할 것이다. 그렇다면 그렇게 하는 게 좋다.

그럴 바에는 갔던 길을 기꺼이 다시 한번 가는 것이 좋다.

명료하지 않다고? 이 단어가 낯설게 다가올 수도 있다. 결국 우리가 이야기했던 몇 년간의 시절은 모든 것이 모호하고 흐릿했다. 그래서 '우리'와 '타인'을 극도로 명확하게 영원히 구분 짓는 것, 그것이 구원이었다. 그리고 그것은 비밀이어야 했다. 커다란 차이가 아니더라도, 어떤 상처도 '타인'과 '우리'를 분리하지 못했기 때문이다. 그러려면 우리 자신이 달라져야 했다. 하지만 어떻게 자기 자신을 자아와 스스로 분리할 수 있었을까? 우리는 거기에 관해 이야기하지 않았다. 하지만 크리스타 T.는 바람이 불어오는 곳을 함께 지나며 걷는 동안 우리가 서로 할 말이 없다는 것을 인식하고 있었다. 마음이 무거워지는 머나먼 죽음이었던 여선생님의 죽음에 관해 이야기할 때 그녀의 눈빛은 그녀가 아직 어른이 되지 못한 미숙한 순수함을 보여 주었다.

우리가 여러 번 함께 길을 걸으며 서로 다시 만나고 있었을 즈음, 철도국 직원의 아들 호르스트 빈더가 곧 우리 앞에 나타날 거라 짐작했다. 그녀, 크리스타 T.도 내가 알려줘서 호르스트 빈더를 안다. 그는 내가 가는 곳마다 끈질기게 따라왔다. 나는 몹시 화가 났다. 그런 식의 정복으로는 얻을 게 아무것도 없다. 그는 끔찍했고, 그런 사람을 자랑스러워할 수 없었다. 나는 그가 나를 위해 들고 가겠다는 가방을 그의 손에서 낚아챘다. 나는 그의 이마를 가린 엉성한 머리카락이 싫었고, 무엇보다도 의미심장하게 불타는 그의 눈빛이 싫었다. 나는 크리스타 T.와 함께 그에 대해 비웃고 싶었지만, 그녀는 웃지 않았다. 그녀가 그를 가엽게 여기는 것 같았다.

어느 날, 우리가 드넓은 광장에 흰색 블라우스와 갈색 셔

츠를 입고 질서 정연하게 서 있었을 때까지만 해도 그랬다. 그때 한쪽 팔을 잃은 관구 행정관이 거대한 대열에 대고 큰 소리로 어떤 이름을 불렀다. 호르스트 빈더. 이제 무엇이 일어날지 예상할 수 있었다. 그는 나의 이웃이었고 며칠 전부터 우리의 거리는 그의 이름으로 가득했지만, 그의 이름을 더는 입 밖으로 낼 수 없었다. 크리스타 T.에게도 말할 수 없었다. 나는 그녀의 물음표 가득한 눈빛을 피하며 소원할 수 없는 것을 소원했다. 내가 이 자리에 있지 않았다면, 이 줄에 서 있지 않았다면, 호르스트 빈더가 철도 공무원이었던 자기 아버지를 러시아 붉은 군대의 라디오 방송을 청취했다고 고발한 일로 관구 행정관이 그를 칭찬하는 소리를 듣지 않았을 텐데.

    우리가 그 자리를 떠날 때 왜 서로 눈을 마주칠 수 없었는지, 그녀가 이해했는지 아닌지, 나는 아무 얘기도 듣지 못했다. 백화점에서 기차역으로 걸어가는 동안 나는 그녀에게 말할 수도 있었을 거다. 호르스트 빈더는 러시아 붉은 군대가 도착하기 전에 자기 엄마와 자신을 총으로 쐈다고 말이다. 우리는 왜 살아남았는지, 우리에게 왜 그런 일들이 닥치지 않았는지 스스로 질문할 수도 있었다. 우리는 과연 어떤 선택을 했던가? 모든 걸 선택했던가, 아니면 모든 선택을 포기했던 걸까? 거기에 대해 모르는데, 우리는 우리 자신에 대해 과연 무엇을 알고 있는 걸까?

우리에게 기회가 없었다는 이러한 끔찍한 감사는 결코 잊지 못할 것이다. 내면에 자리 잡은 어른들에 대한 의심도 그렇다. 마침내 극도로 명료하게 의심스러운 부분에 대해…. 조처할 것이다. 대항하고 고발하고 유죄 판결을 내릴 것이다. 모순을 용납하지 않으리라. 거기에 대한 변호는 경멸하고 거부할 것이다. 종신형이다. 판결을 수락하라. 이제 스스로 실행할 것이다.

평생토록 말이다. 이는 빈말이 아니다.

말을 다하지 않아도 충분하다. 어떤 면에서 7년의 세월이 지난 지금 이 문제를 충분히 이해할 수 있다.

그 당시 그녀는 쓰러졌다. 일은 어렵지 않았지만, 그녀에게는 힘들 수도 있었을 거다. 메클렌부르크 농장의 긁히고 긁힌 나무 책상에서 군복 조각을 재단하는 일이었다. 무슨 일이 어떻게 일어난들, 여름은 다시 찾아왔다. 젊은 러시아 소위가 가끔 들어와 문틀 옆에 서서 그녀를 지켜 보고 또 봤는데, 아무도 이 이방인이 무슨 생각을 하는지 알 수 없었다. 한번은 그가 돌아가기 전에 그녀에게 손을 내밀었다. 왜 슬퍼하냐고?

그녀는 집으로 달려가 침대에 몸을 던지고 베개를 잡아 비틀었다. 어떤 것도 도움이 되지 않았다. 그녀는 소리 질렀다. 맙소사, 하느님! 이렇게 예민하다니, 이유도 없이!

그 기병 소위가 그 뒤로 무슨 일이 일어났는지 알았을 때, 텅 빈 얼어붙은 호수 위에서 말을 타고 가다가 떨어져 죽었다는 소식에 그녀는 모든 것이 너무하다고 비명을 질렀다. 그녀는 오래된 일기장을 불태웠고, 여러 맹세와 부끄러운 감동과 격언들과 시구절도 연기 속으로 사라졌다. 다시 한번 이런 것들에 관해 이야기하기에는 삶의 시간이 충분하지 않을 것이다. 그녀의 삶의 시간이 마지막까지 여기에 대해 끝맺지 못한 문장들로만 남아버렸다.

그해 여름, 우리는 서로 오십 킬로미터도 떨어지지 않은 아주 비슷한 경작지에서 일하고 있었다. 그때 그녀는 이런 곳에서도 숨을 쉴 수 있다는 것, 사람의 폐는 이런 새로운 공기를 위해 창조되었다는 사실을 알게 되었을 거다. 그러니 살아야 한다. 몸을 똑바로 세운다. 땀을 흠뻑 흘리며 일어서서 주위를 돌아본다. 이 나라를 둘러본다. 들판과 초원, 덤불과 강물, 여윈 점박이 얼룩소와 방목지 울타리가 보인다. 하늘과 땅 사이의 지평선에서 오묘하게 움직이는 아지랑이 열기는 숲으로도 차가워지지 않고 가라앉지도 않는다. 땅이 헐벗은 몸으로 나무의 중재 없이 황량한 모습으로 하늘에 직접 닿으며 모습을 적나라하게 드러난다. 시선을 위로 하라. 하지만 태양을 바라봐서는 안 된다. 태양은 나를 죽일 것이다. 태양은 파란 하늘을 녹여 버린다. 금속 액체처럼 녹여 순수한 파란 빛에 대한 견딜 수 없는 그리움조차 허용하지 않는다. 하지만 나는 그 빛을 가져올 수 있다. 지금, 일 초만 더…. 자, 그렇게….

사람들이 그녀를 자동차에 눕혔다. 그녀는 들판에서 벗어났다. 이로써 그녀는 이런 일에 적합하지 않다는 것을 알 수 있었다. 겉보기에는 강인해 보였지만 사실 연약했다. 그녀는 시장의 제안을 받아들여야 했다. 그녀는 새로운 교사 양성 과정을 꺼리지 않았다. 하지만 이곳 아이들이 어떤 상태인지 제대로 파악하기는 했을까?

그렇다면 좋아요. 선생님이라고요, 그걸 못할 것도 없죠. 그녀는 이렇게 말했다. 그녀는 나를 옆으로 돌아보면서 최상의 기회를 붙잡은 일이 어쩐지 께름칙하다는 것을 혹시 내가 이해했는지, 그리고 그녀가 알고 있듯이 이 일은 적당히 할 수 없다는 걸 이해했는지 물었다.

선생님이라고? 너 정말 운이 좋았구나. 나는 이렇게 말했다.
나는 그때 그녀의 사진을 당연히 간직하고 있다.

물론 그녀가 아이들 사이에서 안식을 찾았을지도 모른다. 아이들의 얇고 꺼질 듯한 숨결, 그녀의 손으로 감쌀 수 있는 자그마한 손, 아이들에게는 중요한 것만 중요하게 남아 있다. 예를 들어 그녀는 사랑을 계속해서 중요하다고 생각했다. 절망이 밀려올 때, 사랑, 그것이 무엇이던가. 사랑으로 단 한 톨의 먼지라도 움직일 수 있는가? 그럴 때면 그녀는 가끔 작은 학교 건물을 떠올렸다. 그녀 앞에 낡고 삐걱거리는 의자에 앉아 있는 서른 명의 아이들, 헐벗은 옷차림과 굶주림 그리고 그들의 신발이 생각났다. 세상에! 그들의 신발이 어떠했던가! 그녀 자신이 보호받지 못해도 그녀는 아이들에게 보호막이 되어주어야 한다는…….

3년 동안이었다. 비스듬한 벽으로 된 다락방, 두꺼운 회색 종이로 엉성하게 제본된 책자 더미, 책 표지에 새겨진 고리키, 마카렌코, 새로운 소책자들, 이것들은 중요한 매일의 양식처럼 손을 오므리지 않는 모든 사람의 손에 쥐어졌다. 그녀에게는 이상하게도 읽은 내용 중 일부는 낯설지 않았는데, 그녀는 그런 느낌이 합리적이라 판단했다. 이러한 이성적 명백함에도 왜 극단적인 불합리가 무분별하게 가능했는지 이해할 수 없었다. 그녀는 자리에서 벌떡 일어섰다. 맞아, 그렇게 될 거야. 이것이야말로 우리 자신에게 향하는 길이야. 이러한 갈망은 어리석지도 터무니없지도 않을 거야. 오히려 필요하고 유용한 것이 되겠지.

처음 길을 함께 걸었을 때 우리는 이런 말을 한마디도 나누지 않았다. 기껏해야 두서너 개의 건조한 철학과 경제 용어 정도가 전부였다. 자아 확대의 고통을 알게 될까? 결코 잊지 못할, 앞으로 다가올 기쁨의 척도가 될 만한 그런 기쁨을 알게 될까? 얼마나 많은 기쁨을 외면해야 할까? 크리스타 T.는 기차역으로 가는 길에 내가 좀 더 다가가기 전에 옷깃을 세웠다. 사람들은 알고 있다. 그러면 됐다. 무엇을 더 기대할 수 있을까?

당시 그녀는 소책자에 나온 문장이 주는 엄격한 깨우침에 감탄하며 시선은 열일곱 그루의 미루나무로 고정한 채 창가로 다가섰을 것이다. 오늘, 반 학생인 양치기 집 아들이 가장 높은 나무로 올라가, 아래에 있는 무리의 응원에 힘입어 까치 둥지를 가지고 내려왔어. 둥지 안의 알은 거의 부화가 다 된 상태였어. 아이들은 지난주에 내가 지형 지질층을 설명할 때

예시 들었던 큰 바위로 까치알을 차례로 던졌어. 그리고 나는 소형 책자를 읽고 있었고 그 장면을 목격하고는 그 자리에 서서 너무 울고 싶었어. 발을 딛고 있는 지반이 얇은 만큼, 발밑에 있는 늪으로 빠질 위험은 한층 컸다. 고양이를 마구간 벽에 던지고, 한 소년을 눈 속에 파묻고, 까치알을 바위에 던진다. 그녀는 이런 일을 겪을 때마다 비슷한 방식으로 아파할 것이다.

사진이다! 여선생님인 크리스타 T.의 얼굴이다. 학교 벽돌 담벼락 앞에 서 있는 서른두 명의 아이들 한가운데 스물한 살의 '아가씨' 얼굴이 보인다. 당시 열 살이었던 아이들은 이 순간에도 다시 그곳에 서서 사진을 찍고 싶어 할 거다. 선생님은, 스물한 살인 선생님은 다르게 보일 거다. 나는 옛날 사진을 들고 마을을 돌아다니고 싶다. 이제 거의 서른이 다 된 학생들 속에서 그녀를 되새기고 싶다. 혹시 이분을 아십니까? 적어도 그녀의 이름만이라도 아직 기억하시나요? 당신들이 선생님에게 약속했던 것 중에서 하나라도 지켰습니까? 어린 고양이를 강물에 빠뜨려 죽이지 말고, 앞이 보이지 않는 늙은 개에게 돌 던지지 말고 쫓아다니지 말고, 병아리를 벽에 내던지지 말라는 약속 말이에요. 당신들은 선생님을 보고 비웃었나요? 당신들도 이 사진 속 선생님처럼 성장한 지금, 어린 자녀를 팔에 안으면서 정말 단 한 번이라도 선생님을 생각하지는 않았나요?

아이들은 웃는 얼굴, 만족해하는 얼굴, 불안해 보이는 두서너 명의 얼굴, 위협적으로 보이는 얼굴, 어두워 보이는 몇몇 얼굴이었지만 무엇이라도 숨기려는 비밀스러운 얼굴은 전혀 아니었다. 하지만 사진 왼쪽에서 가장 위 마지막 줄에 서 있는 그녀의 얼굴은 무언가를 감추고 있다. 치유하기 힘든 상처가 있는 듯하다. 내성적이고 냉정해 보인다. 사람들이 그녀가 그렇게 하기를 바랐기 때문에 미소를 지었을 뿐이다. 물론 눈빛은….

언제까지 이곳이 그녀의 자리였을까? 3년 동안 그녀는 긴 여름 방학 전에 반 학생들과 사진 찍기 위해 자세를 갖춘다. 사진작가가 카메라 셔터를 누르고 사진판을 현상하고 아무런 차이가 없어 보이면 사진을 전달하고 수수료를 받아 갔다. 크리스타 T. 선생님은 자기 자리로 돌아가 사진 세 장을 나란히 놓고 오랫동안 바라봤다. 그녀가 움직이는 모습은 없었다. 하지만 결국 그녀는 사진 앞에 놓인 테이블에 앉아 대학 입학 지원서를 쓴다.

그렇게 해서 강의실에, 나와 같은 칠판 앞에, 무슨 일이 있어도 함께 유치원을 짓고 싶어 하는 주근깨투성이의 남학생 귄터와 함께 강의실에 있게 되었다고 크리스타 T.가 말했다. 그때 우리는 기차역에 거의 다 와 갔다. 나도 그 남학생 알아. 그를 막을 사람이 하나도 없지. 그때 우리는 웃기 시작했고, 기차가 도착할 때까지 계속 웃었다.

우리 앞에 놓인 모든 날이여!

4

크리스타 T.는 수줍음이 많았다.

무엇보다도 그녀는 흔적 없이 사라지는 평범한 일이 자신에게 일어날까 두려웠다. 그녀는 다급하고 부주의하게 흔적을 남겼다. 오른손이 하는 일을 왼손이 모르게, 언제라도 모든 것을 다시 부인할 수 있게, 무엇보다 자기 자신 앞에서 말이다. 아무도 나를 찾아야 할 의무를 지지 않게 했다. 하지만 인정하지 않는 두려움이 남긴 희미한 흔적을 누가 쫓겠는가…. 이렇게 많은 글이 있을 거라고 누가 예상이나 했을까? 크리샨, 너는 왜 쓰지 않는 거야? 알았어, 응. 그녀는 부인하지도, 인정하지도 않았다. 그녀는 기다렸다. 하지만 무엇을 기다리고 있는지 오랫동안 몰랐다. 나는 확신한다. 그녀는 사물을 있는 그대로 말하지 못한다는 걸 너무 일찍 깨달은 것 같다. 그래서 영원히 낙담한 건 아닌지, 너무 일찍 깨달아 자제력을 잃은 건 아닌지 궁금해지기도 했다. 포기하고 모든 일이 순리대로 흘러가도록 내버려 두었다. 그렇게 하면 오류의 출구도, 거짓말의 탈출구도 없다. 그러면 최선을 다하거나 최악을 선택한다. 중간을 선택하기도 하지만 그건 자주 최악이 된다. 이러한 상황에 위협을 느낀다면 침묵을 더는 간과 할 수 없다.

나는 해당 사물에 대해 글로 써야만 이해할 수 있다! 그녀는 정말 여기에 대해 자신을 비난했을까? 숨겨진 자아 비난이 그녀의 일기, 수필집, 관찰문, 소설, 목록, 구상, 그리고 편지의 상태를 해명할까? 그런 부주의는 결코 실수나 무질서로 위장될 수 없다. 무기력에 대한 비난이 희미하게 드러나면서 그녀는 무기력으로 사물의 초월적인 힘에 저항했다고 생각했다. 글을 쓰는 행위로 사물을 이해했다. 그녀는 자신이 스스로 그걸 말할 수 있다는 것을 알지 못했다.

그녀에게 한 번도 물어보지 못한 질문이 떠올랐다. 너는 무엇이 될 거니? 대답받지 못하는 두려움 없이 어떻게 질문할 수 있을까?

우리는 단골 카페 위층에 마주보고 앉아 있었다. (크리스타 T.는 대학교와 학과를 바꿔 3년을 다녔고 나를 만났을 때 그녀는 4학년이었다) 그녀는 메모장을 훑어보고 있었다. 그녀는 종종 움푹 들어간 구석에 놓인 둥근 대리석 테이블에 앉아 있는 모습이 목격되었는데, 서로 친구는 아니지만, 알고 지내는 다양한 사람들과 함께였다. 그때는 혼자 앉아 있었고, 뭔가 할 일이 있는 듯 보였다. 분명 무언가를 준비하고 있었다. 무엇을 준비했던 걸까? 그녀는 얼마 남지 않은 장학금으로 저렴한 브라운 케이크 한 조각을 샀다. 다른 사람이 하는 걸 그녀도 똑같이 했다. 왜 우리는 그녀에게 물어볼 수 없었는지, 웃음이 나올 뿐이다. 너는 뭐가 되고 싶니, 크리샨? 그녀는 아무에게도 보이고 싶어 하지 않는 동작으로 공책을 내려놓고, 걱정거리인 세미나도 잊은 채 맞은편 어두운 골목에서 혼자 또는 무리로 나오는 사람들이 손을 흔들고 헤어지거나 다시 함께 가기도 하는 모습을 한동안 바라봤다. 어떤 연극 장면도 이보다 더 평범할 수는 없을 것이다. 그녀는 무엇을 봤던 걸까?

자, 말해 볼래? 어둡고, 약간 자조적이면서도 비난에 찬 친숙한 눈길을 보낸다. 나 말이야? 선생님이겠지? 그녀는 이렇게 되물었던 것 같다. 그래서 나는 묻기를 포기하고 침묵을 지키며 그 물음을 그대로 내버려 뒀고, 그녀를 규정하려는 고집을 피우지 않았다. 너무나 명백했던 것은, 그녀가 정말로 무엇이 될지 몰랐다는 것이다. 그녀는 사람들과 어울리려고 노력했고 단순히 들뜬 기분을 억지로 만들어 내지는 않았다. 그녀는 다른 사람들에게 완벽하게 어울리는 교사, 사범대 지망생, 대학 강사, 출판 편집자… 중 하나를 선택할 선의를 품고 있었지만, 순식간에 대답할 수 없던 건 자신이 부족하다고 생각했기 때문이다.

그녀는 이런 호칭을 신뢰하지 않았다. 그녀는 물론 자기 자신조차 신뢰하지 않았다. 그녀는 계속 절망했다. 우리가 그녀의 새로운 호칭에 열광하는 와중에 그녀는 자신이 어쨌든 친숙해져야 하는 호칭의 현실에 절망하고 있었다. 그녀는 그런 호칭은 절대로 얻어지지 않고, 얻는다고 하더라도 아주 잠깐 호칭과 일치하는 듯 어렴풋이 느끼는 것뿐이라고 말했다. 그녀는 자신에게 호칭 붙이는 일에 놀라 마음이 움츠러들었다. 이는 어떤 무리와 어떤 마구간으로 가야 할지 알려 주는 낙인과 같았다. 살아가고 체험하고 자유롭게 위대한 삶을 살아가기를! 아, 살아 있다는 찬란한 느낌이여! 너, 나를 절대 떠나지 말기를. 그저 한 인간으로 머물 수 있기만을….

뭐가 되고 싶어, 크리샨? 인간이 되고 싶다고? 이제 너도 알고 있구나…….

그녀는 이미 자리를 떠났다. 사람이 자기 자신을 위해 일해야 한다는 것을 그녀는 인정했다. 그렇게 그녀는 며칠 동안 사라졌다. 그녀가 공부 중이라는 것을 의미했고, 우리는 그렇게 믿는 듯 행동했다. 그녀는 시험 직전에 돌아왔다. 우리는 이미 모든 시험 자료를 검토했고, 필기 노트를 교환해서 봤고, 중요한 점을 골라 색인 카드를 만들었고, 스터디 그룹을 만들어서 평균 B 이하는 받지 않도록 책임을 다해 약속했다. 그러자 그녀는 다시 나타나서 천진난만하게 시험 주제에 대해 질문했다. 우리는 실망을 드러내지 않았다. 스터디 그룹에서 함께 공부하는 동안 그녀는 대체 어디 있었던 걸까? 그녀에게 그동안 무엇을 했냐고 묻는 대신, 책임을 추궁하지도 않고 필기 노트를 건네주며 도와주겠다고 했다. 우리의 주근깨 보조, 귄터는 그녀에게 도표 하나를 보여 주었다. 그녀의 열악한 학업 성과로 세미나 그룹의 평균 성적이 어떻게 낮아질지 예상한 도표였다. 설마 그녀가 그렇게 되기를 원할까? 천만에. 크리스타 T.는 이렇게 말했다. 너희들 정말 열심이구나! 그녀는 친구인 게르트루트 보른에게 가서 메르제부르크의 주술문을 낭송해 달라고 부탁했다. 친구는 순순히 낭송했다. 날이 저물어 그녀는 집으로 돌아가야만 했다. 그녀는 도스토옙스키를 읽었고, 이후 최고의 연약함이 최고의 강인함을 이길 수 있다는 주장에 대해 생각해야 했다. 이 문장이 언제나 적용되는지 스스로 물어봐야 했다.

그러는 동안 그녀는 어느덧 집 앞에 도착해 있었다. 그녀는 게르트루트를 다시 데려와 어떻게 하면 우리 각자에게 주어진 삶의 조각들로 어떻게 하나의 온전한 삶을 만들어 낼 수 있는지, 그리고 이것이 삶의 목표인지……. 소리 내어 생각했다. 하지만 이것이 아니라면 대체 무엇이란 말인가? 그들은 서로 각자 집으로 돌아갔다. 도시는 이미 적막했다. 멀리 떨어진 큰길에서 마지막 전차가 달렸다. 그녀는 피곤해서 광고판에 등을 기대어 있었다. 창문 몇 군데에서 빛이 새어 나왔다. 사람들은 왜 깨어 있을까? 불안이 번지고 있는 걸까? 모두에게 전염되고 있는 걸까? 불안에 떨고 있는 그들에게 어떻게 용기를 줄 수 있을까?

그리움이여, 가장 조용한 잠에 빠진 새여….

사랑에 대해서는 한마디 말이 없었다. 그녀는 언제나 혼자였다. 그게 이상해 보이지는 않았다. 어느 날 그녀가 우리 아이에게 열중하고 있을 때, 그런 그녀의 모습은 나에게 생각할 빌미를 주었다. 나는 단도직입적으로 물었다.

그건 말이야, 설명하기 어려워. 그녀가 대답했다. 그래도 이번에는 거의 확신해. 그녀가 덧붙였다.

우리가 무엇을 이야기하는지 알고 있지?

그녀는 미소를 보였다. 하지만 우리 둘 다 학교 담벼락에 기대어 있던 장면을 생각하지는 않았다. 그녀는 더는 우월할 수 없었고, 물어봐야 할 사람은 나였다. 어쨌든 내 삶과 그녀의 삶을 나란히 놓고 본다면, 그녀가 무엇을 말하고 있는지 아느냐고 물어볼 자격이 나에게는 있다고 생각했다.

어쨌든, 적어도 그렇지. 그녀가 이렇게 말했다. 이런저런 일은 벌써 일어났으니까.

나는 이름 하나를 지목했다.

아니야, 아니야. 그녀는 말했다. 벌써 옛날 일이야. 한여름 밤의 사랑이었어. 모든 게 다 그랬어. 그런데 전부 다 이야기하려니 너무 어렵네. 그녀가 이렇게 덧붙여 말하고는 다시 책을 집어 들고 침묵 속으로 빠져들었다.

말하기 어렵다. 아니, 너무 힘든 감정에 억눌리면 말 한마디조차 꺼내기 힘들다. 다행으로 우리는 그런 사실을 알지 못했다. 그러니까 그녀가 마을에서 보낸 마지막 여름이었을 것이다. 6월의 어느 저녁, 그녀가 서 있는 곳은, 말하자면 학교 정원의 버찌나무 아래 울타리 근처일 것이다. 그 정원은 그녀가 등지고 서 있는 작은 오리 연못처럼 숨겨져 있었다. 개구리들은 여전히 조용했다. 그는 길을 따라오고 있었고, 그녀는 멀리서부터 그를 보고 있었다. 그녀는 생각했다. 오늘에서야 드디어 그가 오는구나. 아니, 그녀가 그렇게 생각했기보다는 그렇게 느꼈을 것 같다. 그가 급정거하고 뛰어내렸을 때, 그녀는 울타리 너머로 그에게 버찌 두어 알을 건넸다.

가는 길에 챙겨 드세요. 그녀가 말했다. 그러면서 자신이 울타리에 서서 한 남자에게 버찌를 건네주는 모습에 웃음을 터트렸다. 자신이 그곳에 서 있는 모습을 여전히 볼 수 있는 한 어떤 일도 일어나지 않을 거다. 하지만 그는 버찌에 관심이 없었다. 그는 우선 정말인지 아닌지 알고 싶어 했다.

당신을 그렇게 화나게 한다면 분명히 맞겠죠. 그녀가 대답했다. 그런데 그것이란 도대체 뭘 말하는 거예요?

당신이 우리를 떠난다는 말이오. 그가 말했다.

당신이 그걸 그렇게 표현한다면 그게 사실이겠죠. 크리스타 T.가 말했다.

왜 그런 거요? 그가 물어보았을 거다. 우리가 당신 마음을 아프게 했습니까?

이 말에 그녀는 웃었을 거다. 그가 이유에 대한 대답을 고집할 때, 그녀는 어떤 반문을 던질까? 그의 관심을 끄는 반문이어야 한다. 그녀는 사람들이 이렇게 하는 걸 알고 있고, 그녀도 같은 방식으로 하고 싶어서 울타리를 따라 문까지 몇 걸음 걸어가 그의 눈을 바라보았다. 마을 둘레로 뻗어 있는 길에서 마음의 빗장을 풀고 그의 옆에 서고 싶었고 누군가의 어깨에 무언가를 온전히 떠맡기는 느낌을 받고 싶었다. 하지만 그렇게 생각을 재는 동안은 아무 일도 일어나지 않는다.

그럼, 당신은요? 크리스타 T.는 무슨 말이라도 꺼내기 위해 이렇게 말했다. 당신은 어디론가 떠나고 싶지 않나요? 휴가 때에도요?

저요? 여기를 떠난다고요? 그럴 일은 결코 없습니다.

그녀는 한숨을 내쉬었다. 이 사람은 자신이 진실로 원하는 것이 무엇인지 아는 사람이었다. 집 두 채 사이에 난 들판으로 향하는 길에 접어들었다. 길가 양쪽에는 벌써 금잔화가 피어 있다. 태양은 여전히 재스민 덤블 위로 희미하게 자신의 존재를 드러내며 저물어 버릴 위험한 유혹에 빠진 듯했다. 크리스타 T.는 이 순간이 아름다운 유화가 될 것으로 생각했다. 그녀는 그가 언제나 진지하듯, 자신의 장난기를 눈치채지 못하게 했다.

그러면 벌써 자리 잡은 거예요?

물론이죠. 그가 반박하듯 대답했다. 이곳을 영원히 떠나지 않을 겁니다. 나는 그렇게 생각해요. 그런데 왜 웃습니까? 그럴 만한 이유가 있군요.

의심하는 건 아니에요.

지금 당신은 날 비웃고 있어요.

제가 비웃지 않는 첫 번째 순간이에요. 그걸 알아채지 못하셨군요.

그녀는 그가 '영원히'라는 말을 한 것을 들었다. 따끔한 통증이 지나갔다. 이제 우리는 어떤 관계로도 발전되지 않을 것이다. 그렇게 되어서도 안 된다.

당신 자신이 잘 알고 있잖소. 그가 말했다. 학교 때문입니다. 학교는 분명 발전할 수 있습니다. 당신이 그걸 믿건 안 믿건, 학교 발전은 심지어 학교 화단까지 모두 내 어깨 위에 올려져 있소.

저는 믿어요. 크리스타 T.가 대답하며 이웃 마을에 새로

온 젊은 교장을 다시 한번 물끄러미 바라본다.

파란색이 참 잘 어울리네요. 그녀가 말했다. 바로 그렇게 하는 거야, 맞았어. 이런 말이 그녀의 마음속에 들리지만, 그녀는 이내 침묵하고 말았다.

파란색이라! 그는 의심쩍은 듯 큰 소리로 말한다. 아주 많이 낡은 옷인데. 미리 알았다면 저는 완전히 다르게….

'완전히'라는 단어를 아주 좋아하나 봐요? 크리스타 T.가 물었다.

그런 걸 묻는 사람은 당신뿐입니다. 그가 낮은 목소리로 씁쓸하게 대답했다. 난 당신이 완전히 옳거나 완전히 정상적인 걸 좋아하지 않는다는 사실을 이미 알고 있습니다.

오해 마세요. 그녀가 진지하게 대답했다. 그런 걸 제가 어디서든 마주할 수 있다면 얼마나 좋겠어요. 그런데 당신은 저의 어떤 면에서 그런 걸 알아챘어요?

아아, 그는 힘없이 말한다. 가끔, 네, 예를 들어 장학관이 이야기할 때, 당신은 한 번도 웃지를 않아요. 아니오. 그건 아니지만, 난 당신이 많은 걸 의심하는 걸 알고 있습니다.

언제나 그런 건 아니에요. 그녀가 대답했다. 당신이 세심하게 관찰하는 만큼, 저도 세심하게 비교해요. 장학관 연설과 학교 상태를 비교해 보는 거예요.

보세요. 그는 강한 어조로 말했다. 나는 장학관의 연설과 제가 꿈꾸는 학교에 대한 미래를 비교합니다.

이상하네요. 그녀가 대답했다. 당신의 그런 모습이 제 마음에 드네요. 그녀는 자기 내면에 귀를 기울인다. 아무 목소리도 들려오지 않는다.

이제 태양은 덤불 속으로 가라앉았다. 그들에게 남은 건 들판을 가로질러 뛰어가, 펼쳐진 건초 냄새를 맡는 거다. 그렇다면 좋다. 그들은 달린다. 건초 냄새를 맡는다. 이 모든 건 우리 마음대로 상상할 수 있다. 이제 그녀는 그에게 미루나무에 관해 묻겠지.

혹시 미루나무를 타고 올라간 적이 있나요?

그럼요, 집에 있는….

제가 말을 잘 못했네요. 나무 위 까치둥지에서 알을 꺼낸 적은 없죠? 아직 털도 마르지 않은 어린 새들을 헛간 벽에 내던진 적은 없겠지요?

솔직히 말해서, 그는 어리둥절해 대답한다. 난 결코 그런 짓을 할 수 없어요. 그런 일은 정말 이상하다고 생각해요. 알고 있잖습니까.

그렇다면 사람은요?

그게 무슨 말입니까? 그가 이렇게 묻겠지. 하지만 그녀가 의미하는 바를 곧 알게 될 것이다. 전쟁이 끝난 지 3년이 지난 지금, 우리는 그런 질문이 무엇을 의미하는지 알게 되었다.

군인이었잖아요. 그녀는 이 말을 덧붙였다.

나는 운이 좋았소. 그가 대답했다. 잠시 틈을 주고 다음에 말을 이어갔다. 언젠가 어떤 여성이 이 질문을 할 거라 예상은 했습니다.

그들은 이제 들판 가장자리에 앉았다. 이럴 때 어떻게 해야 할지 잊어버린 크리스타 T.는 깜짝 놀라기 시작했다. 모든 것이 이런 거구나. 그녀는 생각했을 테고, 차근차근 단계별로 미리 생각해 대비했을지도 모른다. 예상치 못한 일이 첫 번째로 일어나지 않는다면 안심이 되는 건 사실일 것이다. 하지만 일이 생겼다. 그녀는 그에게 어떤 아가씨가 물었는지 궁금해했다.

그는 실제로 슬픔에 잠겨 말했다. 난 거의 인식조차 못 하고 있는데요.

무엇을요? 젊은 아가씨요 아니면 그 질문이요?

둘 다 모두요. 그가 대답했다.

하지만 그녀는 세상이 돌아가는 방식이 그렇다고 생각했다. 인식하지 못하지만, 예견은 하면서 말이다. 이보다 더 좋은 대답을 바랄 수는 없었다.

손 좀 보여주세요. 그녀가 말했다.

그는 순순히 그렇게 했다. 당신은 완전히 좋았거나 완전히 나빴거나, 둘 중의 하나였겠지요. 그가 말했다.

아주 나빴어요. 그녀가 말했다. 동시에 전혀 그렇지도 않았어요.

당신은 정말 이상하군요. 그가 말했다. 나는 알고 있습니다. 당신 결국 떠날 거라는 걸. 저는 당신을 잡을 수 없겠죠.

맞아요. 당신은 그럴 수 없어요.

네가 질문 세 개에 답을 해야 한다고요? 그가 다시 물었다.

네, 질문 세 개요.

태양은 이제 지평선 위에서 겨우 한 뼘 정도 위에 떠 있다. 꽤 많은 시간이 지났다.

첫 번째 질문이에요, 방금 무슨 생각 했어요?

당신은 밤낮으로 어떻게든 이곳을 떠나게 되기를, 그리고 그 누구도 당신을 막을 수 없다고 생각했소.

두 번째 질문이에요. 저는 무엇이 될까요?

내게서 그걸 알아내려 하는군요. 그가 씁쓸하게 말했다. 질문이 잘못되었습니다. 무엇이 되어야만 하는지를 물어야만 했습니다. 그렇지 않았다면 내가 답을 했을 것입니다.

세 번째 질문이에요. 인간에게 필요한 것은 무엇일까요?

바로 해야 할 과제입니다. 그는 드디어 확신에 차 대답했다.

당신은 스스로 그걸 부여할 권리가 있죠. 그런 시험들은 해답이 결코 명백하게 드러나지 않아요. 당신도 잘 알고 있죠. 해가 져버렸네요. 아무것도 결정되지 않았어요. 그걸 명심하세요.

그럴 줄 알았소. 그녀 옆에 앉아 있는 그가 말했다.

그녀는 그가 일어나는 소리를 듣는다.

여기 있어요. 그녀가 말한다. 여기 머물러 주세요.

약속, 그녀가 말한다. 저는 어느 것도 약속할 수 없어요.

이런 식으로든 다른 식으로든, 그해였거나 다음 해였거나, 이 남자였거나 다른 남자였거나 한여름 밤의 사랑이었다고 그녀는 시간이 지나 나에게 말할 것이다. 여름은 길지도 짧지도 않았고 사랑은 너무 가볍지도 무겁지도 않았고 이웃 마을이든 그 어디든 너무 가깝지도 너무 멀지도 않았다. 마을 주변 둘레길은 친숙하면서도 낯설었다. 하지만 그녀 자신은 스스로 혐오할 만큼 알려져 있었고 고통스러울 만큼 알려지지 않았다.

나는 그녀가 그랬었기를 바란다. 그녀 자신이 알아야 했던 것을 알게 된 이후 떠나야 했을 것이다.

그녀는 도시로 왔고 오랫동안 혼자였다.

놀랍게도 당시에는 두 가지 모두 당연해 보였고 따라서 둘 다 설명되어야 한다고 생각했다. 그녀가 좋아하는 한 살 많은 언니는 그녀가 무리하는 것은 아닌지 물어보았고 경고까지 했다. 언니는 동생에게 그런 일이 쉽게 일어날 수 있다는 것을 함께 살아봐서 알기 때문에 걱정했다. 아버지는 딸이 아버지의 학교에서 환영받는 후계자가 되었을 텐데 하며 아무 반대도 하지 않았다. 그녀의 어머니는 그들이 함께 있을 때, 아버지가 암시한 대로 말을 이어갔다. 그녀가 혼자 남아 있어야 했을까? 그럼, 그들이 살았던 관사는 어떻게 되는 걸까? 이런 생각 말이다.

크리스타 T.는 결국 떠났다. 그녀는 이후에도 이러한 이별 과정을 여러 번 반복했다. 거기에는 첫 번째 이별에서부터 알아차릴 수 있었던 패턴이 있었다. 너무 잘 아는 것이나 더는 도전하지 않는 것들은 뒤로 남겨 둔다. 계속해서 다른 경험에 대해 호기심을 보이고 결국 새로운 상황에 부닥치는 자기 자신을 알고 싶어 한다. 목표보다 과정에 더 집중한다. 이런 성격이 주변과 타인에게 주는 피해는 명백했다.

당시에 그녀는 거의 눈에 띄지 않았다. 모든 사람이 자기 자신에게 행동할 용기를 일깨우기 위해 과하게 노력했고, 시간은 너무나 빨리 흘러갔기 때문이다. 사람들은 오랫동안 생각하지도 살펴보지도 않은 채 닥치는 대로 삶을 선택했다. 그 삶이 자신에게 잘 맞는지 아닌지 스스로 묻지 않은 채 그저 그렇게 살았고, 그렇게 살다 보니 그 삶은 자신에게 맞는 삶이 되었다. 그렇지 않다면 적어도 시간이 지나면서 사람들은 그렇게 믿게 되었다.

하지만 외부 상황은 이와는 우스울 정도로 너무나 모순적이었다. 새로운 도시로 간 크리스타 T.는 방을 둘러보고 집주인을 만났다. 그녀는 열일곱 그루의 미루나무를 찾아서는 안 된다는 것을 깨닫고 창가에는 아예 가까이 가지도 않았다. 그녀는 아랫입술을 내밀었다. 좋습니다. 그녀는 그 방을 얻었다. 거리 이름은 한 독일 철학자의 이름이었다. 저녁이면 가끔 어떤 아이가 나무도 덤불도 없는 앞뜰 정원의 석조 장식을 꼼꼼하게 닦았다. 이른 아침에는 안뜰 주변으로 주부들이 모여 카펫을 두드리며 먼지를 털었다. 그리고 집주인은 편지를 뾰족한 손가락 사이에 끼거나, 크리스타 T.가 막 적어서 복도에 걸어 놓은 격언 글귀 판을 겨드랑이에 낀 채 나타났다.

"희망의 마지막 닻이 끊어지더라도 절망하지 말라." 이게 있을 수 있는 일이라고 생각해?

이런 격언조차 마음에 안 들어 하시네요. 그렇다면 어떤 정신적 지지 없이 살아갈 수 있다는 거죠?

슈미트 부인은 마치 두 개의 인격체로 분열된 듯 했다. 하나는 집주인으로, 다른 하나는 자선사업가가 되고픈 유혹에 못 이긴 듯, 내면의 두 존재가 서로 경쟁해서 방을 나설 때는 자기 자신을 알아보지 못했다.

이제 그녀는 스스로 형을 집행한다. 그녀는 도대체 무슨 이유로 이곳에 온 걸까? 그녀는 재빨리 망치를 가져와 기다란 복도 벽의 공간에 못을 박는다. 그곳에는 다른 안내문보다 더 잘 보이게 그녀의 안내문이 걸린다. 그녀의 모든 세입자가 집에 반드시 돌아와야 하는 시간은 물론, 당연히 혼자 있을 때나 자발적으로 언제 전깃불을 꺼야 하는지, 화장실은 몇 번 사용할 수 있는지, 그리고 수돗물은 얼마만큼 사용할 수 있는지 등이 쓰여 있었다.

시민들이여, 공용 시설을 소중하게 사용하시기 바랍니다.
크리스타 T.가 이렇게 말하고 슈미트 부인의 얼굴을 보며 웃었다. 물론 아무 소용 없었다. 누구도 무엇이 금지이고 아닌지 정확히 알지 못한 채 영원히 이 세상을 살아갈 수 없기 때문이다.

이렇게 저는 세입자들에게 도움을 주고 그들의 의심을 덜어주죠.

크리스타 T.는 슈미트 부인 집에 3년을 살았다.

5

 우리는 이 시절의 몇 년간에 대해 잘 모른다. 아직 무엇이 말해지지 않았는지조차도 모르기 때문이다. 말하는 행위를 통해 규정할 가능성까지 고려한다 해도, 개인적으로 나와 사람들이 함께했거나, 또는 그랬을 수도 있는 모든 일에 대해 유창하고 가볍게 진술할 시간은 아직 아니라는 것을 알게 된다. 그렇다면 나는 왜 침묵하지 않는 걸까? 내가 편파적이라는 걸 인정해야 하는 상황에서도 말이다.

 이것이 선택의 문제였다면 좋았을 것이다. 나를 끌어들인 건 크리스타 T. 그녀다. 그녀가 실제로 살았고, 거의 알려지지 않은 채 세상과 이별했다는 사실은 결코 지어낸 이야기가 아니다. 이제 시간을 내어 그녀를 바라보면, 내 앞을 걷는 그녀가 보인다. 그녀는 절대로 돌아보지 않는다. 하지만 나는 그녀를 따라 뒤로 한발 물러나야 할 것이다. 이 모든 것이 어디로 향하는지, 그녀가 처음부터 나에게 의도했던 것이 무엇이었는지 시작부터 알았다 해도 의심이 들기 시작했다. 글쓰기는 다른 어떤 것도 아닌 전형을 제시하는 것 외에는 아무것도 아니기에, 그녀에 대한 예를 들려 할 때, 그녀가 칭찬의 표현이 절대 어울리지 않는 크리스타 T.가 불쑥 튀어나왔을 때, 나의 의심이 시작되었다. 우리 시대가 마땅히 만든 칭찬의 말은 그녀에게 어떤 말은 조금 어울리고, 어떤 표현은 훨씬 더 강하게 일반적인 의미와 다른 방식으로 잘 어울렸다. 아, 나에게도 허구의 명확성이라는 이름답고 자유로운 선택이 있었다면….

  맹세컨대, 나는 결코 그녀 생각은 하지도 않았을 거다. 그녀는 전형적이지 않은 전형이며, 인물로서도 결코 일반적이지 않았기 때문이다. 실제 살아 있는 사람을 선택했더라도 별반 다르지 않았으리라는 가정을 억누르고, 나는 창작의 자유와 의무를 따르겠노라 고백한다. 단지 이번 한 번만이라도 실제로 어떠했는지 느끼고 나서, 유용성에 대해 어떤 주장도 하지 않으면서 말하고 싶다.

크리스타 T.는 당시 몇 년 동안 자신을 속여 왔고 그녀는 거기에 대한 대가를 치렀다. 사람은 강력한 현실감으로 모든 종류의 기만에 대가를 치르기 마련이다. 특히 자신에 대한 기만의 대가는 그중 가장 혹독하다. 하지만 나는 이 상황을 눈치채지 못하고 그녀가 다른 사람들과 같아지고 싶어 하는 것이 당연하다 생각했다. 그 후로 그녀의 일기장을 보고 큰 충격을 받았다. 나는 왜 아무것도, 거의 아무것도 눈치채지 못했는지 의아했다. 우리는 서로를 다시 찾지 않았던가? 우리가 다시 만나 마지막 순간에 진실한 말을 나누고 진솔한 웃음을 함께 하지 않았던가? 서로 경탄하고 기뻐하고 믿음이 오가지 않았나? 분명 그랬다. 어느 정도까지는 그랬다. 나는 살아 있고 그녀는 그렇지 않기 때문에 무엇을 이야기하고 무엇은 침묵할 것인지 내가 결정할 수 있다. 이것이 살아 있는 자가 죽은 자에게 저지르게 되는 폭력일 것이다. 그래서 이를 알려지지 않을 권리, 말해지지 않을 권리라 부른다. 매우 좋은 권리다.

어쩌면 지금 상황에서 나 혼자 책임을 떠안지 않아도 될지 모르겠다. 너무 일찍 세상과 이별한 사람의 동료는 아직 살아 있을 가능성이 크기에 나는 살아 있는 목격자를 찾을 수 있을 거다. 우리가 함께 공부했던 도시를 찾아가, 대학교 앞 광장을 가로질러 걸어가 볼 수도 있을 것이다. 내 기억이 맞는다면, 지금쯤이면 그곳에 화단이 있을 거다. 우리가 후원하던 유치원 화단에 주근깨투성이 귄터가 꾸준하게 토마토와 강낭콩을 심어 가꾸었던 것처럼, 광장 주변에 있는 화단도 저절로 만들어진 것은 아닐 거다. 웃음이 불쑥 나온다. 광장을 가로질러 떠다니며 우리를 쫓아내던 먼지는 지금은 많이 가라앉아 있을 거다. 이것이 내가 마지막으로 기대할 수 있었던 일이었다. 화단이 그걸 말해 준다.

하지만 건물 안은 생각보다 변한 것이 거의 없을 거다. 내부 안뜰은 여전히 '주의!', '붕괴 위험'이라는 표지판으로 새로운 세대가 접근할 수 없겠지. 전쟁으로 손상된 지붕이 이십여 년이 지나 붕괴할 리 없을 것 같은데. 요즘 학생들도 그때의 우리처럼 표지판과 이방인인 내 옆을 무심하게 지나치겠지. 요 몇 주 동안 나는 지금의 학생들과 동년배가 된 것 같은데, 불안한 방법이긴 해도 이렇게라도 그들은 나를 같은 나이대로 보지 않는다는 것을 깨달아야겠지. 나는 언제나 똑같은 돌계단에 서서 수리되지 않은 지붕에서 불어오는 바람을 맞으며, 한 학생에게 망설이며 다가갈 거다. 그리고 될링 박사에 관해 물을 것이다. 그는 내 질문에 주저 없이 대답하겠지.

나는 마르고 창백한 게르트루트 보른의 이미지를 밀어내고 나서야 그녀의 새로운 이름과 직함을 주저 없이 말할 수 있을 것이다. 물론 우리가 십여 년 전에 대학 강사들을 만났던 그곳에서 그녀를 만나게 될 것이다. 내가 노크하고 안으로 들어가면, 게르트루트 보른은 고개를 들어 나를 알아볼 것이다. 그녀의 기쁨이 진짜인지 가짜인지가 많은 것을 결정하게 될 거다.

그녀의 기쁨이 진짜라고 가정해 보자. 그렇다면 그녀는 몇 분 지나면 우리가 아는 사람 중에서도 왜 크리스타 T.에게 관심을 두는지 궁금해할 것이다. 될링 박사는 중립적인 태도를 유지하면서 간섭하지 않을 것이다. 나도 그렇게 해 달라고 요청하겠지. 그렇게 하지 않는다면 내가 그녀에게 왜 가야 하겠는가? 게르트루트 보른은 '형상화'할 가치 있는 인물이 어떻게 보이는지 분명히 알고 있으며 아마도 그런 자신의 마음속 이야기를 드러낼 거다. 그녀가 일어나 책상 뒤에서 나와 자신의 요새에서 벗어나, 강의실을 가로질러 창문 옆 안락의자 쪽으로 몇 걸음만 옮겨도 다시 그곳을 요새 삼을 만할 것이다. 그곳으로 걸어가는 사람은 될링 박사다. 옷차림은 단정하게 잘 꾸몄지만, 창조력이 뛰어나지는 않다. 그렇다고 재능이 없는 것도 아니다. 창백하고 눈에 띄지 않던 게르트루트 보른의 이미지에서 벗어나, 수줍음을 극복하고 지금처럼 걷기 위해 그녀가 치른 대가는 오직 그녀만 알고 있겠지. 이런 걸 다른 사람이 아는 건 원치 않을 거다. 내가 그녀 맞은편에 앉아 있는 동안, 나는 그녀의 이런 점을 존중하게 되겠지.

자, 크리스타 T.에 대해서 말인데. 게르트루트 될링은 방어적인 자세로 나올 거다. 나는 왜 그런지 이유를 알 수 없겠지만, 내가 이렇게 온 것을 주저하게 될 거다.

크리스타 T.는 다른 사람들과 달랐어. 그녀가 말하겠지. 하지만 이건 너도 잘 알다시피, 크리스타 T.는 질서 있게 정리하는 일을 대수롭지 않게 생각했어. 꾸준히 일한 적도 없고, 그렇게 하는 법도 몰랐잖아.

게르트루트, 너는 네가 유일무이한 사람인 것처럼 연습했고, 그래서 고생 많이 했다는 거 잘 알고 있어. 하지만 아무도 네가 불평하는 걸 듣지 못했어.

게르트루트 될링은 크리스타 T.가 조금 특이했다고 말하겠지. 그러면 나는 한참을 뭔가를 재촉하듯 그녀를 바라보며 그녀가 말을 꺼낼 때까지 바라보겠지. 내가 말하고 싶은 건 이 말이야. 크리스타 T.는 위태로웠어.

이 단어(위태로웠다)를 허공에 흩어지게 그저 내버려 둘 것이다. 이 공간에 어울리지 않아 곧 사라지고 말 테지.

내가 말하고 싶은 건 말이야. 그녀는 이렇게 말을 시작하며 손가락 끝을 나란히 모으고 우선 미소를 보이겠지.

나는 기억하고 있다. 이건 게르트루트 보른이 당황할 때 나오는 행동이다.

왜 위태로운 거야?

될링 박사는 빠르고 정확하게 생각하고 생각의 결과를 공식화하는 데 매우 익숙하다. 이제 그녀 역시 망설이고 있을지도 모르겠다.

그녀는 사고력을 총동원해 자기 자신에게 만족하지 못하더라도 말할 것이다.

크리스타 T. 그녀는 정상 궤도에서 벗어나 있었어. 누구에게나 내재한 한계를 끝까지 인정하지 않았어. 그녀는 모든 일에 빠져 자신을 잊었어. 너도 그건 예상할 수 있을 거야. 학업이나 이런저런 책들, 모두 사실 그녀에게 별 상관이 없고, 늘 다른 것에 빠져 있었어. 그건 너도 알다시피 거의 모욕적이었어.

그녀가 나를 빠르게 힐끗 보겠지. 그러면 아마도 나는 시선을 아래로 내리겠지. 왜냐면 내 느낌을 그녀가 태연하게 말하는 것은 듣기 민망할 테니까.

게르트루트 보른은 언제나 쉽게 얼굴이 붉어진다. 그녀는 일어나 창가로 걸어간다. 하지만 나는 드디어 그녀의 삶에 크리스타 T.가 어떤 역할을 했는지 이해하게 될 거다. 수줍음을 많이 타는 창백한 수줍은 게르트루트 보른은 지난 3년 동안 거기에 대해 의문을 품고 있었고, 내가 제대로 생각했다면, 그녀는 스스로 답을 찾아낸 것 같다. 이 부분에 대해 나는 그녀를 존중하기 시작하겠지. 진실을 희생해서라도 나는 그녀를 달래주지 않으면 안 될 것이다.

그러고 나서 내가 말을 꺼내겠지. 크리스타 T.는 관심사가 너무 많았고 현명하게 자제하려는 의지가 부족해서 자기 자신을 자주 비난했다고 말이다.

나는 미친 짓이라 생각했다. 벌써 크리스타 T.를 베일 속에 숨겨 두고 완전한 진실이 필요하지 않은 살아 있는 자들을 위해 죽은 자를 희생시키기 시작하다니. 하지만 그 대목에서 나는 또 한 번 게르트루트 보른을 잘못 판단하게 된다.

아, 아니야. 사실 꽤 간단해. 그녀는 이렇게 대답하겠지. 크리스타 T.의 유일한 관심사는 사람이야. 문학을 전공 삼은 건 잘못한 거였어. 하지만 그게 무슨 소용이었겠어? 어떤 전공이 그녀에게 맞았을까?

기대와 달리 게르트루트 될링과 같이 생각해 봐야 할까?

그녀는 아마도 이렇게 말하겠지. 게다가 나 말고는 그녀에게 아무도 없었어.

나는 여기에 반박하지 않을 것이다. 하지만 그렇다고 그대로 내버려 두지도 않을 것이다. 나는 이렇게 말하겠지.

코스티아, 코스티아를 잊지 마.

그러면 그녀는 고개를 저을 테지. 그녀의 완고함이 고집과 뒤섞여 더는 분간하기 어렵게 되겠지.

크리스타 T.는 나 말고는 아무도 없었어. 그녀는 이렇게 말하겠지. 코스티아라고! 그렇게 번갈아 가면서 서로 주위에서 겉도는 관계를 어떻게 진지하게 받아들일 수 있겠니?

나는 크리스타 T.의 일기장을 소장하고 있기에 침묵을 지킬 것이다. 실제로 그녀 주변에 아무도 없어서 내 변명의 시도는 실패했다. 도대체 내가 왜 게르트루트 될링을 찾아갔겠는가? 내가 왜 그녀의 말을 계속 들어야 하는 걸까?

너도 크리스타 T.처럼 생각하는구나. 게르트루트 될링이 이렇게 말하겠지. 모든 건 그 일을 어떻게 바라보느냐에 달려 있어. 그녀와 코스티아의 관계도 그래. 하지만 중요한 건 그게 아니야. 절대 아니야. 객관적인 사실을 무시하는 것도 그녀의 또 다른 특징이었어. 그리고 쉴 새 없이 말하고 또 말하고 나서 언제나 커다란 후회가 따라왔지.

후회라고? 나는 조심스럽게 묻겠지.

그렇게 슬픔의 바다에 빠져버린다고. 단지 사람들이 그녀가 보던 대로의 사람이 아니라는 이유 때문이었어.

그런 게 아니라, 내가 곰곰이 생각해 본다면, 그녀가 우리가 원했던 그런 사람이 아니기 때문이었던 건 아닐까?

게르트루트 될링은 아마 충분히 이해하겠지만 그녀는 이런 논박을 넘어설 것이다. 원했다고? 아주 거칠게 대답하겠지. 원했다니, 도대체 우리에게 그럴 자유가 있었어? 당연한 일에 최선을 다하고, 계속해서 그렇게 하도록 강요받지 않았니? 그래서 놀라운 결과가 나오지 않았어? 그렇게 하지 않았다면 오늘 우리가 더 나은 삶을 살 수 있었을까?

하지만 그게 문제가 아니었다. 우리는 어디로 가고 있는 건지 생각하며 조심스럽게 그녀에게 묻겠지. 게르트루트 될링, 너는 도대체 어떤 이유로 그녀를 비난하는 거야?

누구를 비난한다는 거니? 그녀는 당황해서 묻겠지. 아, 오해가 있었나 본데, 잊지 마. 우리는 친구였어. 진정한 친구

사이였다는 걸 잊지 말아줘. 크리스타 T.는 언제나 나를 의지했어.

그리고 이는 사실이다. 크리스타 T.가 불안해져 방황하기 시작했을 때, 사라졌다가 어느 순간, 마치 오랫동안 떠나 있던 것처럼 낯선 모습으로 다시 나타났을 때, 그녀는 게르트루트 보른이 자신의 자리를 지키며 변함없이 믿음과 우정으로 그녀를 기다리고 있다는 것을 확신할 수 있었다. 어떤 질문도, 어떤 설명도 요구하지 않을 것이고, 변명 없이도 이해해 줄 것이라고 믿었다.

일어나 조용히 떠나는 것 말고는 나에게 무엇이 남아 있겠는가?

내가 그녀를 뭐라고 비난하냐고? 게르트루트 될링이 창가에 서서 묻겠지. 그녀의 목소리는 달라져 있을 거다. 크리스타 T.가 실제로 죽었다는 사실에 대해서야. 그녀는 언제나 모든 것을 재미 삼아, 실험하듯이 했어. 언제든 멈춰 서서 완전히 다른 걸 시작할 수 있었지. 누가 그럴 수 있겠니? 그런데 그녀가 결국 드러누워 너무나 진지하게 죽어가고 그걸 멈출 수 없었다니. 아니면 너는 그녀가 병 때문에 죽었다고 생각하니?

아니.

나는 그녀에게 가지 않을 거다. 나는 게르트루트 될링을 방문하지 않을 거다. 지금까지의 대화는 절대로 일어나지 않을 것이며 감정에 휘둘리지 않을 거다. 크리스타 T.가 무슨 병으로 죽었는지 하는 질문에는 그녀가 이겨낼 수 없었던 출혈성 백혈병이 원인이었다는 것을 의심하지 않을 정도로 마음의 준비가 되면 나 스스로 제기할 거다.

나는 집에 있을 거다. 내가 왜 게르트루트 될링을 슬프게 해야 하나? 그녀는 있는 그대로의 그녀다. 그녀처럼 스스로 한계에 도전한다고 말할 수 있는 사람이 누가 있겠는가? 그리고 내가 그녀에게 묻고 싶었던 질문들을, 나 자신에게 똑같이, 아니 더 잘 물어볼 수 있다. 굳이 돌아다닐 필요는 없다.

더군다나 모든 질문은 시간이 지나면서 선명성을 잃어버리고, '나'의 자리에 '우리'가 들어선다. 언어는 퇴장을 허락한다. 이는 처음보다 정당할 수 없고, 아무리 특정한 경우에만 해당한다고 하더라도, 새로 들어선 낯선 존재가 의무를 질 거라 기대해서는 안 된다.

물론 나는 그녀와 여전히 우정을 나누는 사이라 생각했다. 지금 생각해 보면, 그녀는 내가 다시 나타날 거라 전혀 기대하지 않았던 것 같다. 나중에야 그녀는 나를 믿기 시작했고,

그것도 일정 기간만 그랬다. 그사이에 그녀는 다시 한번 자신을 혹사했다. 내가 그녀에게 보낸 편지 중에 이걸 비난한 편지도 있었다. 마지막이라는 표현으로 나는 그녀를 위협적으로 경고했었다. 그러면 그녀는 힘을 다 뺀 사과의 편지를 보내왔다. 내가 그런 일에 정신 차릴 수 있으면 좋겠는데…….

사실 우리는 해야 할 다른 일이 있었다. 우리는 우리 자신을 침해당할 수 없는 존재로 만드는 데 아주 몰두하고 있었다. 우리 중의 한 명이라도 여전히 이것이 무엇인지 공감할 수 있다면 말이다. 우리는 이질적인 어떤 것도 우리 내면에 수용하지 않았다. 우리 내면에 이질적인 무엇이라도 생겨나는 것을 허용해서도 안 되었다. 의심, 혐의, 관찰, 질문 등 낯선 것이 생긴다면 그것을 누구에게도 눈치채지 못하게 해야 했다. 이는 두려움 때문이라기보다는, 많은 사람이 두려워하긴 했지만, 사실은 불확실성 때문이었다. 이는 내가 알고 있는 다른 어떤 것보다 극복하기 어려웠다.

하지만 확실성은 제외했다. 그런데, 불확실성은 확실성의 뒷면 아닌가. 어떻게 설명해야 할까? 그런 거다.

왜냐하면 새로운 세계, 우리가 침해당할 수 없게 만들고자 했던 그 세계는 우리가 쌓아 올린 벽돌로 우리 자신을 가두었고, 그렇게 실제로 존재했기 때문이다. 이는 우리 머릿속에서만 존재하는 세계가 아니었다. 당시 이러한 새로운 세계가 우리 세대를 위해 시작되었다. 하지만 일어났거나, 앞으로 일어날 일은 우리의 몫이며 언제나 우리의 일로 남게 된다. 고개를 돌리는 것만으로도 가치가 있었을 교환 제안은 일어나지 않았다.

나는 다시 크리스타 T.에 대해 말한다. 그녀는 우리 세계보다 더 간절히 바란 것은 아무것도 없었다. 그녀는 우리 세계를 진정으로 이해하는 데 필요한 판타지를 갖고 있었다. 누가 뭐라 하든, 판타지 없는 새로운 세상을 섬뜩하다고 느끼기 때문이다. 사실에 기반하여 살아가는 현실주의자들을 그녀는 '흡흡'(Hop, Hop 자자, 빨리빨리)이라 불렀다. 그녀는 가장 암울했던 시절, 그들보다 더한 열등감을 느꼈다. 또한 그들처럼 되려고 노력했고, 대중의 주목을 받는 직업에 대한 열망도 품었겠지만. 그녀는 그런 목표에 스스로 놀라 환멸을 느꼈다. 그녀는 억지로라도 모든 것을 스스로 추론했다. 그녀는 보고, 꿈꾸고, 일이 일어나는 대로 내버려 두는 성향에 한계를 그었다. 생각과 행동 사이에 놓인 고통스러운 걸림돌을 걷어냈다. 모든 조건을 제거해 버렸다.

모든 사람이 가치 있는 삶을 누리려면 우리는 몇 가지를 노력해야 한다. 여기에 어느 정도 책임을 맡을 준비가 되어 있어야 한다. 바로 덧붙여 말하자면, 있는 그대로 바라볼 수 있어야 하며 완전히 이해하고 거기에 대해 느슨해지지 말아야 한다……

그녀는 낙원의 본질에 대해 매일 밤 펼친 놀랍도록 두서없는 토론에 참여했다. 우리는 거의 언제나 배고팠고 나무로 만든 신발을 신은 채 커다란 확신으로 낙원의 문턱에 서 있었다. 완벽이라는 관념이 우리를 사로잡았다. 이는 우리에게 책과 소책자를 통해 스며들었고, 집회의 연단에 성급하게 등장했다. 진실로 이르노니, 너희들은 나와 오늘 낙원으로 입성할 것이다. 오, 우리는 그것이 부정할 수도, 대체할 수도 없다는 느낌을 받았다. 우리는 논쟁을 통해 확신했다. 우리 낙원은 어떤 에너지로 난방될까? 원자력 아니면 가스? 두 개의 예비 단계를 거쳐야 할까? 마침내 도착한다면 우리는 그걸 어떻게 인식할 수 있을까? 그곳에 살 가치가 있는 사람은 과연 누구일까? 오직 가장 순수하고 확실해 보이는 사람만이 그럴 거다. 그래서 우리는 새삼스레 영적 수련에 매진했고 오늘 우리가 그걸 서로 상기할 때마다 미소를 보였다. 우리는 다시 한

번, 몇 분 동안, 이 믿음으로 수년간 그랬던 것처럼 서로 닮아 갔다. 우리는 오늘날에도 단어 하나, 좌우명 하나로 서로를 알아볼 수 있다. 서로 눈을 깜빡인다. 낙원은 희박한 가능성이다. 그것이 낙원의 형태다. 불평하고 싶으면 불평할 수 있다. 살면서 한번은 적절한 때에 불가능한 것을 믿어본 적이 분명히 있을 것이다.

6

세상이 완벽해지는 데 필요한 것은 무엇일까?

 이 질문, 이 질문만을 마음속에 품고 있었다. 하지만 그보다 더 깊은 곳에 바로 그녀, 크리스타 T. 자신이 세상의 완성에 꼭 필요한 존재가 될 수 있으리라는 도도한 희망이 자리 잡고 있었다. 그녀는 살아가는데, 그 이상이 필요하지 않았다. 그녀의 욕구는 대담했으므로 자신을 지나치게 혹사할 위험이 있었다. 마을 학교를 위해 노력하며 결혼을 앞둔 그녀의 언니가 경고한 것도 괜한 일이 아니었다. 크리스타 T.는 언니에게 쓴 편지에 질투와 찬사를 오갔다. 언니는 유능하고 삶에서 도전을 마다하지 않고 불필요한 걱정에 휘말리지 않아 놀랍고 부럽기도 하다는 찬사와 언니가 너무 빨리 만족해 버리고 지나치게 겸손해서 능력을 제대로 발휘하지 못한다고 비난도 했다. 그런데 나는 지금 무엇을 하는 거지? 편지는 이렇게 끝을 맺는다. 하지만 이 편지는 보내지 않은 편지로 남았다.

그녀는 강의를 들었고 도서관 열람실에 앉아 줄지어 정리된 책들을 눈으로 훑어보다가 문득 모든 질문에 대한 답이 이미 있을지도 모른다는 두려움에 사로잡혔다. 그녀는 벌떡 일어나 도서관에서 뛰쳐나와 전차를 타고 먼 길을 돌아 다시 돌아왔다. 다시 안개가 자욱했고, 그녀는 추위를 느꼈다. 전날 언니에게 쓴 편지는 이러했다.

저녁에 집으로 걸어가다가 피곤이 밀려와서, 눅눅한 술집에 들어갔어. 남자건 여자건 나를 빤히 쳐다보더라. 마그데부르크 출신의 여행 중인 농장주가 같이 있던 직업여성을 내버려 두고 나에게 다가왔어. 그러고는 아우어바흐 술집*에서 즐거운 저녁을 보내자고 하더라고. 우리는 정치를 주제로 토론했지만, 그는 별로 달가워하지 않았고 그저 술 마시고 담배를 피웠지. 그 사람이 돈을 다 냈고, 나는 결국 서둘러 도망 나왔어. 너무 독한 담배를 피워서 힘들고 슬프네…….

첫 번째 징후는 산발적이고 신경 쓸 만하지도 않았지만,

---

* Auerbachs Keller: 괴테의 『파우스트』에 등장하며 뮌헨 호프 브로이하우스 다음으로 독일에서 유명한 식당이다.

그녀 자신에게조차 달리 설명하기 어려웠다. 현관 앞 거울로 슬리퍼를 벗어 던져라! 그녀는 중얼거렸다. 그러고 나면 기분이 다시 좋아졌다. 우스꽝스럽게 들리겠지만, 그녀는 인도 출신의 클링조르**를 만났기 때문이다. 그는 다른 이름으로 불릴 수 없었다. 격정적인 눈빛에, 눈처럼 새하얀 터번을 쓰고, 불쌍하게도 구멍 난 양말을 신은 모습은 그녀에게 전혀 문제 되지 않았다. 아무도 그에게 신경 쓰지 않을 거로 생각했다. 그녀는 도서 박람회에서 눈에 띄지 않게 가능한 그의 주변을 맴돌았다.

그런데 왜 그 후에는 그의 곁에 계속 머무를 수 없었던 걸까? 그는 이미 그녀를 알아차리고 그녀가 어디로든 자기를 따라오는지 보려고 멈춰 섰다. 마침내 헤어져야 했을 때, 너는 믿지 못하겠지만, 그는 나에게 고개를 끄덕여 주었어.

그날 밤 나는 그 사람 꿈을 꿨어. 평소에는 가지 않는 기술 박람회에서 그를 다시 만나는 꿈이었어. 그가 내 손을 잡고 공작 기계 쪽으로 이끌었어. 우리 아기, 시인은 이웃 학문에도 관심을 가져야 한단다……. 다음 날 나는 그곳에 가서 그를 만난 공작 기계 구역에 갔어. 그곳에서 정말 그를 만났지,

---

** Klingsor: 독일 낭만주의 작가 노발리스(Novalis)의 작품에 나오는 마법사.

뭐야. 그는 나와 마찬가지로 별로 놀라지 않았고, 나에게 진짜 클링조르식 인사를 건넸어.

아니, 놀랍지는 않았어. 느낌과 꿈은 거짓말하지 않거든.

그녀는 왜 그런 꿈을 꾸었는지 깨닫지도 못했고 인정하지도 않았다. 이런 낭만적인 위장과 정교한 예방 조치를 취해야만 그 단어가 언급될 수 있었다. 누군가 그녀를 시인이라 불렀지만, 그녀는 가볍게 무시했다. 하지만 그녀가 들은 것은 그냥 들은 대로였다.

그녀가 우리 모두와 숨바꼭질했다는 사실에 화를 낸다 한들 아무 의미가 없다. 그녀는 자기 자신에게도 똑같이 했으니까. 이제야 내가 그녀의 모든 변명을 꿰뚫어 볼 수 있다니! 그녀가 회피하려던 모든 시도를 어떻게 막아 낼 수 있었겠는가! 마침내 그녀는 영원히 자기 자신에게서 탈출했다. 그게 바로 병이었다. 병이란 바로 이런 거다. 게르트루트.

이상하든 아니든, 그즈음 해서 비로소 글을 쓰기 시작했다. 외면과 내면에서 자기 자신을 찾으려는 노력이 어느 시기에는 언제나 좋고, 어느 시기에는 언제나 나쁘다고 말하는 게 이상한가? 내가 보기에 당시 그녀는 그랬다. 이것이 무슨 놀랄 만한 일인지 오늘날에는 이해하기 힘들 것이다.

크리스타 T.는 별문제 없이 지내는 듯 보일 때도 사실 늘 긴장 속에서 살았다. 이는 증명 가능했다. 물론 여기에서 그녀를 옹호하는 일을 할 수 없더라도, 그 외의 사람들에 대해 어떤 평가도 판단도 내리지 않을 것이다. 단지 그때까지 많이 토론되지 않은, 최소한 '시대'라 불리는 것에 대해서는 평가할 것이다. 당시 몇 년간 많은 이들이 그 시대로부터 도망치기 시작했지만, 그녀는 그렇게 하지 않았다. 만약 자기 이름, 크리스타 T.가 불리면 그녀는 기대된 행동을 했다. 그녀는 오랫동안 자기 이름이 불리는 소리에 귀 기울이고 있었다. 이걸 누구에게 말했어야 했을까? 정말 나를 두고 한 말이었나? 아니면 내 이름이 그저 사용된 건가? 등식 부호 앞에 착실하게 추가된 다른 이름 중의 하나였을까? 내가 없어도 아무도 눈치 채지 못할 수도 있었을까? 그녀는 다른 이들이 빈껍데기 이름만 남겨 두고 도망쳤다는 것을 잘 알고 있었다. 그녀는 그렇게 할 수는 없었다.

하지만 그녀는 광란 속에서 살아갈 능력마저 잃어버렸다. 격렬하고 주체할 길 없는 말들, 펄럭이는 깃발, 시끄러운 노래, 팔을 높이 들고 머리 위에서 치는 손뼉. 그녀는 이런 가운데에서 말의 의미가 어떻게 변형되는지 깨달았다. 선량한 민음과 어설프게 나오는, 있는 그대로 말이 아니라 치밀하게 계산되고 상황에 적응해 버린 교활함에서 나오는 말이었다. 우리의 말은 틀리지 않았다. 틀렸다면 얼마나 간단한가! 단지 말하는 화자가 다를 뿐이었다. 그것이 모든 것을 바꾸어 놓는 걸까?

생각해 보면 크리스타 T.는 아주 일찍부터 변화란 무엇인지 스스로 묻고 또 물었다. 새로운 말? 새로운 집? 기계 또는 더 넓은 경작지? 새로운 사람이라는 말에 그녀는 자기 내면을 들여다보기 시작했다.

사람들은 초대형 피켓을 들고 있었고, 이상하게도 그 뒤에 숨은 모습은 눈에 잘 보이지 않았다. 우리는 그 피켓을 위해 논쟁하기 시작했다. 만약 그 논쟁이 온전하게 외부에만 머물러만 있었고, 우리 내부로 파고들지 않았다면, 그 누가 오늘날까지 기억하고 있겠는가? 우리가 믿지 못한 것은 피켓이나 신문, 영화, 책 속의 빛나는 영웅이 아니라 우리 자신이었다. 우리는 불안했고 놀랍게도 규범을 수용하면서 우리 자신을 그들과 비교하기 시작했다. 그 비교는 우리에게 매우 불리했다. 이런 이유로 우리 주변이나 내면에 똑같은 공기가 통하지 않는 진공 공간이 생겨났고, 그 공간의 별과 태양은 어떤 법칙에도, 어떤 변화에도 의심의 여지 없이 겉보기에 아무런 어려움 없이 맴돌았다. 모든 것을 움직이는 메커니즘, 이것이 정말 작동했던 걸까?

톱니바퀴와 줄과 막대는 어둠으로 사라졌다. 사람들은 기계들의 적대적인 완벽함과 실용성에 기뻐했다. 기계가 원활하게 작동하기 위해서는 어떤 희생도, 심지어 자기 소멸도, 작은 나사가 되는 것까지도 감수했다. 오늘날이 되어서야, 비로소 진심으로 놀랍다고 느낀다. 이런 느낌에 이르기까지 그 길이 얼마나 멀고 멀었던지.

이 얼마나 기가 막히게 멋진 생각이었던지, 크리스타 T.는 이러한 메커니즘에 대항해 밤이 되면 나타나는 내면의 아이와 마주했다. 사람들은 메커니즘의 작용과 반작용에 대해 직접 상상할 수는 없었다. 그건 그렇고, 그녀는 어떤 작품에도 날짜를 적어두지 않았다. 하지만 원고의 기술 방식, 종이의 상태와 품질 정도 등을 보면, 그녀의 어린 시절에 대한 짧은 단편집은 이 시기의 작품이라는 걸 암시한다. 그녀가 이 사실을 심각하게 여겼는지, 그 심각함을 숨겼는지 말하기 어렵다. 그러나 자신이 왜 이 시기에 내면의 아이를 따라가야 했는지 확실하게 인지하지 못했다. 하지만 내면과 관련된 글쓰기는 언제나 자기주장이나 자아 발견과 연결되듯이, 이를 통해 고통뿐만 아니라 자신에게 적합한 동기부여를 얻게 되듯이, 그녀는 밤이면 자신의 방에 붙여놓은 글귀 아래에서 자기 자신과 일치되지 못한 채 시간을 보냈다. 그 아이가 밤이면 다시 일어나는 것을 봤다. 그 아이는 정원 문살에 매달린 채, 그 집시 가족이 떠나는 걸 불안하게 바라보고 있다. 아픔과 그리움과 다시 태어나는 듯한 감정을 느꼈다. 그리고 결국 '나는' 하고 운을 띄우고는 '나는 다르다'라고 말했다.

당시 그녀를 아는 사람 중에는 그녀가 비현실적이라고 말하는 사람도 있었다. 사실 그녀는 돈 관리를 잘하지 못했다. 그녀는 담배를 피우고 고급 비누를 사고, 새로 생긴 HO[***] 식당에 멍하게 앉아 소금 뿌린 튀김 감자를 10마르크에 사 먹으며 편하게 허기를 달랬다. 그러다 정말 미칠 것 같으면 포도주도 사 마셨지만, 사람들과 어울릴 때는 변덕스럽지 않았다. 그녀는 모든 사람에게 질문을 던지고 그들이 빗나간다 치면 바로 말을 끊었다.

해석은 하지 마시고요, 거기 우리 친구분. 진정한 현실, 실제 삶에 대해서만 말씀하세요.

[***] Handelsorganisation: 구동독의 소매 산업에서 "국가적으로 독점적인 상업 조직을 가리킨다.

현실에 목마른 그녀는 세미나에 참석했지만, 여러 책이 말하는 교과서적인 의견은 그녀의 마음을 충분히 채우지 못했다. 과거의 시인들이 하나둘 무덤 속으로 가라앉는 것을 지켜보았다. 그들은 우리에게 충분하지 않았기 때문이다. 우리는 그들을 불완전한 대로 냉정하게 내버려 두었다. 사랑과 존경에 취약한 크리스타 T.는 세미나가 끝날 때까지, 모두가 다 가버릴 때까지 세미나에 남아 저녁이 되면 다시 그 시인들을 불러냈다. 낮에는 더는 논쟁하지 않던 목소리들이 밤이 되면 그녀 안에서 다시 살아났다. 지난 몇 년간의 격렬한 논쟁은 만장일치로 사라지고 교과서에 독백만이 쏟아져 나왔지만, 밤이 되면 그녀의 내면에서 다시금 떠올랐다. 우리가 믿었던 사실의 힘……. 하지만 힘이란 무엇일까? 사실이란 무엇인가? 그리고 성찰도 사실을 창조하지 않을까? 아니면 그녀는 무언가를 준비하고 있던 걸까? 그녀는 노트 가장자리에 이렇게 썼다. *히로시마에 원자폭탄을 투하한 조종사는 정신병원에 갔다.*

그녀는 집으로 향했다. 도심의 한 꽃집 앞에서 열댓 명이 자정 무렵 밝게 피어나는 희귀한 난초를 조용히 기다리고 있었다.

크리스타 T.는 말 없이 그들과 합류했다. 그녀는 위로받았지만 동시에 고통을 안고 집으로 돌아갔다.

그녀는 나중에 어떻게 자기 방에 들어가 침대에 누웠는지 기억하지 못했다. 다음 날 정오 무렵 잠에서 깼을 때, 그녀는 늦잠으로 필기시험 하나를 놓쳤다. 그녀는 창가로 걸어가 앞마당에 눈을 모아둔 아담한 눈 덩어리를 바라보았다. 그녀는 이내 아무 이유 없이 행복하다고 느끼며 머지않아 장식용 석조물을 닦을 때라 생각했다. 그녀는 웃으며 노래를 불렀고 주방으로 가서 어쩔 수 없이 주중에 목욕해야겠다고 슈미트 부인을 설득했다. 슈미트 부인은 한숨을 쉬면서 항복했다. 하지만 탕에 물을 가득 채우지는 말아요. 크리스타 T.는 여전히 웃으며 욕조에 물을 끝까지 차오르게 받았다. 그리고 깨끗하게 옷을 차려입고 마지막 남은 돈으로 오랫동안 갖고 싶었던 비싼 조류에 관한 책을 샀다. 그녀는 낡은 가죽 소파에 앉아 차분하게 책을 봤다. 내일이면 온갖 변명을 생각해 낼 테지만, 그녀는 적절한 순간에 설득력 있는 변명을 생각해 낼 수 있을 거라 두렵지 않았다.

7

새로운 대도시에서 나는 행운을 찾았다.
저 높은 지붕 위에 올라 발밑에 도시를 딛고
해가 질 무렵이면 집들의 바다가 펼쳐지고
동쪽에는 첨탑들이 여전히 솟아 있다.

제비는 초록빛 차가운 저녁 하늘에
드높은 포물선을 만들며 날아가고
집마다 등불의 파도가 물결치면
거리는 검은 군중으로 채워진다.

나는 서서 조용히 혼자 노래를 부르고 싶다.

저녁 바람에 달콤한 보리수 향기가 실려 오는
이곳에서 하룻밤을 보내면 좋겠다.
나는 어두운 골방으로 내려간다.

그녀 앞에 아직 12년, 13년이 놓여 있다. 그녀가 조금 더 일찍 자신에게 맞는 삶의 형식을 찾았다면 좋았을까? 그녀는 자신과 타협할 수 있었을까? 삶의 긴장이 조금씩 줄어들었을까? 간단한 행복의 상승곡선과 끔찍한 추락의 하강 곡선 사이에서 진폭이 완만해졌을까? 잘 모르겠다······.

그녀는 사람들이 모든 색깔을 봐야 한다고 믿었다. 하지만 나는 그녀로 인해 일어난 모든 일을 아름답고 선하게 보려는 유혹에 빠졌기에 화가 날 때마다 그녀의 시를 펼쳐본다. 누군가는 목적과 달리 그저 남아 있는 종이에 불과하다고 말할 수도 있을 것이다. 사라진 페이지가 있다는 걸 알지 못했고 알아야 할 필요도 없다. 그녀가 살아 있을 당시에도 사라진 페이지를 본 사람이 없다. 그 이유는 쉽게 짐작이 간다. 그녀의 취향은 확실했다. 그녀는 운율을 미소로 환영했고 "집들의 바다"와 "등불의 파도"를 허영이라 치부하고 "달콤한 보리수 향"을 비난했다. 그렇지만 전체적인 단순함과 진실한 감정의 어조에 반하는 말은 하지 않았을 거다. 마지막 연의 마침표보다 더 감동적인 것은 없을 거다. 행의 마지막 자리에는 똑같이 마침표 네 개가 있고 세 번째와 네 번째 행 사이에는 줄표가 있다. 이는 욕망과 욕망의 극복, 그리움과 그리움의 거부 사이를 의미한다. *이곳에서 하룻밤을 지내면 좋겠다. 나는 어두운 골방으로 내려간다.*

우연의 일치인가? 아니면 약속인가? 아무리 서툴러도 원재료에서 나온 결과라면 반복해서 그녀를 자극했던 것이 아니었을까? 열두 행, 제본하지 않은 종이들 위에 쓰인 희미한 잉크는 사라질 운명이었지만 사라지지 않았다.

그녀는 바쁘게 움직였다. 13년을 보냈다. 그사이 거주지는 네 번 바뀌었고, 직업은 두 개, 남편과 아이 세 명, 여행 한 번, 그리고 여러 질병, 수많은 풍경. 그녀 곁에 누구는 떠나고 누구는 남았다. 그러기 위한 시간은 충분했지만, 정작 그녀에게는 시간이 부족했다. 이를 어떻게 확실하게 말할 수 있겠는가?

다행히도 삶 자체가 소설 줄거리를 주도적으로 만들어 냈지만, 이는 이상하게 엇나간 우리 영혼의 결과일 뿐이었다. 학생 시절의 낭만적인 모티브는 코스티아였다. 그녀는 그 사람을 코스티아 또는 아름다움이라 불렀다.

전형으로서의 본보기는 빛나기 마련이다.

세계가 자신의 완벽성에 도달하기 위해 무엇이 부족한가? 가장 먼저, 그리고 아주 오랫동안 추구된 것은 바로 이것, 완전한 사랑이다. 비록 그것이 적당한 때에 우리가 돌봐줘야 하는 추억이라 해도, 그리고 겉으로만 그렇게 보인다고 해도 말이다. 누가 사랑이라 말했나? 사람들은 사랑을 언제나 어딘가에 숨겨 두고 불행한 사랑은 마치 고질병처럼 가슴에 묻는다. 하지만 이 두 사람, 크리스타 T.와 코스티아가 함께 나란히 서 있다면, 사람들은 우스워하겠지. 사람들은 물론 재미 삼아 옆으로 비껴서 줄 수도 있고 그들 스스로가 말하게 내버려 둘 수도 있겠지. 그들은 한 번도 말할 기회가 충분치 않았으니까. 이건, 아무것도 아니야. 코스티아의 우유부단한 눈길을 확 잡아채 버려. 그는 자신이 잘 되어가는 모습을 제대로 볼 수 없는 그런 종류의 사람이었다.

그는 물론 너무나 잘 생겼다.

처음에는 눈을 떼지 못할 뿐만 아니라, 그녀가 그를 얼마나 좋아했는지! 그는 그녀 옆에 앉아 고개조차 다른 쪽으로 돌리면 안 되었다. 그녀는 그의 옆모습을 보고 싶어 투덜거렸기 때문이다. 그때 그는 아무 말도 하지 않았다. 두 사람 모두 알았어야 했었다. 우리가 행복해져야 한다는 생각이 착각인 것처럼 이 모두가 착각이었다는 것을. 그들은 심각하게 받아들이고 싶지 않아 영리하게 이런 대화를 했다. 이는 진실할 수가 없기 때문이다.

스스로 강요하지 말아요. 적어도 우리는 서로 강요받지 않기로 약속한 거예요. 내가 당신을 사랑한들 그것이 당신과 무슨 상관이에요. 당신은 그저 가만히 있으면 돼요. 내 옆에 앉아요. 내가 당신을 바라보려고요. 고개 돌리지 말아요. 그러면 투덜거릴 테니까. 나는 당신에게 어떤 강요도 하고 싶지 않아요. 우리 나란히 그저 걸어요.

그는 그렇게 순진하지 않았지만, 그녀가 원하는 대로 했다. 이는 아름다운 게임이고 현실의 가장자리에서 몇 시간이고 맴도는 연습이다. 공기를 진동시키고 실제 접촉을 피한다. 감정을 조절한다. 하지만 아무런 감정이 없다면 어떨까? 아, 그녀는 여전히 웃고 있고 이미 오래전부터 사로잡혀 있다. 두 눈을 통해 감각이 열리고 모험이 시작되고 있었다. 그녀의 가장 희귀한 사랑, 형체 없는 사랑이 일어났다. 전형으로서의 본보기가 빛을 발하기 시작한다. 헌신은 언제나 사랑에서 시작한다. 주의력과 자제력이 부족하다. 이제 가장 어두운 감정의 찌꺼기까지 경험할 것이다. 이것이 진정 게임이라면 값비싼 대가를 치를 것이다.

나, 이제 당신 속을 다 들여다봤소. 어느 날 그가 말했다. 당신이 내 앞에서 무슨 코미디를 하고 있는지 말이요.

그녀는 그가 자신의 참모습을 만나고, 자만한 코미디를 샅샅이 들여다보게 될까 두려워하고 있다는 것을 알고 있었다. 그녀는 그의 자만심을 사랑한다. 이 단어, '사랑한다'를 그녀는 정말 잃어버리고 싶지 않았다. 그래서 그녀는 웃는다.

내가 연극을 하는 거라면, 그게 당신과 무슨 상관이에요?

그렇게 그가 필요한 가벼움, 무책임함, 자신의 무결점에 대한 긍정을 되돌려 주었다. 왜냐하면 온세상은 도덕을 무기 삼고, 순결을 갑옷삼아 그를 참을 수 없는 빛깔과 모양과 냄새로 위협했기 때문이다. 하지만 그녀는 아무런 무기도 없이 무방비한 상태로 미소 지으며, 연극을 즐기며, 사랑에 상처받아도 자신의 자리를 굳건하게 지켰다.

베티나와 아네테와 같은 사람은 더는 존재하지 않는데, 그걸 알아야 하지 않겠소? 그가 말한다.

무슨 말이에요? 그녀가 묻는다.

당신은 시대에 맞지 않는다는 뜻입니다.

그래요, 그럴지도 몰라요. 그녀가 말한다. 그렇다면 나는 오래는 못 살 거예요. 하지만 내가 사랑하는 코스티아, 당신은 아주 오래 살 거예요. 그게 나무랄 건 아니죠. 그냥 웃으세요. 나도 웃어요. 한 번은 제가 누군가에게 세 가지 질문을 한 적이 있었어요. 세 가지 시험이었죠. 한 개는 거의 정답에 가까웠고, 다른 하나는 아예 맞추지 못했고, 마지막 하나는 완전히 틀린 대답이었죠. 그 이상을 바랄 수는 없었을 거예요. 물론이죠. 그 사람은 언제나 이렇게 말했고 나는 언제나 놀라기만 했죠.

그들은 차를 몰고 저수지로 갔다. 그는 그녀 곁에 누웠다. 그녀는 마치 자신에게 말하듯 그에게 말했다. 이게 바로 모든 일의 결과예요.

그들은 수영하고 배 타고 노를 젓고 등을 대고 누워 눈을 감았다. 푸른빛을 견디기 어려웠고, 결국 이 코미디를 끝맺으려 한다. 어떤 착오도 생각할 수 없는 그런 날이고 그는 이를 알아야 한다. 그는 침묵을 지키고 있다. 참을 수 없을 만큼 침묵이 깊어지는 것을 그는 지켜만 보고 있다. 그리고 팔꿈치에 몸을 기댄 채 말을 꺼낸다. *9월의 아름다운 달빛 아래 어느 날……*. 이라고 말을 시작한다. 어떤 마리 A[*]에 대한 모든 이

---

[*] 독일 작가 베르톨트 브레히트의 시 「마리에 대한 추억(Erinnerung an die Marie A.)」에 나오는 마리아를 말한다.

야기를 털어놓고는, 낮은 목소리로 미소를 띤 채 자신이 무슨 짓을 하고 있는지 알기에 사과하면서도 어쩔 수 없다는 것을 이해해 달라고 했다.

더는 내 얼굴을 기억하지 못하는 9월의 어느 푸른 날, 당신은 깨닫게 되겠죠. 나는 이 시를 여기저기에서 그녀에게 낭송했었지. 이렇게요. 그리고 당신이 생각하는 그 시인은 이미 오래전에 당신의 모든 여자와 함께 밤을 보냈어요. 거기에는 나도 포함되고요. 아, 코스티아, 당신은 이미 모든 것을 책 속에서 경험했어요. 현실은 당신을 더럽히기만 하겠죠. 하지만 내가 시도해 보지 않았다면, 나는 아무것도 모른 채 남았겠지요.

그녀가 그의 얼굴에 바짝 대고 말한다. 아, 코스티아, 당신이 마리 A.를 우연히 만났다면, 그녀는 분명 가벼운 여자일 거예요. 그러면 당신은 그녀를 멀리하겠죠. 하지만 그녀는 당신의 시에 등장하기 전부터, 당신이 그녀를 마음껏 감탄하기 전부터 현실에 존재하고 있었어요…. 이 늙어빠진 홀아비 같으니, 그녀가 이렇게 말한다. 그에게 마음의 상처를 주고 싶기 때문이다.

하지만 그는 자기 잘못을 알고 관대하게 언제나 같은 대답을 한다. 잘 알고 있소.

그녀가 계속 말을 이어간다. 당신이 그녀를 위해 당신 자신을 포기할 수 있는 그런 여자, 물론 그런 여자는 이 세상에 존재하지 않죠. 그런 여자는 스스로 만들어 내야 하는 거예요. 이 가장 단순한 이치를 당신은 이해하지 못해요….

잘 알고 있소. 그는 후회하는 마음으로 대답한다.

그녀는 그의 눈에서 그녀가 말한 문장에 수백 줄의 시구가 그의 머릿속을 스쳐 지나가는 것을 본다. 그는 시구들을 계속해서 들으며 그녀의 사실적이고도 불완전한 문장들을 시구들과 비교하며 평가하는 것을 멈출 수 없다. 언젠가는 그가 이 시구와 저 시구를 혼동하게 될 거라는 걸 그녀는 깨닫는다. 시구들은 이제 현실이 되고 그가 만나는 사람은 기껏해야 시구들과 비슷해질 것이다. 그는 시가 삶 그 자체와 같다고 생각하며 놀랍고도 만족스럽게 생각하겠지.

10년 후에 그는 그녀에게 편지 한 통을 쓸 것이다. 그때 그녀는 이미 병들었고 죽음에 관한 생각이 그녀를 감싸고 있을 거다. 저수지에서 보낸 날들은 이제 아득하게 멀어졌지만, 희망은 여전히 있다. 그녀는 그 편지를 오래되어 거의 잊힌 이야기처럼 읽을 것이고 나는 그녀의 다른 기록물들과 함께 그 편지를 받을 것이다. 그가 나를 용서하기를. 나는 그 편지를 읽었다. 용서받든 못 받든, 그런 권리가 있든 없든, 나는 다시 편지를 읽게 될 것이다. 죄책감을 느끼면서도 선을 넘어서 대가를 가능한 한 정의롭게 치르고 싶다는 마음도 들었다.

어쨌든 그의 편지에 아내로 등장하는 소녀는 실제로 존재했다. 금발에 어린 동생처럼 보호가 필요한 사람이었다. 특히 크리스타 T.로부터 보호할 필요가 있었다. 그녀는 그걸 꿰뚫어 보고 있었다. 그녀의 이름은 잉에였을 거다. 금발의 잉에, 많은 관계를 갖는 이름이다. 그는 그녀를 의미심장한 웃음으로 소개했고, 크리스타 T.는 이제부터 우리는 셋이 되겠다는 것으로 이해했다. 바꿀 수 있는 것은 아무것도 없었다. 그녀는 그가 자기 뜻대로 하는 걸 좋아했다. 여러 번의 고통스러운 잔걸음보다 오히려 단번에 곧장 달려가는 것이 한결 좋다. 동생아, 그녀는 조용히 말했고, 그의 눈에서 처음으로 감탄 같은 무언가를 봤다. 이후에 그녀가 왜 힘들었는지 높은 확률로 추측할 수 있었다. 나는 주저 없이 그것을 진실한 현실이라 표현할 수 있다. 코스티아의 편지는 그 사건을 어떻게 부르든 적절하게 조절하며 이를 암시하고 있고, 그녀의 증언은 그녀의 일기장에 쓰인 대로다. 물론 그의 편지와 그녀의 일기장은 서로 다른 흔적을 남겼다. 추억의 비밀스러운 조작과 핑계는 다양한 방식으로 드러난다. 망각이라는 성급하고 위험한 작업은 때에 따라 다르게 진행된다. 누구의 증언을 신뢰하느냐에 따라 흔적을 부인하거나 과장할 수 있다. 내가 보기에도 나의 접근 방식과 반대로 유효한 예외들이 있으며, 거기에 대항하여 변명하는 일은 의미가 없을 것이다. 물론, 언제나, 만약에 말이야…. 이 말은 언제나 있기 마련이다. '만약에 말이야.'

하지만 이는 사람들이 이야기할 수 있는 성질의 것이 아니었다. 만약 사람들이 있는 그대로 이야기할 수 있다면 그 자리에 있거나 없었거나 상관없이, 이야기는 오래전에 일어났기에 편견이 없을 수 있다. 단지 이야기를 풀어내려면, 실제로 분리할 수 없을 정도로 뒤섞인 것을 분리하고 새로 배열해야 한다. 내가 보기에 크리스타 T.는 언제나 그랬다. 그녀는 서로 어울리지 않은 것들을 구별할 줄 몰랐다. 사람들과 그들이 대표하는 의미, 밤의 무한한 꿈과 낮의 제한된 행동, 생각과 감정을 절대로 분리할 수 없었다. 그녀는 순진하다는 말을 들었지만, 이는 전혀 아니었다. 우리가 실습했던 학교의 므로조프 교장도 그녀에게 같은 말을 했다. 그들은 교무실 창가에 서 있었고, 코스티아도 함께 있었지만 앞으로 나서지 않고 뒤에 머물렀다.

게다가 주근깨투성이 귄터가 문제였다. 참으로 유치한 일이었다. 10년 후 코스티아가 크리스타 T.에게 보낸 편지에서는 그 사건을 이렇게 부르고 있었다. 그는 므로조프 교장이 나팔 소리를 들은 서커스단의 늙은 말처럼 껑충거린다고 말했다. 아무도 그걸 저지할 수 없었다. 크리스타 T.가 당연히 알고 있는 사실, 즉 코스티아와 귄터가 켐미츠 지방에서 어린 시절을 함께 보낸 오랜 친구였다는 사실을 우리 모두 알게 되었다.

하지만 우리는 이런 관점에서 이야기를 이해할 수 없었다. 지금 생각해 보면 이는 발달, 전개, 위기, 절정 그리고 결말로 구성된 간계와 사랑이 담긴 단편 소설이었기 때문이다. 다만 우리가 그 한가운데에 있었기에 이를 알아채지 못했을 뿐이었다. 이제 이야기를 할 수 있는 걸 보니 이제 우리 뒤에 남겨져 있는 듯 보인다….

간단히 말해서 사랑은 귄터를 무너뜨렸다. 금발의 잉에와 코스티아를 봤을 때 우리는 잉에와 귄터 사이에 진지한 관계가 있을 리 없다고 생각했다. 우리는 사랑이 귄터의 천성에 맞지 않는다고 확신했기에 우리는 금세 진정했다. 나는 사랑이 어떤지 전반적으로 모르지만, 그는 지금까지도 독신이다.

하지만 금발의 잉에는 확실히 그의 본성에 어긋나지 않는 듯했다. 그때 코스티아가 지나가면서 금발의 잉에를 데리고 갔다. 이미 정해진 커플에 끼어든 세 번째 사람처럼 말이다. 이상할 수도, 아닐 수도 있었다. 모든 것은 고전적 패턴을 따르고 있었다. 코스티아가 어떤 예시를 내놓았는지 오직 신만이 알 것이다. 권터만이 모든 것을 정면으로 받아들였다. 비록 우리가 눈치채지 못했을지라도, 그는 점점 더 고지식하고 원칙을 고수하는 사람이 되어갔다. 그는 점차 자제력을 잃어가는 게 분명했다. 하지만 코스티아는 교무실 창문에서 므로조프 교장이 있는데도 크리스타 T.에게 직접 시비를 걸었다.

그는 제정신이 아니었어요. 크리스타 T.가 말했다. 왜 그런지는 아실 거예요.

이 말에 코스티아는 침묵했고, 코스티아의 모든 행동과 움직임을 긴장한 채 지켜본 므로조프 교장은 바로 그에게 말했다. 당신은 순진하군요. 그게 전부가 아니에요.

그녀는 권터 사건에서 인간 몰락에 필요한 모든 재료와 양념을 확인했고, 이것들을 잘 섞어 그룹 지도부에 제공하는 일만큼은 막아야 한다는 걸, 미처 알지 못했다. 이미 식사 준비가 끝나서 사람들은 잘 섞인 수프를 먹기만 하면 되었다. 그리고 정확히 그 일이 일어났다. 귄터는 직위에서 해임되었다. 그는 회의에서 자신이 커다란 실수를 저질렀으며, 비난은 정당하지만, 처음에는 모든 걸 인정하고 싶지 않았다고 말했다. 그는 자신의 실패에 대해 더 깊은 원인을 자기 안에서 찾으려 노력할 것이다. 그날 저녁, 크리스타 T.는 처음으로 귄터에게 문제가 있다고 생각했다. 그 이전까지만 해도 언제나 오직 그 사람, 코스티아가 문제였다고 생각했다.

추가로 말할 게 있다. 코스티아, 금발의 잉에, 크리스타 T.를 포함한 우리는 모두 그 자리에 있었다. 귄터가 많은 청중 앞에서 시험을 봤기 때문이었다. 우리는 때때로 고대인들의 수많은 기회를 부러워했다. 그들은 드넓은 광장에서 "브루투스는 명예로운 자였다"라는 연설이라든지, 당시에 존재했던 결투를 하며 "숙녀분, 고맙다는 말은 하지 않아도 됩니다."라고 말하며 그 여인을 떠나는 식이었다. 그런 커다란 기회가 우리에게 주어진다면, 우리는 기회를 잡거나 혹은 그냥 지나가도록 내버려 둘 것이다. 하지만 우리는 그런 기회가 오리라 절대 믿지 않았다. 귄터 역시 그런 기회가 자신에게 올 거라 믿지 않았다. 이는 당연했다. 시험을 마르쿠스 안토니우스의 포럼 연설에 비할 수 있을까? 코스티아를 브루투스에 비할 수 있을까? 페스탈로치 중등학교 11반과 귄터의 동료들을 광장에 모인 로마 시민에 비할 수 있을까? 귄터는 므로조프 교장이 넘겨준 논문에 따라 정확하게 수업 계획을 세웠다. 그리고 학생들 역시 이러한 계획을 잘 알고 있는 듯했다. 학생들은 흔들림 없이 기꺼이 질의응답에 참여했고, 이는 필연적으로 목표한 시간대로 수행해야 했다. 하지만 수업의 목표는 쉴러의 『간계와 사랑』을 바탕으로 페르디난트의 행동에서 개인 동기보다 사회 동기가 더 우선시 되는 것을 증명하라는 것이었다.

귄터는 그 목표를 달성하지 못했다.

우리는 나중에 그 일이 언제 시작되었는지 자세히 기억하지 못했다. 어쩌면 예쁜 갈색 눈의 소녀가 이미 그를 분노하게 했는지도 모르겠다. 그녀는 눈썹 하나 까딱하지 않고 루이제 밀러린을 극단적인 인물, 한마디로 부르주아적이라고 생각한다고 말했다. 새로운 사회에서 불행한 사랑은 더는 자살의 이유가 되지 않는다. 모두 여기에 동의했다. 우리는 이미 여기까지 왔다. 그렇다. 이는 아마도 전환점이었을 것이다. 이후 상황은 급격히 곤두박질쳤다. 귄터는 절호의 기회를 잡았고 그것을 놓치지 않았다. 우리 모두 그가 쓰러지는 것을 보았다. 그는 사랑의 비극을 주장하면서 믿을 수 없을 정도로 제자들을 당황하게 했고, 므로조프 교장을 분노로 벌벌 떨게 만들며 자기 자신이 스스로 추락하는 모습을 지켜보았다. 하지만 그는 뒤돌아보려 하지 않았다. 자신이 무슨 일을 저질렀는지 알고 있었다. 그는 평가를 기다리지도 않고 종소리가 울리자마자 책을 챙겨 나가 버렸다.

크리스타 T.는 교무실에 있는 므로조프 교장과 코스티아에게 갔다. 코스티아는 그녀보다 먼저 거기에 있었고, 크리스타 T.가 교무실로 들어오자 두 사람은 서로 떨어졌다. 므로조프 교장은 코스티아의 입술을 애착했다. 누구나 아는 사실이었다. 코스티아는 이에 대해 아무도 웃지 못할 어이없는 농담을 스스로 만들어 냈다. 교장은 독신녀로 우리 중 누구도 상상조차 할 수 없는 일을 겪은 데다, 우리가 어처구니없다고 여기는 시험에 합격한 여자 아니던가. 이런 이유로 그녀가 우리에게 여러분은 너무 순진하군요, 그게 지적받아 마땅합니다, 이렇게 말할 때도 우리는 침묵을 지켜야 했다.

하지만 귄터는 귄터대로 평가받는 것이 아니라, 자기 주관에 빠졌을 때 어떤 결말을 맞게 되는지 보여주는 사례로 평가받아야 한다고 했다. 그리고 그렇게 되었다. 인간 귄터와 자기 주관의 몰락은 서로 분리되었고, 므로조프 교장은 회의를 끝냈다. 나와 크리스타 T., 코스티아와 금발의 잉에를 포함한 모두가 손을 높이 들자, 교장은 귄터에게 다가가 악수를 청하고 심지어 그의 어깨에 손까지 올렸다. 그는 뻣뻣하게 굳은 채 가만히 있었다.

사실에 솔직한 줄거리는 이 정도다. 하지만 진실은 그게 아니었다. 이제 우리는 차분하고 진실하게 말할 수 있다. 내가 읽었던, 코스티아가 크리스타 T.에게 보낸 편지에서 그는 이렇게 썼다.

가끔 어떤 한 사람에 대해 반대 의견이 쏟아져 나오면, 누구도 자기 자신을 지킬 수가 없소. 그렇다고 해서 그 사람이 잘못이란 건 아니오. 어쨌든 모두가 생각하는 그런 잘못은 아니라는 것이오.

하지만 그는 여기에서 귄터가 아니라 자기 자신을 뜻한 것이다. 10년이 지난 지금, 크리스타 T.는 의심 없이 그가 옳다고 인정했을 것이다. 코스티아는 무죄였다. 귄터가 자신의 사랑으로 곤경에 처했을 때, 코스티아는 금발의 잉에를 진심으로 사랑하기 시작했기 때문이다.

맞습니다. 제가 그냥 재미 삼아 그녀를 그에게서 뺏어갔어요. 귄터는 이 일로 정신을 잃었어요. 코스티아는 입을 열고 이렇게 실토할 수는 없었다. 이는 농담도 우연도 아니었다. 운명이었다. 귄터는 코스티아의 침묵에 불평하지 않았다. 그는 겁쟁이처럼 그곳에 서 있었고, 우리는 모두 그렇게 생각했었다. 그의 편지와 그 안에 적힌 문장을 읽지 않았더라면 나는 오늘도 그렇게 생각했을 것이다. 내 아내 잉에는 몇 년째 병으로 고생하고 있소. 그래서 모든 것이 제대로 굴러가지 않았소. 하지만 편지의 어조는 그렇게 애석하게 느껴지지 않았다.

크리스타 T.가 시험 기간 동안 얼마나 많은 것을 봤는지 모르겠다. 나는 그날 그녀가 학교 앞 보리수나무 아래에서 코스티아와 헤어졌다는 것만 알고 있었다. 그는 차가운 조롱을 내뱉었다.

우리는 이 나무 아래에서 이별하는 거군. 사랑이란 아름다운 꿈이었어⋯.

다 적어요, 적어. 그게 당신이 원하는 거 아니에요?

두 사람은 각자 다른 길로 갈라섰고 이별 음악도 빠지지 않았다. 어느 창문에서 노래가 흘러나왔다.

이제 시골에 여름이 오네. 당신의 병든 마음을 안고 달려가⋯. 당신은 이런 이별을 의도한 건 아니었지.

불쾌하게도 잘 어울리는 그 노래는 물론 새로운 사랑으로 끝을 맺었다.

학생, 너무 창백한데. 그녀가 모임을 끝내고, 밤에 집으로 돌아왔을 때 슈미트 부인이 말했다. 설마 아픈 거예요?

슈미트 부인은 감성적인 영화를 좋아하지만, 현실에서 겪는 감정적 고통은 공포에 가까웠다. 그런데 자신의 세입자가 방구석에서 쭈그리고 앉아 먹지도 마시지도 않는다면 어떨까?

그날 밤 크리스타 T.는 가장 먼저 언니에게 편지를 썼다.

8

지금이 아니라면 언제일까?

편지는 이렇게 시작했고, 이는 내가 기꺼이 숨기고 싶었던 편지다. 이 편지는 결코 보내지지 못했고, 그녀와 나 말고는 아무도 그 존재조차 알지 못했다. 이제는 오직 나만 알고 있다. 바로 다음 날 아침 슈미트 부인이 정중하게 그녀의 '병'이라 부르는 증상이 시작되었다. 가만히 앉아서 움직이지도 않고 이틀이 지나도 빵 한 조각도 제대로 먹지 못했다. 그때 한 젊은 남자가 찾아왔다. 품위 있는 잘생긴 신사가 아니라 주근깨가 있는 남자였다. 그녀는 복도에서 그에게 몇 마디 말을 아주 작은 목소리로 말할 수 있을 뿐이었다. 그는 눈에 띄지 않는 평범한 여인에게조차 매우 예의 바르게 대했고, 그러고 나서 방으로 들어갔다. 그가 말하는 말소리만 오랫동안 새어 나왔다. 그리고 젊은 여자가 울기 시작하자, 비로소 안도의 한숨이 쉬어졌다. 그렇지 않았을까? 다음 날, 그는 그녀를 기차역으로 데려갔다.

이 편지는 오늘까지도 그녀의 일기장 갈피에 끼워져 있다. 그녀가 방학이 되기 꽤 오래전에 갑자기 사라져서 아무 소식도 전하지 않았다는 걸 나는 전혀 모르고 있었다. 이 편지에는 그녀가 죽으려 했다는 것과 그것 말고는 아무것도 하고 싶지 않다고 쓰여 있다. 거의 매일 봤던 사람이 어떻게 전혀 모르게 죽을 생각을 할수 있지?

안타깝지만, 이 편지를 공유해야겠다. 누구도 이 편지가 쓰였다고 아무도 상상하지 못했다. 내가 지어낸 게 아니다. 나는 흩어진 글과 편지들을 요약해서 짧게 적어보려 한다.

크리스타 T.는 1953년 늦은 봄에 이렇게 편지를 썼다.

사랑하는 언니에게. 지금 아니라면 언제일까?

잘 알고 있지? 시간은 빠르게 흘러 우리를 스쳐 지나가고 있어. 숨이 차오르기도 하고, 깊게 숨을 쉴 수도 없어. 마치 폐 일부나 전체가 아주 오래전부터 작동하지 않았던 것 같아. 하지만 모든 부분이 작동하지 않는다면 살아갈 수 있을까?

이 얼마나 모순된 생각이야. 스스로 머리를 잡아당겨 늪 속에서 빠져나오겠다는 생각이라니. 제발 나를 믿어. 누구나 원래대로 살아가는 거야. 삶에 무기력한 채로 말이야. 물론 똑똑해지기는 하지. 하지만 너무 예민하고 아무 쓸모 없이 곰곰이 생각만 하고 늘 *주저하는 소시민*으로…….

언니는 우리 중 한 명이 풀이 죽어 있을 때 보내는 신호를 기억하고 있을 거야. 지금 아니라면 언제일까? 주어진 시간이 아니라면 우리는 언제 살 수 있을까? 그래서 우리는 언제나 다시 기운을 차렸잖아. 지금, 내가 언니에게 그걸 설명할 수 있다면……. 모든 것이 나에게는 마치 벽을 보고 있는 것처럼 낯설게 느껴져. 벽의 돌을 만져보는데 틈이 없어. 더는 숨겨야 할 이유가 없어. 나에게 틈이 없어. 내 잘못이야. 필요한 일관성이 부족한 건 나야. 책에서 읽었던 것처럼 모든 게 간단하고 자연스럽게 여겨졌는데.

나는 내가 왜 존재하는지 모르겠어. 언니는 이게 무슨 말인지 이해하지? 나는 내 안에 있는 모순을 잘 알고 있어. 하지만 그게 나 자신인걸. 그걸 내 안에서 떼어낼 수가 없어. 내 안에서 말이야! 그런데도 이 모든 불행을 단 한 번에, 뿌리째 없애는 방법을 알아. 더는 그 생각에서 벗어날 수가 없어.

모든 일에 냉담해지네. 저 멀리에서 차가움이 밀려와 모든 것에 스며들어. 그 차가움이 마음 깊숙이 전달되기 전에 벗어나야 해. 그렇게 되면 더는 느낄 수 없을 테니까. 내가 무얼 말하는지, 언니는 이해할 수 있지?

인간들, 그래, 나는 은둔자가 아니야. 언니는 잘 알잖아. 하지만 주변의 강요는 없어야 해. 나는 그들에게 휘둘리니까. 그렇지 않으면 난 고통스러워. 나는 일하고 싶어. 언니도 알듯이 다른 사람들과 함께, 다른 사람들을 위해서 일하고 싶어. 하지만 내가 할 수 있는 건, 글쓰기 같은 간접적인 성격의 일이야. 나는 침묵 속에서 성찰하면서 사물을 다룰 수 있어야 해……. 그 어떤 것도 변하지 않아. 시대에 대해 내가 느끼는 깊은 일치감에는 해결할 수 없는 모순이 담겨 있어.

하지만 바로 다음의 타격이, 아무리 작더라도 나에게는 충분해서 나를 영원히 좌초시킬 수 있어. 혼자서는 되돌아가는 길을 찾을 수 없겠지. 다른 조난자들과 함께 살지는 않을 거야. 그건 확실해. 더 명예롭고 더 훌륭한 길은 언제나 여전히 다른 길이야. 그 또한 아주 강하지. 다른 사람들에게 부담이 되지는 말자. 더 앞으로 나아갈 사람들, 더 강해서 옳은 사람들, 시간이 없어서 뒤도 돌아보지 않는 사람들에게 말이야.

만약 나에게 아기가 있었다면… 그녀는 이렇게까지 썼다. 그러고 나서 여기서 편지가 멈췄다.

이제 분명히 사람들이 나에게 왜 그 편지를 숨기려 했는지 더는 물어보지 않을 거다.

나 스스로 묻는다.

아무도 읽고 싶어 하지 않을 거라고 해서? 물론 이해는 간다. 사람들이 강인해서 침묵할 수도 있다. 하지만 우리가 억지로 성장하도록 강요받을 때도 여전히 상처를 남기는 고통이 따른다.

이 고통이 두려워서 침묵해야 할까? 왜 그때는 그녀가 그립지 않았을까? 왜 우리는 서로 그렇게 바빴던 걸까?

분명 그녀는 유혹에 습관이 되어 있었다. 그 당시에 그녀는 떠나고 싶은 유혹에 빠져 있었다. 그녀는 이 세계를 의심할 수 없었기에 남은 것은 오직 자신에 대한 의심뿐이었다. 이 세계가 결코 그녀의 세상이 되지 않을지도 모른다는 두려움에, 현존하는 세계의 필연성은 그녀를 두렵게 했다. 그래서 그녀는 하나의 징표, 즉 거의 말 없는 한탄에 진심이었다. 이는 어린아이를 뜻했다. 미래의 삶과 쓸모 있는 존재 그리고 삶을 견고하게 버티며 이겨내는 일……

이 편지를 기꺼이 빼거나 적어도 완곡하게 하고 싶었지만, 나도 이미 알고 있는데 그런들 무슨 소용일까? 그렇게 그 편지는 마치 그 자체로 마땅히 누려야 할 자리를 차지했다. 나의 방어는 사라지지 않았지만, 한쪽으로 물러난 셈이다. 놀랍게도 이곳이 내 방어벽이 주인이 되는 장소가 되었다.

질병에 대해서는 언제나 이야기할 수 있다. 죽음을 소망하는 질병. 신경증은 주어진 상황에 대한 적응력 부족 때문이다. 대학 당국에 제출할 진단서를 발급한 의사의 말이었다.

선생님, 제일 좋은 방법은 제게 치료를 받으러 오는 것입니다. 무엇이 문제인지 알아야 합니다. 당신의 지성으로…….당신은 적응하는 법을 배우게 될 것입니다.

크리스타 T.는 진단서를 학장실로 보내고 다시는 그 의사를 만나지 않았다. 그녀는 마을로 돌아왔다. 그녀는 책더미를 책상 왼쪽에 올려놓고 4년 전보다 손바닥 너비만큼 더 자란 열일곱 그루의 미루나무가 여전히 있는지 확인했다. 그리고 눈높이에 맞춰 벽에 일정표를 붙였다. 그녀의 하루는 그 일정을 담아낼 틀을 확보해야 했다.

밤에 그녀는 꿈을 꾼다. 그녀는 엘리베이터에 좌초된 사람처럼 잠에 빠져든다. 다만 물은 어두워지지 않고 오히려 밝아지다가 결국 낮처럼 환해진다. 액화 공기 같다. 한 사람이 떠올라 버둥거리다 위로 떠오른다. 잠이 들기에는 너무 아름답다. 그녀는 잠을 자면서 결심한다.

난 잠든 게 아니야. 내가 오랫동안 원했던 거라, 이렇게 떠다니는 건 새삼 놀랄 일이 아니지. 무슨 일이 일어나는지가 중요하겠지, 코스티아. 물론 그가 거기에 있다. 우리는 서로를 향해 흘러가고 있어요. 내가 손가락 하나 움직이지 않는 걸 직접 확인해 봐요. 우리가 항상 원했던 대로예요. 이제 당신은 날 바라봐야 해요. 당신도 알잖아요. 이건 모든 것의 일부일 뿐이에요. 곧 해낼 거예요. 어디를 보고 있어요?

그때 한 소녀가 눈에 들어왔다. 나보다 어린아이, 그녀는 부드러운 마음으로 생각했다. 머리가 얼마나 금빛으로 빛나는지, 마음이 얼마나 무방비한지, 그 무방비한 상태가 얼마나 위험한데, 그가 그 소녀를 언제나 지켜봐야 한다. 나는 옆으로 비켜서고 뒤로 물러난다. 눈물이 흐른다. 잠자면서 울 수 있을까? 나는 정말 자고 있는데, 가장 중요한 걸 잊었는데도 깨어나지 않는다. 그게 뭐였더라? 문을 잠그면 된다. 그러면 고통은 들어오지 못할 것이다. 그래도 고통이 찾아온다. 이 모든 액체 같은 공기는 사실 고통이다. 나는 자고 있다. 일어난 일은 그것만으로 모두 의미가 있다.

하지만 그녀는 완패당할 가능성에도 자기 자신을 포기하는 일에 성공하지 못했다. 그녀는 다시 기운 차리고 일어설 강인한 의지도 있다. 조금씩 조금씩 자리를 마련한다. 이 모든 일에도, 남아 있는 힘을 확인하고 스스로 다독인다. 내가 보든 안 보든, 기쁘든 슬프든, 매일 노을이 질 때 미루나무를 바라본다. 체리 나무도 거기 있다. 연못도, 밤이면 우는 개구리도 있다. 자전거를 타고 수 킬로미터 멀리까지 시골길을 달린다. 울타리에 기대어 사람들과 이야기한다. 무언가를 한다. 두 손으로 보이는 일을 한다. 여기에 아이들이 앉게 될 벤치를 만든다. 화단을 꾸미고 딸기밭의 잡초를 뽑는다. *의미 가득하게, 따뜻한 의미들로 가득하기를.*

그녀는 편지를 주고받는 일이 지루하다는 신호를 밖으로 거의 드러내지 않는다. 그녀는 자신을 눈의 동물이라 말한다. 왜 마음은 보이지도 않고, 들리지도 않고, 냄새도 나지 않고, 맛을 볼 수도 없고 만질 수도 없는 걸까? 왜 마음은 두 쪽으로 갈라졌을까? 내가 만들어 낸 것을 만져 볼 수 있는 직업을 가질 수 있다면, 그래, 아마도 나무를 다루는 직업이 좋을 거야. 물을 다루는 것도….

가장 용감해진 순간에 그녀는 자신을 더는 비난하지 않았다. 내 생각은 어둡고 이상하게도 늘 감정과 뒤섞여 있다. 그렇다면 이게 잘못된 건가? 작은 실수에도 감정이 곤두박질친다. 내가 딛고 있는 발판이 얼마나 얇은지, 얼마나 견디어 낼 수 있을까?

그녀는 아무에게도 도움을 구하지 않고 스스로 싸우며 다른 적대자를 보지 않았다. 그렇게 한 것이 틀리지 않았을지도 모른다. 지금까지는 서막이었을 뿐 이제부터 심각해진다는 것을 이제 깨닫는다. 감정이 파도처럼 밀려온다. 첫 번째 밀려온 감정의 파도는 그녀를 완전히 변화시킨 것 같다. 겉만 봐서는 믿을 수 없다.

적응하는 법을 배워! 적응해야 할 사람이 내가 아니라면? 하지만 그녀는 그렇게까지 생각하지 않았다.

잃어버려서는 안 될 평범한 여름, 그녀에게 남은 여름이 많지 않기에, 우리는 그녀에게서 이 여름을 빼앗을 권리가 없다. 그녀도 우리에게 시간을 내주지 않았을 것이다. 그때 우리는 그 여름과 함께할 수 있다는 확신을 갖지 못했다. 당시 그녀는 관심을 끌 이유도 기회도 없다고 생각했을 거다. 우리는 강한 신호에만 주의를 기울이는 데 익숙해져 있었다. 찢어지는 듯한 외침, 죽음의 소리, 총소리 같은 소리는 되어야 했다. 오늘날 시대가 조용해진 것은 아니지만, 누군가 걷는 모습에도 우리 눈에 감도는 슬픔이나 기쁨을 느낄 수 있다. 바닷가를 따라 바람이 몰고 가는 커다란 하얗고 빨간 공을 뒤쫓아 달려가는 크리스타 T의 모습, 공을 따라잡아서 움켜쥐고는 큰 소리로 웃는 그녀의 모습, 잡은 공을 그녀의 딸에게 가져다주는 모습, 이런 모습에 우리가 감탄하고 있다고 느끼며 힐끗 쳐다보겠지.

그녀의 남편 유스투스가 그녀에게 다가와 그녀의 머리카락을 넘기며 안녕 크리샨 하고 인사하면 그녀는 웃으며 고개를 흔들겠지. 해변에 있는 모든 이가 검게 탄 피부에 조금 마른 몸매의 그녀가 어린 안나와 걸음마를 하는 모습을, 물거품이 이는 바다와 그 위로 펼쳐진 파란 하늘을 배경으로 하는 이 장면을 바라볼 거다.

유스투스, 그녀가 부른다.

크리샨! 여기야.

그래, 그녀가 우리에게 말한다. 바닷가에서 사는 거야.

유스투스가 말한다. 그때 그녀는 자신이 빠져 있었던 저 주받은 점술사에 대해 자주 생각했던 것 같습니다. 그 사람은 그녀에게 당신은 일찍 죽을 거라고 선언을 해버렸지 뭡니까. 그 생각이 항상 따라다녔지요. 이걸 당신도 어쩔 수 없었을 겁니다.

나는 그에게 그가 가져온 여러 기록물 중에 어쩌면 뭔가를 발견할지도 모르겠다고 말했다. 그는 그 자료들을 볼 마음의 준비가 되지 않았다고 대답했다.

나에게도 역시 그 일은 너무 일렀다. 나는 그걸 인정해야 했다. 유스투스가 떠난 후, 읽기 시작해서 하루도 쉬지 않고 읽었다. 한 번 다 읽고 나서 처음부터 다시 시작했다. 공책들, 종이 낱장들, 원고 뭉치, 그녀가 썼던 순서에 따라 읽으며 모든 문장을 내 기억과 비교했다. 나는 완전히 용기가 꺾여 내가 하려던 일에서 손을 떼고 아주 자연스럽게 슬픔이 나를 압도하게 두고 싶었다.

하지만 이미 말했듯이 나에게 더는 그렇게 할 자유가 없었다. 이미 기억에서 사라진 선조의 알려지지 않은 유산을 우연히 마주하는 일은 흔치 않은 행운일 수 있다. 생존자의 유언에 시달리는 것은 아무리 이를 제대로 진행한다고 하더라도, 불행처럼 느껴졌다. "처분하다[*]"라는 단어의 이중적 의미

---

[*] entledigen: 해방하다 또는 처분하다라는 뜻.

로 해명될 수 없어 마음이 더 슬퍼지는 것은 아니었다. 나는 그녀로부터 나 자신을 자유롭게 한다. 나는 그녀를 처분한다. 그녀는 내가 그녀에게 부여한 크리스타 T.라는 이름 속으로 들어온다. 반면에 나는 삶은 삶이고, 종이는 종이로 희미하게 흔적을 남긴다는 쓸쓸함을 견뎌내야 했다. 이런 사실에 우울하지 않을 사람이 누가 있을까?

그래서 우리에게서 슬픔을 떼어 버리고 그녀를 받아들여 오래전에 우리를 떠난 그 모습 그대로 우리 앞에 세워놓고 싶어 한다. 그러면 우리는 감히 그녀가 존재했었다는 사실에 놀랄 것이다. 그렇게 우리는 색바랜 유산을 받아들일 것이다. 시간이 할 수 없는 것을 우리는 생각으로 전환한다. 우리는 생각 속에서 그녀가 어떻게 부유하는지, 그녀를 자극하는 목표를 향해 어떻게 향해 가는지 꽤 오랫동안 지켜보며 아랫입술을 내밀었다. 이를 통해 그녀가 무엇을 의도해서 어떤 일이 반드시 일어나게 되는지 알 수 있었다. 이런 불합리한 계획은 언제나 세워지기 마련이다. 다만 어떻게 하는지, 어떤 핑곗거리가 있는지 묻지 말자. 계획이 의심스러웠다. 이미 '계획'이라 불렸지만, 마을에서는 그저 하나의 소문으로만 돌고 있다. 미래를 내다보는 누군가가 니겐도르프에 정착했다고 한다.

나는 소문의 꼬리를 따라가다가, 바로 그 소문을 듣게 되었다. 막 알게 된 일에 신경에 거슬렸다. 왜 그럴까?

그럼, 너는……?

소망이라고 결코 말할 수 없었다. 다만 이 몇 주 동안, 음, 뭐라고 표현해야 할까? 마음이 약해져, 영적인 것에 끌렸던 것만은 확실했다. 그녀의 정신은 정상이었다. 병이 재발했다니, 어쩔 수 없다.

그때 그녀는 작은 무리가 모인다는 소식을 들었다. 사람들이 무엇을 한다는 소리는 들리는 법이다. 성지 순례단인가 봐요. 그녀는 크뢰거 부인에게 말한다. 하지만 그녀는 도통 무슨 말인지 이해하지 못했다. 니겐도르프의 '장군'이 어떤 여인에게 죽음을 예언했던 대로 한 여인이 갑작스럽게 죽자, 그의 명성이 높아졌다. 그러니 이제 힘겹고 무거운 짐을 안고 그 사람을 만나러 가야 할 때가 되었다.

자리가 남았나요? 크리스타 T.가 물었겠지. 저도 같이 가고 싶어요. 그런 거 한번 봐야죠. 물론 이는 자신을 위한 변명이었을 것이다.

이른 아침에 네모반듯한 자동차가 도착했다. 푹스 신부님은 불치병을 앓고 있다. 크로체 부인은 실종된 남편의 소식을 기다리고 있다. 빼빼 마른 핀슨 아가씨는 결혼 적령기를 훌쩍 넘겼다. 오직 마법사만이 남편감을 소환할 수 있을 거다. 이런 부류의 사람들이 두서너 명 더 있다. 그들은 약간 놀랐지만, 그리 심한 편은 아니었다. 이 여선생은 왜 장군을 만나려는 걸까? 분명 병 때문은 아니었을 거다. 그건 모두가 알고 있는 사실이었으니까. 가슴 아픈 사랑 때문일까? 아니면 신부님의 병 때문에? 신부님은 눈에 띄게 매일매일 왜소해지고 있고, 그녀는 신부에게 애착이 있다. 크뢰거 부인이 한숨을 내쉰다. 기독교인이라고 해서 모두가 남을 위해 십자가를 지는 게 아닌 건 분명하군요.

그곳은 작은 마을입니다. 누구든 내리고 싶다고 지금 내리세요. 신부님은 나를 염두에 두고 말했다.

나는 신부님을 잘 안다. 내가 아무 소리도 듣지 못하는 사람처럼 가만히 있는 게 그의 맘에 들지 않은 듯 보였다. 하지만 그곳에 있는 모두는 내가 함께 거기에 가기를 바라는 듯했다. 무슨 말이든 해 보세요. 내가 믿지 않는다고 해도. 크뢰거 부인이 말했다.

저도 안 믿어요. 그만해요.

그러는 사이 잘 알려지지 않은 마을 괴렌과 코제로프가

나온다. 그리고 가스 마스크가 놓인 숲속도 나온다. 우리는 이미 거기에 관해 이야기했다. 그 당시 이 순간이 아주 먼 미래처럼 보였지만, 이제 아주 가까이 있다.

그녀는 생각한다. 이건 아니야. 마치 오랫동안 피해 온 장면 앞의 커튼이 찢어지는 것 같아. 이번에는 사건이 일어난 공간 밖의 한 지점에서 바라본다. 눈보라 속에 서 있는 그녀의 탄약 트럭과 그 안에 앉아 있는 자신, 그리고 2미터쯤 더 나아가면 작은 언덕이 보인다. 그 아래에 둔덕이 있고, 살과 뼈 그리고 다른 물질들이 눈으로 점차 가려지고 있다.

아가씨, 한 발 빼는 건 아니죠? 크뢰거 부인은 언제나 모든 걸 명확하게 말한다. 그렇다면 왜 여기에 왔는지……. 그나저나, 그가 진실을 말해 주면 좋겠는데.

9

장군이 말했다. Wat de Generool seggt hett.

만약 그녀가 그를 단순히 만들어 냈다면? 만약 그가 존재하지 않았다면? 그녀는 그를 필요로 했기에 그를 만들어 냈을 것이다. 하지만 그녀는 이렇게 꾸며낼 용기가 없었다. 이 부분에 대해서는 나중에 더 이야기할 거다. 그러니까 그는 존재했고 실제로 등장했지만, 어쨌든 다시 조심스럽게 숨겨지고, 반어적인 문장 뒤로 퇴장한다.

장군이 말했다. 좀 더 가까이 오시면 좋겠소, 아가씨.

거기서 일어난 일은 단순한 호기심이나 기적에 대한 믿음 또는 다른 사람의 초능력 앞에 무릎을 꿇겠다는 단편적인 마음이 아니었다. 그는 오스트리아 출신의 은퇴한 퇴역 장군으로 지역 전통 의상을 입은 불안정한 젊은 여인의 도움을 받고 있었다. 그 남자는 그녀의 마음을 바로 알아차렸다.

그는 그녀에게 빛을 향해 앉으라고 자리를 권하는데, 그게 그들이 작업하는 방식이다. 그는 창문에 기대어 서 있었기 때문에 실루엣만 보인다. 모든 속임수, 고해성사, 심문이 시작되는 방식이다.

이름이 뭐라고 했소? 내가 착각하지 않았다면, 학생이죠? 그거 봐요. 그럼, 그렇지. 그런 건 아무래도 상관없소. 그런데 이쯤이면 학기 중 아닌가? 아니면 요즘은 모든 게 다 일찍 시작하듯, 방학도 일찍 시작하는가요? 그는 웃는다. 그렇고 말고요. 모든 사람은 한 번쯤은 일상에서 벗어나 휴식이 필요한 법이요.

그녀는 아직도 그 방을 다 둘러보지 못했다. 인간의 능력이 얼마나 무의미한지 말하고 있는 격언 액자도 읽지 못했고, 선반 위에 올려진 주석 컵을 자세히 보지도 못했다. 하지만 그는 이미 알아야 할 것을 다 알고 있었다.

그녀는 그에게 손까지 내밀어야 한다는 것이 마음에 들지 않았다. 차라리 그냥 가 버릴까? 장군은 벌써 그걸 느끼고 있었다. 마음의 동요는 손끝으로 뻗치는 법이요. 이것 보시오.

그가 말한다. 더는 아무것도 필요 없소. 이 상태로 계속 나가다가는, 그의 마술에 필요한 커피 찌꺼기와 카드까지 우습게 될 것이다. 다른 때 같으면 그는 커피 찌꺼기뿐만 아니라 카드도 이용하겠지. 그녀는 이걸 알고 있다. 그는 그녀의 시선을 쫓으며 어깨로 작은 움직임을 보인다.

아가씨, 세상은 속고 싶어 합니다. 하지만… 이렇게 손금이 뚜렷한 사람이라면… 당신은 가도 되겠소. 그가 소심해진 젊은 여인에게 말한다.

아가씨, 당신의 아버지는 지적인 직업을 갖고 있네요. 제가 맞는다면, 좋은 아버지임이 틀림없습니다. 매우 똑똑하시고 손재주도 뛰어나시고, 아직도 살아 계시나요? 그렇군요. 하지만 분명 명심할 게 있습니다. 인간의 삶은 한계가 있습니다……. 내가 보기에는 한 명, 아니 언니가 두 명 있겠군요. 자매만 있지요? 매우 사이가 좋군요. 이건 아주 확실하네요. 두 번째로 내가 말하고 싶은 건, 내가 관여하는 세계에는 이 세상에 존재하는 형제자매만을 말하지는 않지요. 이 점 명심해 주시기를 바랍니다. 내가 말하고 싶은 것은…….

이 부분에서 그녀는 유산을 생각했다. 부모님이 그때 우리에게 숨기려 했지만, 저는 의심하고 있었죠.

장군은 흡족해한다.

그런데 아가씨, 달의 주기가 아가씨에게 중요하다는 걸 알고 있습니까? 바로 그 주기 때문에 아가씨가 남동쪽으로 이동하게 될 거예요, 알고 있어요? 그게 아가씨가 어렸을 때는 그렇게 뚜렷하게 드러나지는 않았을 거요. 나중에 당신이 어느 도시, 그래, 드레스덴이라고 치고, 그곳에 자리 잡게 되면, 아가씨는 분명 나를 생각할 것입니다.

별자리로 보면……. 그래요. 금성과 토성은 아주 가깝지요. 금성은 사랑과 부드러움이 가득한 곳으로 언제나 그곳에 있습니다. 그러니 자신감을 가져요. 아가씨 주위에 다채로운 별들이 넓게 모여 있습니다. 그 안에는 수많은 것들이 숨겨져 있고 또 드러나 있지요. 풍부한 소질이 있고, 다방면에 관심을 보이고…….

여기서 그는 그녀와 비슷한 별자리에 있는 통찰력을 보여 준다.

때로는 풍요로움조차 부담이 될 수 있다는 걸 모르는 사람이 있겠소?

물론, 이 지점에서 나는 끼어들고 싶었다. 마음이 편치 않았다. 그녀가 결국 장군을 꾸며냈다. 장군의 집을 찾아가 만난 다음 날, 그녀는 자기 방에서 혼자 앉아 일기장은 책상에 올려 둔 채 미루나무 열일곱 그루를 바라봤다. 비록 장군의 말에 난처했더라도, 그녀는 명확하고도 객관적으로 장군의 말을 끊지 않고 그의 표현대로 적기 위해 최선의 의도로 장군을 만들어 냈다. 이보다 더 정당할 수 있을까? 모두가 정당하듯 그녀 역시 정당하다. 그녀는 의미를 끌어내고 그렇게 파생되는 것을 보여주려 한다. 하지만 다른 것들은 너무나 터무니없은 허위이다. 세상에, 그렇다. 어리석고 멍청하다고 덧붙여 말한다.

나는 터무니 없는 이야기를 바로잡고, 나만의 장군을 만들어 내기로 한다. 나는 정당하다. 모든 사람이 그렇듯이. 이거 말고 또 무엇이 있겠는가?

시험이 다가오고 있군요. 장군이 말했다. 그다지 좋은 점수를 받지는 못하겠네요. 이런 말은 새로울 게 없어요. 당신의 지능과 기억력이 현재 제한적이기는 하지만, 그것이 확장 발전될 사실을 모른다면, 당신은 '보통'이라고 말할 수 있겠지요. 여성들이 20대 후반에 가장 멋지게 능력을 펼친다는 거 잘 알고 있지요? 하지만 아가씨의 전성기는 이보다 조금 늦게 올 겁니다.

조심해야 합니다. 장군이 말했다. 앞으로 6개월간은 그리 쉬운 시기는 아닐 것이오. 신경 쇠약으로 여기저기 아프겠군요. 지금 힘든 건, 일시적인 무력감이라 말할 수 있고요.

여기서 내가 만들어 낸 장군은 그녀의 얼굴을 힐끔 쳐다보며 그녀가 결국 손을 놓고 말지를 확인한다. 아니면 무엇을 보려 하겠는가? 그러고 나서야 그는 뭔가 더 말해도 괜찮다는 것을 깨닫는다.

감정적인 고통은 무언가를 결정해야 하는 순간에 직면하면 더욱 커지겠군요. 그녀의 장군이 말한다.

크리스타 T. 크리샨, 그녀는 거기에 앉아 그의 말이 바르다고 생각하는 자신을 물끄러미 바라본다. 그가 옳았어. 그녀를 비추는 조명 때문에 그녀의 생각이 고스란히 표정에 보였다. 그는 여유 있게 뒤로 기대어 그녀의 손을 느슨하게 잡고는 준비한 마술 트릭으로 그녀의 공허함을 채워주려 한다.

머지않아, 그녀의 대장이 말한다. 아가씨는 장례식에 가겠군요. 육십에서 칠십 대 사이의 여자 친척의 장례식일 게요.

그때 장군은 무엇인가를 본다. 여자 친척분은 이미 멀어져 가고 있군요.

이 말은 별 소용이 없었다. 장군님 분발하셔야겠네요.

아가씨는 생각이 너무 많소. 장군이 말한다. 이제 그의 목소리에는 긴박함이 묻어났다. 내가 조언하자면, 신경이 거슬리게 하는 이 습관을 버리는 게 좋겠소. 나를 믿어보시오. 3, 4년 후에는 말이오, 내가 착각한 게 아니라면, 지금 아가씨는 스물네 살이니, 앞으로 스물여섯이나 스물 일곱이 되면 모든 게 다르게 보일 거요. 아가씨의 별자리가 분명히 말하고 있소. 아가씨는 분명 또래보다 훨씬 뛰어나게 될 것이오. 자신감을 얻을 수만 있다면 분명하지요. 목표 지향적이되 무리하지 않도록 조심하고, 극단으로 치닫는 건 정말 피하시오. 아름다운 아가씨, 처세술이라는 게 바로 이런 것이오. 아가씨에게 꼭 필요한 기술이지요.

이제야 그녀가 포기하고 있다는 게 보인다. 나도 마찬가지였다. 만약 장군이 이 모든 것에도 불구하고 인간성을 탐구하는 사람이었다면, 만약 이 몇 주 동안만이라도 그녀를 위로하고 안도감을 줄 몇 마디 말을 찾아냈더라면…….

아가씨가 지금 하는 사랑은 말이야, 아가씨도 거기에 대해 뭔가 알고 싶어 하는 것 같은데, 맞지요?

그녀는 고개를 끄덕이거나 아니라고 고개를 젓지도 않았다. 드리워진 조명 속에 보이는 그녀의 얼굴은 붉었고, 그녀는 심지어 손을 빼내려는 동작도 했다. 이 모든 신호를 눈치 채지 못했다는 듯, 장군은 그녀의 손이 스르륵 빠져나가게 내버려 뒀다.

아가씨는 사랑을 좋아하는군요. 그녀의 대장이 말한다. 그가 아니라면 누가 이런 말을 하겠는가? 아가씨는 진심이 통하는 부드러운 사랑을 하는군요. 마치 우정과 비슷해요. 그래서 좋은 친구들이 있고 우정도 넘치고 공감도 잘하는군요. 불만이 차오를 때까지는 그렇게 하네요. 내가 무슨 말 하는지 알고 있을 거요. 그렇게 되면 아가씨는 변덕을 부리고, 아주 가까운 사람들, 심지어 애인까지도 밀어내는군요. 아이고, 왜 이렇게 합니까? 너무 열정적으로 빠졌다가 아주 차갑게 마음을 닫는다니, 악순환이군요.

도대체 누가 그녀에게 말을 걸었을까? 이제 그녀는 왜 여기에 왔는지 스스로 인지했을까? 그런데 그는 어떻게 알았을까?

그는 계속해서 꼭대기에 머물지 못한다. 우리의 장군이여, 그는 구체적인 사항으로 내몰리게 되자 예언을 하게 된다. 아마 그도 잘 알겠지만. 예언은 그의 임무다. 그녀를 설득해 결혼하려 애쓰는 남자가 있는 것 같네요. 장군님은 이 결혼은 반드시 문제를 일으킬 테니 하지 말라고 조언하는군요. 질투에, 사회 경력이 방해된다는 등등…….

다시 그녀의 손을 잡아야 하는 시간이 돌아온다. 그렇다면 아가씨의 직업이 어떨지 한번 볼까요? 그는 이렇게 말하더니 그녀의 손바닥을 생각에 잠긴 듯 물끄러미 바라본다. 사람 많은 기관에서 일한다고요? 그럴 수도 있겠네요. 출판사 같은 곳일 텐데……. 처음에는 난관이 있겠지만, 어쩔 수 없어요. 아직도 그 난관이 사라지지 않았어요. 하지만 시간이 지나면 난관을 극복할 수 있을 거요. 그 이상도 가능합니다. 내가 잘 보고 있다면, 아가씨는 많은 사람이 알게 될 텐데, "유명"해진다는 단어를 피하려는 것뿐이오. 내가 보기에 모든 에너지가 창조에 목표를 두고 있군요. 무슨 작품이지? 음악이요? 아닐 거요. 오히려 문학적인 작품일 거요. 자, 내 전문 분야는 거기까지입니다. 그런데요, 왜 아가씨는 숙녀가 되고픈 욕망을 억누르고 있나요? 경제적으로 장애물은 하나도 없을 텐데.

그순간 그녀는 자기 자신을 어떻게 보고 있었을까? 긴 드레스에 꽃다발을 들고 팬들에게 둘러싸여 있는 모습일까? 그런 기분은 어떨까? 장군이 계속 말을 이어가야 하나?

장군, 지금 흐름에 완전히 올라탄 것 같은데 계속해 보세요.

장군은 미래의 남편이 의사일 거라 말했다. 교수일 수도 있겠네요. 결혼하기 좋은 시기는 앞으로 6년에서 7년 뒤입니다. 사랑해서 결혼하겠군요. 뭐, 말할 필요도 없네요. 남편은 일곱에서 여덟 살 연상이겠고, 두 자녀를 둘 텐데, 아이들은 나이 차가 얼마 되지 않겠군요.

계속 이야기해 보세요, 장군.

둘은 친구 소개로 만나겠네요. 오페라 공연이나 출판사에서 만나겠네요. 이것보다 더 정확하게 알려 주는 거 불가능하오. 이해하시죠? 이 정도는 가능하오. 둘은 도시 외곽의 아파트나, 아마도 공원에서 가까운 타운하우스 같은 곳에서 살겠군요. 둘의 삶은 아름다운 직선처럼 흘러갈 것이오. 아가씨의 기질과 개성이 풍성하게 발휘될 것이오. 낭만적인 성향과 실용적이고도 교육적인 재능, 이 희귀한 재능의 조합이 펼쳐지겠군요…….

장군이여, 잊지 마세요! 우리는 꾸며진 이야기, 각색된 대본을 원한다고요. 우리, 자동차는 있어요? 어떤 브랜드의 차에요? 캐노피 침대는 어때요?

그는 또다시 그녀를 놓쳐버렸다. 그녀는 자기 생각을 눈치채지 않게 하는 편이 더 좋았을 텐데. 이제 그는 그녀의 손을 마지막으로 잡을 것이다. 게다가 이제는 삶의 마지막 부분으로 넘어가고 있었다. 결국 그녀는 공책을 덮었다가 다시 꺼내 봤다. 결국은 마지막 부분도 적었는데, 마치 모든 페이지가 단지 이 문장을 위해 만들어진 것처럼 보였다. 장군이 말한 내용이 적혀 있었다. 장군이 말했다. 결혼은 죽음으로 갈라질 거야. 아내가 죽거나 남편이 죽거나 하겠지. 그때는 아이들이 더는 학교에 다니지 않을 때야.

그녀는 마지막 문장까지 다시 읽었다. 그런 다음 괄호 안에 두 단어와 물음표를 추가했다. 그렇게나 일찍?

그녀는 이제 공책을 덮고 두 번 다시 펼쳐보지 않을 거다.

나는 하나도 믿지 않을 거다. 하지만 이상하게도 삶이 그렇게 되어간다.

연극은 끝이 났다.

그녀는 그 페이지를 결코 다시 읽지 않았다. 시간이 흐를수록 그녀 안에 남아 있던 글은 점점 공책에 적힌 글과 달라져 갔다. 예언된 복권 당첨이나, 다음 해에 가게 될 거라는 휴양지에 관한 예언도 마찬가지였다. 심지어 연로한 여성 친척의 장례조차 예언과 다르게 이후에 일어났다. 그녀는 아무런 신경도 쓰지 않았다. 그렇다고 하더라도 그녀가 일찍 삶과 이별할 거라는 예언은 있었고, 그건 여전히 유효했다. 장군이 감히 말하지 말았어야 했을 유일한 말 한마디를 그녀는 간직하고 있었다. 나는 일찍 죽을 거야.

그리고 그걸 믿었던 게 틀림없다.

장군에게 죽음의 예언이 다시는 없기를….

10

재발이라니, 우리는 이렇게 말하고 고개를 저었겠지. 그리고 우리 생각이 옳다고 여겼겠지. 그녀는 여기저기 자신의 이야기를 아주 차분하게 떠보기식으로 들려주었을 것이다. 그럴 때마다 그녀는 모든 얼굴에 예외 없이 믿을 수 없다는 듯한 동정 어린 미소가 떠오르는 것을 봤을 것이다. 나는 이를 확신할 수 있다. 왜냐하면 내 얼굴에도 그런 흔적이 남아 있기 때문이다.

그녀는 그렇게 말이 없어졌다.

이야기해야 할 것은 그다지 중요하지 않게 될 것이다.

이제는 쓰는 일도 그렇게 될 수밖에 없다. 고칠 수 없는 글쓰기에 대한 애착을 없애려면 이를 심각하게 받아들이지 않고, 있는 그대로 내버려 두면 된다. 만약 이 방법이 성공한다면 당분간은 구원받은 셈이다. 눈을 감으면 어떤 생각이 들까? 이미 말한 대로 그다지 중요하지 않다. 저절로 떠오르며 거기에는 어떤 강제성이 없기에, 해석도, 암시도 없지만, 의미 또한 없다. 공책에서 페이지 한 장이 급하게 찢겨나간다. 작업 계획은 지켜지지 않을 것이고, 문법도 전혀 신경 쓰지 않을 거다. 머릿속에서 이미 완성된 게 분명하지만, 몇 가지 떠오른 제목으로 재빨리 시도해 본다. 나중에 작은 이야기로 쓸 수도 있을 것 같다. 지금 아니라면 또 언제란 말인가?

'제목 목록'은 공책 앞에 나열되어 있었다. 내가 사용한 것처럼 따옴표를 사용해서 반어적인 느낌을 표시했다. 시간이 흐르면서 스무 개가 넘는 제목이 연달아 아래로 쭉 더해졌다. 그중 대다수는 그녀의 여러 다른 메모에서 가져왔다. 어떤 제목은 이해했지만, 어떤 제목은 이해하지 못했다. 악필을 전부 읽어낼 수 없었다. 그녀 자신조차 알아볼 수 없었을지도 모른다. 그녀는 도대체 읽어 보려고나 했을까?

이 질문이 슬며시 들었다. 이는 초고에 포함되지 않은 질문이다. 너무 일찍 질문했나? 크리스타 T.를 생각하는 과정에서 나에게 생긴 가장 다루기 힘든 질문이다. 왜냐하면 사람들이 나에게 묻게 된다면, 아니, 그들은 분명히 질문할 것이다. 질문하지 않을 수 없으니까. 이 질문을 받게 될 때 나는 여기에 제시할 게 아무것도 없기 때문이다. 사람들은 왜 크리스타 T.를 알리려는지 질문하겠지. 이제 내가 스스로 이 질문을 하니, 더 이상 논란의 여지는 없다.

사람들은 나에게 그녀가 무슨 성공이라도 했는지 물어보겠지. 나에게 그녀의 성공에 대해 말하도록 압박할 것이다. 그렇게 되면 나는 어디에 이르게 될까? 나는 무엇을 근거로 내세울 수 있을까?

귄터가 떠올랐다. 멋지게 등장했지만, 사랑으로 무너지고 고통으로 사람 보는 눈을 갖게 되기 전의 귄터가 떠올랐다. 그는 언제나 크리스타 T.를 옹호하면서도 동시에 그녀에게 화를 냈었다. 그는 개인적 존재로 그 당시 벌써 그녀를 연모하고 있었을지도 모른다. 몇 가지 신호가 이를 암시하고 있었다. 하지만 그는 크리스타 T.를 별개의 분류로 받아들이지 못했다. 그는 존재하는 모든 것은 반드시 유용해야 한다고 굳게 믿었고 그가 그녀에게 모든 좋은 아이디어를 고백했는데도, 그녀가 택한 방식의 상상이 필요했는지 의심하며 괴로워했다.

여기 좀 봐. 그가 말을 꺼냈다. 1년 기한인 과제 제출 시간도 지키지 않고, 스터디 그룹 멤버들도 그녀가 쓴 글을 단 한 줄도 본 적이 없던 때였다.

생각 좀 해 봐, 사회가 너에게 공부할 기회를 주었잖아. 그러니까 사회는 이제 거기에 대한 너의 성과를 보고 싶어 해. 그게 최소한 정당하지 않아?

맞아. 그렇다고 생각해. 크리스타 T.가 대답했다. 그녀는 귄터와 언제나 오랫동안 이야기 나누면서 그의 모든 논증을 철저하게 숙고했다. 네 말이 맞아. 하지만 최소한이라고는 할 수 없어. 오히려 최대한이라고 말하고 싶네.

그게 무슨 말이야? 귄터가 물었다. 너는 너 자신을 우습게 생각하는구나.

하지만 그녀는 자신을 스스로 얕보는 건 아니었다. 그저 낯선 기준으로 대가를 치러야 하는 상황에 마음속으로 강한 반발을 느꼈던 것뿐이다. 그녀 자신의 고유한 기준에 가치가 있는지 믿을 수 없었다. 아주 당연한 일이었다. 그녀가 도대체 어디에서 이런 믿음을 얻었을까?

그렇다면 나는 무엇에 근거해 그녀의 성공에 대해 말할 수 있을까?

시간이 그녀의 편이었으면 좋았을 텐데. 그녀가 누리지 못한 단 하나는 바로 시간이었다. 이 사실은 처음부터 그녀에게 전달되지 않았던가?

생각이 여기까지 이르자, 나는 화가 났다. 제목 목록을 다시 읽어 봤다. 숲지기의 집에서·한여름의 밤·릭 브로더스·얀과 크리스티네·바닷가에서의 하루·엘드 초원에서… 이 제목들은 도대체 무얼 말하고 있는 걸까? 아무리 애를 써도 이 제목 뒤에 담긴 내용이 무엇인지 알아낼 수 없었다. 나는 복잡하게 얽힌 내면의 분노를 이야기에 속아 넘어간 독자의 건강한 분노로 치부했다. 만약 '*육군 중위 베어는 달랐다*'라는 문장이 어떤 의미를 담고 있는지 궁금해하는 사람이 오직 나뿐이라면, 그녀는 적어도 나를 고려해 줄 수는 없었을까? 한 사람의 분노에 대해 걱정하는 건 아무 소용 없는 일인지도 모른다.

하지만 나는 부당하다고 느꼈다. 그녀는 나의 답답함에 대해 걱정했어야 했다. 그렇지 않았다면, 그녀는 메모들을 모두 찢어 버렸어야 했다. 도대체 그녀는 무엇으로 자신을 정당하다고 말할 수 있을까? 저 밑에, 저 땅속에 누워 있는 그녀, 그녀의 머리맡에는 죽은 사람에 대해 사람들이 말하듯 보리수나무가 자라나고 있다.

사람들은 죽은 *자에 대해서는*… 오직 좋은 것만 이야기한다.* 나는 모든 걸 있는 그대로 두고 걸어 나갔다. 나는 나 자신에게 말했다. 나는 그렇게 하지 않을 거다. 사람들이 나에게 그렇게 하라고 요구할 수는 없지. 나는 이 아름다운 분노를 가질 수 있어 참으로 기뻤다. 원형 광고판 앞에 서서 광고 포스터들을 열 번도 넘게 보고 또 봤다. 나의 답답한 분노를 가라앉게 할 수 있는 생각에서 벗어날 수 없었다. 그녀는 정말로 모든 걸 썼어야 했어.

나는 어쩔 수 없이 나의 분노를 포기해야 했다. 죽은 사람에게 화를 내서는 안 된다. 하지만 내 마음은 상처받았고, 여전히 상처받고 있다. 살아 있는 사람만이 당신을 아프게 할 수 있다는 그녀의 말은 사실이 아니다. 만약 그게 사실이라면, 그건 도대체 무슨 의미일까?

나는 성공에 관해 이야기하려 했다. 하지만 성공이 등장하면 자연스레 따라오는 이야기가 있다. 이건 실패를 이야기할 때도 마찬가지다. 하지만 난 실패는 이야기하지 않을 거다. 성공은 진짜일 수도 있고, 만들어 낼 수도 있고, 획득할 수도 있고, 훔칠 수도 있으며, 억지로 할 수도 있고, 키울 수도

---

* De mortuis nil nisi bonum(죽은 자에 대해서는 좋은 말만 하라).는 뜻의 라틴어 문구에서 인용된 표현이다.

있다. 무엇보다 성공은 이것저것으로 이루어질 수 있다. 예를 들어 성공은 명예일 수도 있고, 이것만은 반드시 해야 한다는 뒤늦은 확신일 수도 있다.

그래서 나는 무엇보다 크리스타 T.의 성공에 관해 이야기하고 싶었다. 내가 이런 생각을 했다는 것만으로도 놀라웠다.

내가 품었던 분노로 씁쓸한 앙금이 남아 있지만, 이 또한 곧 사라질 것이다. 그즈음이면 그녀가 보여지기를 원했던 모습과 그녀의 있는 그대로 모습을 비로소 볼 수 있겠지. 하지만 이 이야기를 아무리 오래 끌고 가더라도, 그녀를 마주하게 될 순간은 분명히 이 이야기가 끝난 뒤에 찾아올 것이다.

하지만 그 순간은 마치 저절로 다가오는 것처럼 자유롭고 관대할 것이다.

그녀, 크리스타 T.는 그해 여름 자신도 모르게, 심지어 그것이 얼마나 대단한지도 모르는 커다란 발견을 했다. 그녀는 갑자기 자기 자신, 다시 말해 평범하고 때로는 답답해 보이는 자기 삶과 자유롭고 관대한 시선 사이에 어떤 흔적이 있다는 것을 인식했다. 그녀는 이 흔적을 스스로 만들어 내야 한다는 생각과 함께 만들 수 있는 도구가 자기 손에 있다는 것을 느끼기 시작했다. 그리움은 *"보는 행동"*에서 온다. *보고자 하는*

욕망으로 그녀는 보기 시작했고, 매우 섬세하게 차분한 마음으로 바라보면서 단순하나 결코 부인할 수 없게 자신의 그리움과 현실의 사물이 일치한다는 것을 드디어 깨달았다.

그녀가 누구에게 이 이야기를 소개했는지 모르겠지만, 누군가에게 말한 것 같다. 말리나라 불리는 산딸기**

열세 살이 되어 처음으로 긴 여행에 따라갈 수 있었다. 빌헬름 삼촌이 보낸 편지는 1년 전에 도착했다. 이는 타자기로 적힌, 친척들에게 보낸 편지 세 통 중의 하나였다. 얼마 전 브란덴부르크 교도소에서 감독관으로 일했던 빌헬름 삼촌은 총통이 하급과 중급 관리들에게 제공한 기회를 이용했다. 자세히 말해, 승진 없이 같은 직급에 수년간 머물렀던 이들에게 제공된 기회였다. 합병 된지 1년도 안된 옛 폴란드 땅은 유능한 행정 공무원이 필요했고, 크라우제 경감이 부임하고 그제야 공무원 봉급을 받는 정부 기관의 고위 감독관이 되었다.

이 모든 일은 1940년 칼리쉬/바르테가우의*** 리츠만슈테터 2번가에서 일어났다.

벌써 2주 전부터 나는 라임 나무 아래 정원에 앉아 속옷과 양말을 꿰매고 있었다. 나는 여행을 정말 고대하고 있었고,

---

** Malina: 폴란드어로 산딸기라는 뜻.

*** Kalisch/Warthegau: 2차 세계대전 중 독일에 병합된 폴란드 영토.

몇 주 동안의 여행이라면 가지고 있는 것을 다 챙겨 가야 한다고 생각했다.

기차로 이동하는 여정은 별다른 인상이 남지 않았다. 황록색 들판에는 여름 더위가 가득했고, 반쯤 비어 있는 객실 안은 칙칙하고 무거운 정적이 감돌았다. 국경 근처 기차역에서 간단한 여권 검사가 있었지만, 내가 외국으로 떠난다는 엄마의 환상을 유지하기에는 역부족이었다.

할아버지가 물려주셔서 서재 대부분을 차지하고 있는 1889년에 발행된 브로크하우스 대백과사전을 보면 이렇게 쓰여 있다.

"칼리쉬는 러시아·폴란드 국경에 있는 서부 행정 구역이다. 지대는 평평하고 서쪽으로 매우 완만하게 경사져 있으며 고도가 거의 없다. 기후는 온화하고 쾌적하다. 인구 구성은 *80퍼센트가 로마 가톨릭을 믿는 폴란드인이고 10퍼센트가 개신교인 독일인, 9퍼센트가 유대인이고 나머지는 러시아인과 기타 민족들이다. 토질은 대부분이 모래층이다. 양과 거위 목축업이 주산업이며, 독일로 수출하는 거위 낙농은 매우 중요하다. 이 행정 구역은 여덟 개의 행정 구역이 있다. 칼리쉬, 콜로, 코닌⋯.*"

나는 이 모든 내용을 엄마에게 말했다. 얼마나 강렬하고도 이국적으로 들렸는지! 엄마는 나의 해외여행을 허락하고 싶어 하지 않았다. 이제 그곳은 독일이야. 그걸로 끝이다. 엄마가 관심을 둔 건 기껏해야 "칼리쉬, 즉 폴란드어로 칼리시Kalisz가 프로스나강의 세 개 지류 사이 아름다운 계곡에 있고 매년 여섯 번 축제가 열린다"라는 사실에만 관심이 있었다. 그래서 그렇게 썰렁한 곳은 아닐 거라 만족한 듯 말했다.

자정이 되어서야 칼리쉬에 도착했다.

이제 우리는 그녀가 왜 더는 글을 쓰지 않는지 알아야 한다. 그녀는 산딸기 말리나에 내재한 의미는 물론, 그걸 위해 모든 마법을 만들어 냈다. 다시 말해 1989년에 출간된 브로크하우스 대백과사전, 외국 여행, 그래 외국 여행은 아니었다고 해도, 엄마와 자신의 대화…. 이것들이 무엇을 제시하는지 물었다. 그렇다면, 예를 들어 어조는 마치 자신을 바라보는 사람에게 말하는 듯하다.

그 외에는 아무것도 없다. 그때 누군가 그녀를 불렀던 게 틀림없었다. 누군가 그녀를 찾아왔던 거다.

나를 찾아왔다고? 이웃 마을의 학교장이 찾아왔다. 그녀는 그가 이렇게 방문한 게 친절하다고 생각했다. 좋은 이웃의 친절함 말고도 그의 눈빛에 담긴 의미를 어떻게 해석할지 모른다 해도, 그것은 일종의 신호였다. 다시 알아보기를 기대했지만, 그녀의 마음에는 어떤 울림도 없었다.

그녀의 엄마는 그들을 아늑하고 낭만적인 정원으로 보낸 후 사과 사이다를 가져다 주었다. 시간이 지나 달이 떠올랐다. 처음에 그의 말투는 어딘가 강박적으로 어색하게 들렸지만, 그녀는 이유를 알 수 없었다.

그는 그녀가 아프다거나 그와 비슷한 무슨 일이 있다는 소문을 들어서 알아봐야 했을 것이다. 그녀는 그의 갈색 눈이 아름답다고 생각했을 것이다. 그의 개방적이고 쾌활한 성격은 그녀에게 위안이 되었다. 그를 어디선가 한 번쯤 만난 적이 있었나? 게다가 그는 똑똑하고 판단력이 확실하며 삶에 적극적이고 배려심 넘치는 태도도 갖추고 있었다. 그가 있다면 학교에 가고 싶어질 거다. 그는 그녀의 이런 생각을 확인하고는 학교에 관해 이야기하기 시작했다. 그녀는 아직도 여러 학생을 기억하고 있었다. 이제 그녀는 주의 깊게 듣고 질문을 하고 설명하고 반박하기도 하면서 관심을 보였다.

맞아요. 그는 다시 한번 의미심장하게 말했다. 우리는 모두 네 살이나 더 먹었네요.

그녀는 그의 말이 맞다며 웃었다. 딱히 재미난 말은 아니었지만, 그렇다고 틀린 말도 아니었다.

그때 아버지가 다가왔다. 그는 오래간만에 통증도 없고, 숨이 가쁘지도 않은 편안한 하루를 보냈기에, 담요를 두르고 그들 곁에 앉을 수 있었다. 학교 이야기에 기분이 좋아졌는지, 그는 자신의 학창 시절, 사범 대학 시절, 탈출을 시도했던 이야기 그리고 드디어 겸손해지는 법을 배우게 된 일을 떠올렸다. 크리스타 T.는 얼마나 다른가! 그러면서 동시에 얼마나 비슷한가! 라고도 생각했다. 그녀의 아버지는 더는 그처럼 이야기를 많이 하지 못할 것이다. 그녀도 그도 이를 알고 있었다. 그녀의 아버지는 이웃 마을의 학교장과 잘 통했다. 그들은 같은 분야에 관해서 이야기했다. 크리스타 T.는 이웃 마을 학교장이 완전히 동의한다고 말하는 것을 들었다.

완전히! 그 단어에 그녀는 벌써 느꼈어야 할 충격을 드디어 준다. 이 말은 그녀에게 그의 의미심장한 눈길과 대답에 담긴 이중적인 의미를 깨닫게 한다. 이제 그녀는 그가 여전히 같은 회색 점퍼를 입고 있다는 것을 알아봤다. 회색 점퍼는 멋졌고, 이 감정은 사소한 다른 감정보다 오래가는 감정이었다.

그런데도, 맙소사, 이걸 어떻게 잊어버릴 수 있을까?

그녀는 기쁘기도 슬프기도 하다.

밤이 되어 지난 일들, 잊을 수 있는 것들, 사랑했던 것들과 완전히 사랑하지 못했던 것들을 모든 떠올리려 애쓰는 동안 갑자기 지난 시절의 모든 슬픔과 절망감이 위안이 되듯 사라졌다. 그러자 그녀는 놀라 생각한다. 그렇다면, 다시 시작이다.

처음으로 그녀는 다시 곧바로 잠이 들었다. 너무 이르지 않게 아주 상쾌하게 눈을 떴고 무슨 꿈을 꾸었는지 여전히 기억할 수 있었다. 며칠 전 울타리 옆에 서 있었는데, 이웃 마을 학교장이 회색 점퍼를 입고 왔다. 그녀는 그의 점퍼 주머니에 버찌를 가득 채웠다. 버찌는 아직 익지 않아 푸른빛이었지만, 아무도 개의치 않는 듯했다. 그러자 그는 더 이상 이웃 마을 학교장이 아니라 코스티아였다. 그녀는 코스티아에게 버찌 한 줌을 건넸다. 해가 빠르게 지고 밤이 되자 하늘에 달이 떠올랐다. 그때 남자가 그녀를 바라보았다. 그는 더는 코스티아가 아니라 어떤 낯선 남자였다. 그가 다정하게 말했다. 알잖아. 언제나 이런 거야.

그녀는 온종일 이 문장을 되뇌며 매번 웃을 수밖에 없었다. 언제나 이런 거야, 언제나 이런 거야. 이 말이 왜 이토록 위안이 되는 걸까? 그녀는 그 낯선 사람이 누구였는지 전혀 알고 싶지 않았다.

정오가 되자 언니가 자전거를 타고 왔다. 문득 여름 방학이 시작되었다는 생각이 들었다. 그들은 함께 제방 옆 초원으로 가서 풀밭에 누워 이야기란 이야기는 모두 나누었다. 또 다른 이야기, 산딸기 말리나 또한 시작되고 있었다. 얼마나 자주 갈등하고 얼마나 자주 절망했을까!

그런데도 아직 끝나지 않았다.

11

 나는 이렇게만 말할 수 있다. 그녀가 마음속에 그것을 품고 있었다고.
 그녀가 향하는 길은 반대의 힘을 피할 수 없었기에 우리 세대가 가는 수많은 길만큼 길고 길었다. 어쨌든 그것은 수많은 길 중의 하나였고, 방향은 정해져 있었기에, 나타나야 할 것이 다가와서, 오랜 노력 끝에 그 길이 어떤 종류의 길이 되어야 하는지도 알 수 있었다. 그 길의 현실, 그 어려움은 여지없이 마치 기계 판이 오르락내리락하며 만드는 긴장감처럼 그녀가 얼마나 불안한지 측정할 수 있었다.
 그렇기에 그녀는 자기 자신에 대해 자신감을 확고히 만들어야 한다. 여름은 아직 끝나지 않았다. 다만 이제 그녀는 무턱대고 지내지 않을 것이다. 그녀의 손에 무엇이 떨어지는지가 아니라, 공개적이든 비밀스럽든 그 계획을 다시 손에 쥐는 사람은 바로 그녀 자신이다. *그녀는 이렇게 적었다. 나에게 19세기는 문학적으로 살펴볼 가치가 매우 크다.* 그녀는 라아베, 켈러, 슈토름의 책을 읽고 냉정함을 일관되게 유지하며 자신이 무엇을 하고 있는지도 인식하지 못한 채 소시민적인 세계로 내려간다. 확연하게 구분된 안정적인 과정들은 매우 세분화한 감정까지 감당할 수 있지만, 그런데도 그 감정은 언제나 단순하다. 그녀는 복잡하고, 다중적인 의미로 세련되게 세기말적 감성을 표현한 토마스만의 작품과 부담스러울 정도로 사랑에 빠졌다. 이제는 두 번째로 밀려났다. 그녀가 기록한 것들, 예를 들어 그녀가 들은 이야기, 사는 이야기, 전해 내려온 이야기, 각색이 가능한 이야기들은 마치 그녀가 상상력을 너무 믿지 못해서, 마치 상상력에 오류가 발생한 듯 했다. 너무나 확고해서 명확한 경계선과 감정으로 녹아드는 것도 없고, 생각이 전환되는 것도 없다.

끈질기게 써 내려갈 것. 그녀는 자신에게 이렇게 요구하고 있다. *냉정한 유머와 날카로운 시선을 유지할 것, 진실과 감성을 구별할 것, 거짓을 경계할 것 그리고 정확한 태도를 고수할*

것!* 버려진 원고에서 이런 글을 읽은 적이 있다. *고트프리트 켈러!** *소설이란 사람들이 언제나 다시 읽을 수 있어야 한다.*

그녀는 '나의 소설'이라고 써 볼 엄두조차 내지 못했다. 이렇게 되면, 잠시나마 자신을 속이는 것이 도움이 되지 않을까 생각도 한다. 적어도 자신이 세워둔 요구와 자신의 힘 사이에 생긴 불균형으로 마음에 압박감이 생기지 않을 때까지 말이다. 처음부터 통찰력이라 불리는 계속되는 맹공에 쓰러지지 않으려면 실망하는 법을 점차 키워야 한다.

이제 그녀는 자신이 원래 해야 할 일이 무엇이었는지 알고 싶었다. 새 학년이 시작되어 그녀가 도시로 돌아왔을 때, 그녀를 멀어지게 한 패배가 얼마나 머나먼 이야기가 되었는지, 슈미트 부인이 조심스럽게 호기심 가득한 얼굴로 얼마나 우스꽝스럽고 어울리지 않은 표정을 보였는지 느꼈다. 그래서 그녀는 마치 다른 사람들이 먼저 뭔가를 낚아채기라도 할 것처럼, 다른 누구보다 먼저 교수를 찾아가 논문 주제를 정했다. 그 주제는 바로 이야기꾼 테오도르 슈트롬이다.

내 요청에 따라 학교 당국은 나에게 논문을 보내며 바로 돌려받을 필요는 없다고 정중하게 전달했다. 논문은 얼룩덜

---

*   Gottfried Keller(1819~1890), 스위스 취리히 태생의 시인이자 작가.

룩해진 회색 표지에 초록색 가죽 책등으로 제본되어 있었고, 책등에는 등록 번호 1954/423로 분류되어 수십 년 동안 같은 장소에 쌓여 있던 수백 장의 시험지와 나란히 놓여 있었다. 보관소의 해묵은 먼지 말고는 이를 찾는 이가 없었다. 교수가 논문을 '최우수'라고 평가했든, 그저 통과만 시켰든, 먼지가 쌓이면서 다 똑같아졌다. 그리고 모든 논문에는 논문을 마치는 마지막 노력으로, 다음과 같은 문장을 규칙대로 첨가해야 했다. 본인은 이 논문을 직접 작성했으며, 여기에 제시한 참고 문헌 외에는 다른 문헌을 인용하지 않았음을 확인한다. 크리스타 T. 1954년 5월 22일이다. 아직 8년하고 9개월이 더 남았다. 시계태엽은 감겨 있다. 아직 걱정할 필요는 없다. 시계가 돌아가고 있다. 이제부터 시계 초침은 우리와 함께할 것이다. 그녀는 자신의 논문을 아무에게도 보여주지 않았다. 우리도 거기에 관해 묻지 않았다. 아마 이를 학교 연구소에 제출하는 데 노력을 꽤 많이 했을 것이다. 제출 기한을 지키지는 못했다. 제출 마감이 다가오던 즈음, 귄터는 그녀에게 매일 핀잔을 주었다. 크리스타 T.는 자신의 최우수 성적을 대수롭지 않게 생각했다. 이후에 그녀는 자신이 쓴 글을 다시 읽지도 않았다. 그녀의 원고 중에 이 논문은 없었다.

그래서 나는 이것을 처음으로 읽어 본다. 당시 우리가 주제를 파악하기보다 공격하는 데 이용했던 우월감에 사로잡힌 어조와 틀에 박힌 문장에 각오하고 있었다. 공감 어린 이해나 고백, 심지어 자기 성찰과 거의 노골적인 자기 묘사, 그리고 개인적인 문제가 중립적인 연구를 침해하는 것을 받아들일 준비가 되어 있지 않았다.

많은 사안이 적절한 시기에 제기되는 적합한 질문에 달려 있는데, 크리스타 T.는 운이 좋았다. 질문에 대한 답은 이미 나왔기 때문이다. 실현 가능하다면 어떻게, 어떤 상황에서 예술을 통해 자신을 실현할 수 있는가?

논문을 읽는 동안 그녀의 목소리가 들려 왔다. 그녀는 작가(슈토름)의 지적인 모험에 관해 이야기를 펼쳤다. 작가와 이름을 언급하지 않은 현존하는 누군가(크리스타 T.)와 유사성이 생기고 있다는 사실을 신경 쓰지 않는 듯했다. 왜 굳이 슈트롬이었을까? 그녀는 이렇게 말한다. 작가는 세상과 "주로 서정적" 관계를 맺었고, 몰락과 아류가 두드러지는 시대에 이러한 작품을 창작해 내려면 뼈를 깎는 노력을 기울여야 한다. 바로 이런 노력 때문이었다. 그녀는 그의 작품을 높이 평가해서가 아니라, 그가 결국 작품을 완성했다는 사실에 주목했다.

그녀가 목가주의 작가(슈토름)를 옹호하고 그가 차지했던 시적 영역을 위대하다고 재해석하려 한 것이 아니다. 그러나 그는 어떠한 조건에서 이 영역을 소유하고 진정으로 차지하고 있었다.

나는 그녀가 작가에 관해 이야기하는 소리를 들으며, 작가가 떠나가는 것을 본다. 그녀는 여러 면을 너그럽게 여긴다. 예를 들어 작가의 *예민한 신경*은 그의 *직접적인 인상*을 해치지 않기 때문이다.

어떤 면에서 그녀는 작가를 좋아한다고 고백한다. 그의 투철한 *작가 정신*은 풍부한 인간성으로 이해된다. 그녀는 몇 가지 사안을 비판한다. 역사의 가장자리에서 인격이 위협적으로 파괴되기 직전에 시(詩)가 이를 구원한다. 그녀는 글을 읽을 줄 아는 사람을 속일 수 없었다. 아마 이번에도 엄격하고 공정한 판단 뒤에 숨어 있는 불안을 속이고 싶지 않았을 것이다. 열정적으로 삶을 사랑하는 한 인간의 필연적인 죽음 앞에서 위협적인 허무감이 불러오는 공포심이 그의 시에서 끊임없이 흘러나와 사람들에게 전율을 전달한다….

서술하는 그녀는 *나는 글로 쓰는 것을 통해 사물을 이해할 수 있다!*라고 하면서 주변 환경, 자연의 작게 조각난 모습,

정의할 수 있는 사례, 투명하고 단순한 형상에 유혹과 위협을 받는다는 사실을 스스로 잘 알고 있었다. 추한 것은 피한다. 그녀는 모든 것을 너무 잘 이해한다. 체념 속에서도 용기를 찾아내고, 자신 안에서 용기를 끌어내 독자에게 전달하려 노력한다…. '한 사람'이 그를 따라간다. *그가 만든 사랑스럽고 감성이 풍부한 인물들의 한정된 세계로 끌려들어 간다. 하지만 개성 있는 인물이 사랑과 가족이라는 주제에만 집착해 성격이 어떻게 제한되는지 인식하며, 그런 흔치 않은 인간관계에 열정은 곧 사그라든다…….*

'서술자'는 이런 문제에 거리감을 두고 자신을 밀어내며 용기를 내야 한다. 이것이 자기 생각과 반대일 때도 그렇다. 갈등은 모든 사람을 사로잡아 무릎 꿇게 하고 자존감을 파괴하기 때문이다. 그러나 *작중인물들 또한 서로를 잘 견뎌내지 못하고 자신을 방어할 수단도 제한적이다. 그런데도 바로 여기에 그들 삶의 나약함이 있다.*

'그런데도'라는 이 배반적인 단어는 반대 의견에 대항할 때 사용한다. 다른 사람과 비교해서 자신을 볼 수밖에 없는 동시대인들에 관해 이야기할 때면, 우리는 이런 식으로 이야기한다. 이제 누군가 그녀의 거침없는 말을 막을 수 있다면!

누군가 그녀를 억지로 고개를 들게 해서, 사람들이 하고 싶은 말을 듣게 하고, 그 말을 되뇌게 할 수 있다면! 왜 이제야 이러는 걸까? 하지만 그녀는 멈추지 않고 자기 경험을 설명하며 너무 높지 않은 목소리로 스스로 진정하면서 아주 명백했던 열정적인 태도를 비난하고 있다. *원하는 것과 할 수 없는 것 사이의 갈등이 인생을 구석으로 몰아넣었다….*

이제 논문은 비극의 토대에 대한 통찰을 보여준다. 비극은 *작가의 불행한 개인적 의식*이 아니라, 작가의 내면에 대한 통찰을 요구한다. 작가가 살면서 겪은 모순은 그를 갈기갈기 찢어 버렸을 것이다. *하지만 최후의 정신적 결과는 길에서 벗어나 비교적 무사하게 남아 있으며, 갈등이 격렬하게 최고치에 도달하기 전에 무엇이 자신의 예민한 영혼에 상처를 입히는지 비탄한다.*

이는 매우 당혹스러운 어조다. 그녀가 누구를 비판한다는 거지? 그녀가 엄격해진다고 해서 편협해지지는 않는다. 비극적으로 끝나거나 삶의 업적을 풍부하게 쌓는 의무, 다시 말해 행복해야 할 의무는 모든 것 사이에 존재하는 나약함일 뿐이다.

사람들이 더는 기대하지 않을 때, 그녀는 스스로 가식 없이 '나'를 드러낸다. 사람들은 혹시 잘못 들은 게 아닌가 싶기도 하다. 어떤 이유로 자신과 작가의 어린 시절을 서로 대조했을까? 그토록 많은 자기비판 끝에 자신을 주장해야 한다는 강박관념 때문일까?

슈트롬의 중편 소설에 대해 평범한 독자로서 내가 어떻게 반응하는지 이야기해 보겠다. 소년에게 깊은 인상을 남긴 고요한 풍경은 그리움의 장소가 되었다. 어린 시절의 비슷한 경험들이 되살아난다. 고지대의 숲에서 산림관리인과 함께 붉은 사슴을 사냥하던 기억, 할아버지 과수원으로 돌아간 기억, 그 뒤로 울창한 푸른 덤불에 둘러싸인 장소, 햇볕이 잘 드는 윙윙거리는 양봉통들, 나무 담벼락 위에 올려진 소박한 도구들, 벤치에 앉아 이야기를 들려주시는 할아버지, 울타리 문 앞의 나뭇잎 사이로 보이는 할머니의 푸근하고 사랑스러운 얼굴, 어린 시절을 보낸 마을의 잊을 수 없는 행복이 다시 살아난다. 푸르른 초록과 반짝이는 금빛은 추억의 빛이다.

이곳에 그녀가 다시 존재하고 있었다. 그녀가 단편집에서 하는 말이 다시 들린다. 언젠가 그녀는 물론 이야기를 중단해야 하겠지. 목소리가 나오지 않을 그 순간이 거의 눈앞에 다가와 있지만, 그녀의 말은 방해받지 않을 것이다. 어떤 것은 끝을 기다리며 나를 스쳐 지나간다. 이제 마침내 끝이다. 이제 그녀는 망설임 없이 마지막 문장을 말한다.

이 작가의 시와 소설 일부는 영원히 사라지지 않을 것이다. 다만 훗날 더 행복한 사람들에게 다르게 이해될 것이다. 그들은 이 작품에서 외로움과 슬픔을 거의 느끼지 않을 것이다. 오히려 고양된 삶의 감각과 쾌활한 사람에게도 필요한 고독에서 느껴지는 행복한 우울감이 재발견될 것이다. 슈토름의 가장 아름다운 작품은 아름다움을 동경하는 표상으로서 오랫동안 읽히고 사랑받을 것이다.

바로 이거다. 그녀를 발견하고 또다시 잃어버린다. 이것이 이 논문의 요점이었다. 양쪽을 인식하고 수용하라. 그리고 가서 첫 번째 문장을 쓰고 그녀를 돌이켜 보고 돌이켜 보라. 문장 하나하나, 다달이, 단 하루도 그녀 없이 지내지 않는다. 그녀를 다시 멀리해야 할 때까지, 내가 무엇보다 확인하고 싶었던 그녀의 도움을 다시 멀리 떠나보내고, 비로소 나 자신의 도움을 신뢰할 수 있을 때까지 말이다.

이미 거의 다 이루어졌다.

12

우리는 그해 연말 휴가를 콜렌플라츠 지하철역과 발전소 사이에 있는 우리의 새로운 베를린 아파트에서 보냈다. 그녀, 크리스타 T.는 때때로 갈 곳 없어 잠시 머물다 가는 곳인 양 우리 집으로 왔다. 이곳은 자기 삶에 비해 안정적이기 때문이었다. 그녀는 우리와 함께 저녁을 먹고, 아이와 놀면서 "언젠가는 아이 다섯 명을 낳을 거야"라고 말했다. 내가 "누구랑?"이라고 묻자, 그녀는 어깨를 으쓱거리기만 했다. 그녀는 웅크리고 앉아 새로 나온 음반을 들었고, 우리는 베란다에 누울 곳을 마련해 주었지만, 그녀는 잠들지 않았다. 나는 혹시 전철 때문이냐고 물었다.

전혀 아니야. 나는 지나가는 기차를 세고 있는 거야. 그녀는 화력 발전소의 불꽃을 쫓아 하늘을 바라보고 있었다.

그런데 너희 정원에 나이팅게일이 있네.

너 뭔가 계획하고 있구나? 내가 말했다.

나는 여전히 우리가 그녀를 주의 깊게 봐야 한다고 생각했다. '손으로 잡고 있어야 한다'라는 표현이 딱 들어맞았다. 적어도 우리는 그녀를 돌봐야 한다고 생각했다.

좀 이상해. 그녀가 말했다. 우리가 무언가 되었다는 게 말이야.

이제 이 기분을 설명해야 할 것 같다.

하지만 먼저 그녀가 말할 때까지 기다렸다. 그녀가 말을 꺼내고 질문을 던진다. 생각 좀 해봐. 너는 여기, 지금 순간을 정말 사는 거야? 오롯이?

맙소사! 내가 말했다. 도대체 무슨 말을 하는 거야?

지금 그녀가 했던 질문을 거꾸로 그녀에게 할 수만 있다면 좋을 텐데.

지금 생각해 보면 그녀의 말이 맞았다. 우리가 언젠가 어딘가에 도착하면 그게 전부일 거라는 생각은 가장 동떨어진 생각이었다. 무언가 되는 건 좋다. 우리는 계속 움직였고 바람은 항상 불었다. 때로는 등 뒤에서 때로는 앞에서 불었다.

지금은 아니지만 언젠가는 될 것이고, 지금은 없지만 언젠가는 갖게 될 것이라는 게 우리의 공식이었다. 미래라고? 그건 완전히 다른 이야기다. 모든 것은 제각각의 시간으로 이루어진다. 미래, 아름다움과 완벽함의 그 자체를 지칠 줄 모르는 우리의 부지런한 태도에 대한 훗날의 보상으로 간직한다. 그러면 우리는 무엇인가가 되고 또한 무엇인가를 갖게 될 것이다.

하지만 미래는 우리보다 좀 더 앞으로 당겨지고, 미래는 우리와 함께 흘러간 시간의 연장에 불과하기에 우리는 미래에 도달할 수 없다는 것을 깨달았다. 그래서 언젠가는 이런 의문이 제기될 수밖에 없었다. 우리는 어떻게 될까? 우리는 무엇을 갖게 될까?

시간을 멈출 수는 없지만, 지금 우리가 멈추지 않는다면 언젠가는 시간이 더는 없을 것이다.

너는 여기, 지금 순간을 정말 사는 거야? 오롯이?

지금이 아니라면 언제란 말인가?

크리스타 T. 그녀는 오전에는 학교에서 지낸다. 이 이야기는 나중에 좀 더 해야겠다. 그녀는 지저분한 집주인이 있는 어둡고 기다란 좁은 방으로 돌아와 우선은 휴식을 취한다. 개학하고 몇 주 동안은 피로를 풀기도 어려울 정도였다. 그리고 그녀는 밖으로 나가 매일 오후를 산책하면서 보냈다.

붉은빛이 도는 갈색 공책에 여기저기 적어 놓은 문장들이다. 젊은 여성들이 놀라울 정도로 아름다워졌다. 오늘 기차역에서 두 사람이 눈빛을 짧게 주고받으며 인사한다. 절정기에 이른 젊은 여성들, 이들은 정말 일을 잘 처리한다. 퇴근 후 상점에 들러 재빨리 필요한 물건을 사고 어린이집에서 아이들을 데려온다. 대개 그녀들의 손이 눈에 들어온다. 그녀들의 손은 강인해 보이지만, 그렇다고 느낌이 없는 것도 아니다. 그 손들은 필요하다면 남편까지 붙잡을 수 있다. 누가 그들에게 이를 가르쳤을까? 크리스타 T. 그녀는 젊은 여성들 사이에서 그들만큼 절정기에 있었다. 그녀의 미소, 걸음걸이, 넘어진 아이를 일으켜 세워주는 모습, 감정적으로 고집부리는 아이를 이성적으로 이끄는 해학적 태도, 깔끔하고 정직한 공부를 주장하는 그녀의 확고함을 보라. 우리는 이런 것을 쉽게 지나쳐서는 안 된다.

왜 안 되는 걸까? 위대한 계획은 결코 저절로 이행되는 것이 아니라, 우리가 실행할 동력을 공급해야 하기 때문이다. *인간은 고귀하다*. 그녀는 공책을 덮는다. 마지막 줄에 앉은 소녀가 몰래 머리를 빗는다. 우리는 우리 자신을 대단하다고 생각해야 한다. 그렇지 않으면 모든 것은 헛되게 되고 만다. 선생님이 이렇게 말했나? 아니었나? 이건 외워라. 그녀가 말한다. 나는 상관하지 말고, 외우면서 머리도 빗고, 창가에서 친구도 기다려. 이 문장을 단 한 번만이라도 스스로 썼다고 생각해 봐. *이건 정말 남다르게 만드는 문장이란다…*. 이는 사실 위대한 생각이었다.

젠장, 쉬는 시간에 어떤 남학생이 하는 말이 들렸다. 새로 온 여자 때문에 웃겨 미칠 지경이네. 책 속의 시까지 진지하게 받아들여야 하는 거야! 다른 소년은 어깨만 으쓱했다. 난 벌써 다 외웠어. 별로 어렵지 않아. 그는 주머니에서 주파수 탐지기를 꺼냈다. 이걸 찾았어. 그가 말했다. 아직 다 털리지 않은 폐허에서 말이야. 이걸로 뭘 만들 수 있을 것 같냐? 그의 친구는 크리스타 T.의 수업 시간에 한 번도 지어 본 적 없는 표정이었다. 이날 그녀는 집에 있었다. 그녀는 학생들의 작문을 첨삭해야 했다. 저녁에 그녀는 나에게 공책을 가져와서는 읽어보라고 말했다. 학교의 모범 학급 작문이었다.

나는 그 작문을 자세히 기억한다. 작문의 주제까지도 생각난다. 그 시절의 필수 주제 중 하나였다. 사회주의 발전에 기여하기에 나는 너무 어린가? 나는 23편의 작문을 모두 읽었다. 그렇군. 나는 그때 그렇게 말했다. 10년마다 새로운 세대가 시작되는구나.

어떻게 할까? 크리스타 T.가 물었다. 모두 4점*을 줘야겠어. 그런데 이게 학교 간 경쟁 과제거든. 우리 학교가 몹시 나쁜 성적으로 떨어질 텐데. 그럼, 사람들이 나를 완전히 미친 사람 취급하겠지.

뭐라고? 내가 물었다. 왜 그렇게 하려는데?

크리스타 T.는 자기 반 학생들이 거짓말 하는 것을 원치 않았다. 그녀는 학생들과 이야기를 나누다가, 함무라비라 불리는 학생을 불러냈다.

아이들은 청년 단원으로서 사회를 위해 무엇을 할 수 있는지 온 힘을 다해 설명하고 있어. 그녀가 말했다. 하지만 내가 아는 한, 그 아이들은 단원이 아니거든.

함무라비의 눈빛이 흐릿해졌다.

저는 단원이 아닙니다. 그는 냉철하게 말했다. 하지만 제가 단원이 될 수도 있지 않습니까?

학생들은 거의 무언으로 그녀에게 학교 실생활에 필요한 몇 가지 규칙을 가르치려 했다. 맨 뒷줄에 앉은 소녀는 심지

---

* 1점이 최고 5점이 탈락으로 4점이면 탈락을 겨우 면하는 점수다.

어 머리 빗기를 멈추고 선생님이 성적 망치게 어리석은 행동을 강요할 수는 없다고 말했다. 만약 선생님이 진짜로 4점을 준다면, 자신은 절대 받아들이지 않을 것이라고 했다. 이 외에도 반 학생들은 선생님이 분노할 만하다고 이해하면서도, 이는 자신들에게는 이미 지나간 감정이었고, 선생님이 그런 경험을 겪어본 적이 없어 그걸 분노로 받아들이고 있다고 확고하게 보여 주었다.

교장은 나이가 많았다. 지금은 이 세상 사람이 아니다. 그는 크리스타 T.의 이야기를 듣고 나서 비서에게 커피를 내리라고 했다. 시간 좀 내실 수 있지요? 그렇죠?

내가 기억하는 게 맞는다면, 그는 작문에 대해 한마디도 하지 않았다.

그녀는 나에게 교장에 관해 이야기했다. 하지만 나는 그를 모른다. 여기에서는 가상 인물이라 할 수밖에 없다. 그는 자신에 대해 말하지 않거나 사람들이 자신을 생각하는 대로 자신에 관해 이야기했다. 그는 자기 자신과 시대를 구분하지 않았다. 그는 소규모 집단에서 살아남은 생존자이며, 살아갈 날이 얼마 남지 않았다는 걸 알고 있었다. 그는 역사학자이자 확고한 유물론자로, 오랜 수감 생활을 통해 많은 것을 배웠으며, 열정적인 교사이기도 했다.

그는 미소를 지으며 말했다. 저는 다른 어떤 것도 되고 싶지 않습니다.

그의 눈에는 소녀로밖에 보이지 않는 크리스타 T.는 마음이 매우 불편했다. 그 장면은 그에게 새롭지 않았다. 얼마나 많은 사람이 그의 앞에 이런 식으로 앉아 있었는지, 어떤 식으로 상황이 돌아가게 될지 잘 알고 있었다. 더구나 이런 유형의 사람을 많이 봐왔다. 그는 잠깐 그런 장면을 너무 자주 마주했다고 느끼기도 했다. 그는 무슨 일이 어떻게 될지 뻔하고 결국 자신이 언제나 옳다는 것과 무언가가 더는 새로울 게 없다고 생각했다. 이제 그는 이 감정이 무엇을 의미하는지도 깨달았다. 이는 그것은 결코 지루함이 아니라 지혜와 같은 것이라고 그는 미소를 지었다. 지혜, 이것이 이 상황의 결말일 것이다.

이 두 사람은 바로 그 순간에 도대체 무슨 이야기를 할 수 있었을까? 한 사람은 너무 아는 게 적고, 다른 한 사람은 너무 많이 알면 대화와 반론이 멈춰버린다. 아예 모른다면 의심한다. 그는 그 소년들처럼 매끈한 이마에 세상에 아무것도 아닌 일에 해맑게 웃는 모습을 보고 싶지 않은지 스스로 질문을 던졌다. 작문에 대해서는 한마디도 낭비하지 않는 게 좋겠다. 사람들에게 삶을 살아가게 해주는 이면의 작은 처세술을 배우고 심지어 거기에 웃음을 보이는 것이 그녀에게 그토록 어려운 걸까? 그는 스스로 이렇게 대답한다. 물론 우리에게도 어려운 일이지.

하지만 수평적인 대화는 여기까지다. 그렇다. 그는 좀 거만하다. 그럴 수밖에 없다. 소년들이 정말 그런 운명을 가질 자격이 있든 없든 간에, 그의 운명은 반복되지 않을 것이다. 그들은 우리를 완전히 이해하지 못할 거다. 이건 사실이다. 그리고 그 사실로 우리는 고독해진다. 도대체 그런 이들이 무엇을 알겠는가?

나는 뭘 알고 있는 걸까? 크리스타 T.가 생각했다. 당연히 그는 나를 이상하게 여길 것이다. 아마 그가 옳을지도 모른다. 그가 했던 것을 우리는 절대로 하지 않을 테니까.

합의는 이루어지지 않을 것이다. 그 남자는 생각했다. 합의가 언제나 반드시 일어나지 않는다는 것을 그는 잘 알고 있다. 그래서 그는 우월하다. 그는 소녀를 편견 없이 바라보지는 않았다.

그녀도 마찬가지였다. 누구든 상대에 대한 이미지를 갖고 있고, 상대도 나에 대한 이미지를 갖고 있다. 나는 그 이미지를 바꾸려 노력할 수도 있고, 그 이미지에 적응할 수도 있다. 이미지를 바꾸는 게 얼마나 어려운지 오직 그 남자만이 안다. 그는 점점 더 그렇게 하지 않으려 했다. 그녀도 결국 그걸 배우게 될 것이다. 질투와 연민의 감정이 생겨났다. 그 역시 한때 쉽게 분노하는 사람이었다. 하지만 그에게 남은 건 최악의 경우는 아니라는 것이다. 그는 자신의 이런 기질을 무디게 해야 했다. 이런 경험은 오래전 그의 기억에서 사라졌지만, 다시 생각해 보니 교훈은 여전히 남아 있었다. 값비싼 대가를 치르며 교훈을 얻지 않을 것이다. 그저 덧없는 순간의 감정일 뿐이었다. 한 번 더 생각해 보면 모든 것을 매번 새롭게 다시 시작할 수는 없었다.

크리스타 T.는 일상에서 멀어지지 않았지만, 일상을 지켜내는 것이 옳다는 것을 누가 부인할 수 있을까? 그녀는 아무리 힘들어도, 매 순간 무엇이 본질이고 무엇이 아닌지를 구별해야 한다는 데 동의했다. 그는 그녀의 숨겨진 생각을 읽어냈다. 사람들이 얼마나 자주 그런 말을 했던가! 그는 사람들의 시선에서 생각을 읽어내는 습관을 갖고 있기 때문이다. 이 습관으로 그는 자신의 목숨을 구한 적이 있었다. 그래서 그는 상대를 훑어볼 때 전달되는 이런 느낌을 여전히 좋아했다.

사람들이 "나에게" 이런 말을 얼마나 자주 하는지 네가 안다면 좋겠는데. 그는 생각했다. 그러다 한동안 아무도 그에게 그런 말을 할 필요가 없다는 사실을 깨닫고 미소를 지었다. 그래서 그는 자신에게 그 말을 해준다. 그것도 아주 자주.

하지만 이런 식으로는 더는 어떤 진전도 없다. 내가 계속 이렇게 하기를 "바라는 걸까?" 남자는 말을 멈췄다. 내가 밤에 잠을 잘못 잤다고 누가 그런 걸 묻기나 하나? 나 자신에게도 묻지 않았다. 그건 정말 가장 마지막에 물어볼 말이다. 그는 다시 자기 뜻대로 다룰 수 있다.

선생님은 모든 걸 한꺼번에 원하는군요. 그가 생각에 잠겨 말한다. 힘과 자비심, 그거 말고는 뭐가 더 있는지 모르겠습니다.

그의 말이 옳다고 그녀는 놀란다. 그녀는 전부 다 갖고 싶어서는 안 된다는 생각을 미처 하지 못했다. 갑자기 깨달았다. 바로 이런 경우구나. 그는 온 힘을 다해 이룰 수 있을 만큼만 원하도록 스스로 자신을 단련했다. 그렇지 않았다면 그는 살아남을 수도 없었고, 여기 앉아 있을 수도 없었을 것이다. 거기에 대해 할 말이 없었다. 하지만 사람들이 그토록 무심하게 던지는 말이 있다. 생각하는 대로 행동한다, 타협이란 없다, 진리는 진리이기 때문에 등등…. 이 모든 말은 이미 그의 과거에 놓여 있을 뿐이었다.

이상한 건 말이오. 그는 그녀의 생각에 대놓고 말했다. 인생은 항상 계속된다는 거지요. 선생님에게는 이 말이 어떤 다른 거보다 더 진부하게 들리겠지만요. 그렇지만 이 말이 때로는 가장 중요한 것일 수도 있다는 겁니다….

대화 도중에 그들의 생각이 이 지점에서 딱 한 번 맞아떨어졌다. 이것으로 끝냅시다. 현 상황에서 더 이상 얻을 수 있는 게 없군요. 그는 너무 많이 알고 있지만, 충분하지는 않았다. 그래도 그는 예감을 지니고 있다. 물론 그런 예감들은 현실에 묻히고 말 것이다. 그는 명백한 확신으로 밤을 편안히 보낼 거라 기대할 수 없었다. 그러니 그는 모르고 있는 거다. 확실한 것을 기다리는 걸까? 아니면 두려워하는 걸까?

어쨌든 그는 침묵해야 한다. 저기 젊은 여자, 학생들의 작문 공책을 첨삭하는 여자라니!

크리스타 T.는 걸어 나오면서 무슨 생각을 해야 할지 전혀 알지 못했다. 그는 그녀에게 도대체 무슨 말을 한 걸까? 엄밀히 말하자면 아무 말도 하지 않았다. 아니야, 그래도 뭔가 있었는데, 마지막에 아주 이상한 말을 했다. 그것만은 확실하다. 우리를 통해 이 세상에 온 것은 절대로 세상 밖으로 밀어내지 못한다.

그녀는 당분간 이 문장을 잊고 지낼 것이고 나중에 때가 되면 다시 떠올릴 것이다. 집으로 돌아가는 길에 이상하게도 새로운 감정이 밀려왔다. 그녀는 갑자기 자신을 초월하는 희망이 있다는 사실에 기뻐했다. 앞으로 그 순간을 경험하게 될 거야. 그녀는 처음으로 혼잣말했다. 그녀는 거기에 있던 남자, 그녀가 생각했던 이미지와 달랐던 그녀의 상사인 교장에게 고마웠다. 그 남자 덕분에 희망을 품게 되어 고마웠다. 그가 그녀의 희망을 위해 대가를 치렀다.

일이 이렇게 되었지만, 나는 그렇다고 굳이 주장할 생각은 없다. 우리는 여러 이미지를 만들어 내었다. 어떤 이미지는 너무나 강하게 남아 다른 이미지를 원치 않을 정도였다. 그 남자, 교장은 그렇지 않을 수도 있었겠지만, 그럴 수도 있었다. 그렇다고 그에게 물어볼 수는 없다. 그는 이미 세상에 더는 존재하지 않는다. 하지만 그가 만약 살아 있다손 치더라도 이런 질문을 어떻게 물어볼 수 있을까? 어떤 이미지로 어떤 모습을 드러낼지 어떻게 알 수 있겠는가? 10년이나 지났는데, 그는 갱도 안으로 다시 기어들어 가려 하지 않을 거다. 남은 힘을 아껴야 하기 때문이다.

그 남자 앞에 앉아 있던 사람이 반드시 크리스타 T. 그녀일 필요는 없었다는 게 너무나 도드라지게 느껴졌다. 이 장면에서 그녀는 또래의 다른 사람들로 대체될 수 있다. 모든 사람과 바뀔 수 없다 해도, 수많은 사람과는 바꿀 수 있다. 그녀에게 자신을 타인과 구별해야 할 시간이 점점 다가오고 있었지만, 그런 시간이 갑자기 덮쳐오기 전까지는 우리는 예감할 수 없었다.

지금 이어지는 이야기는 또다시 그녀에게만 일어날 수 있는 이 이야기다. 두꺼비 이야기, 나는 그것이 그녀 마음에 그토록 깊은 충격을 주었는지 알지 못했다. 사실 그녀는 거기에 대해 몇 마디 했을 뿐, 거의 말도 하지 않았다. 상상해 봐, 최근에 우리 반 어떤 남자아이가 내 앞에서 개구리 머리를 물어뜯었어.

우웩! 역겨워. 나는 이렇게 말했을 것이다. 아, 이제 기억난다. 우리는 재미 삼아 우리가 배웠던 교육학 교수에게 편지를 보냈었다. 편지 내용은 대략 이랬다. 교수님, 만약 젊은 여교사 앞에서 청소년 학생이 야생 두꺼비 머리를 물어뜯고 싶다는 강한 욕구를 충동적으로 보인다면 그 젊은 여교사는 어떻게 해야 할까요?

이제 나는 그녀에게서 이 일에 관해 침묵한 양심의 이야기를 전부 듣는다. 이 이야기는 열두 장에 걸쳐 확실하게 기록되어 있었다. 이 일이 적힌 내용대로 일어났는지, 그렇지 않은지는 전혀 중요하지 않다. 그녀가 말했던 대로, 반 학생들이 수업을 끝내고 마을을 떠나기 바로 전날 밤부터 이야기는 시작한다. 감자 수확이 거의 끝나 있었다. 장소는 술집이다. 크리스타 T.는 학생들에게 약간의 유흥을 허락했다. 학생들의 머리가 술집 테이블 위 자욱한 연기 위로 하나둘씩 나타났다. 볼프강은 트랙터 운전사와 체스를 둔다. 외르크는 조율되지 않은 피아노로 베토벤 피아노 소나타를 연주하고, 이레네는 마을 청년들과 만화에 대해 열띤 논쟁을 하고 있다. 이들의 선생님인 크리스타 T.는 농부들과 모퉁이 테이블에서 맥주를 마시고 있다. *초반에 저는 이 직업과 제 학생들의 심리 구조를 다소 과소평가한 것 같아요….*

다음 날로 이어진다. 안개가 자욱한 이른 아침, 이슬에 감자 잎은 젖어 있고 감자를 수확하는 손가락은 축축하다. 이제 마지막 밭이다. 함무라비가 원한다면 정오면 끝낼 수 있다.

크리스타 T.는 밭 크기를 가늠하고는 함무라비를 바라보며 의심스럽게 고개를 저었다. 순전히 전략만 있으면 된다. 함무라비는 아무것도 보지 못했고 어떤 지시도 필요하지 않았다. 그는 볼프강과 눈빛을 교환하더니 휘파람을 불었다. 그리고 그 둘은 바구니를 사이에 두고 일을 시작했다. 크리스타 T.는 마음이 놓였다. 아침 식사 시간쯤이면 둘은 밭 끝에 있을 것이다.

그녀 자신은 소녀들과 조금 뒤로 물러난다. 때로는 남자들이 이기도록 내버려 두는 것이 현명하다. 소녀들은 그녀에게 독일 북부 속담을 몇 개 더 말해 달라고 조른다. 수도사가 말하기를, 내 심장이 검은색이면, 난 분명히 빨간색 조끼를 입었을 거다! 하나 더 해주세요! 젊은 여인이 말하기를, 은행 계좌에 돈이 있으면 좋지만, 그보다 케이크가 더 좋지! 하인이 말하기를, 일을 편하게 한다고 게으른 건 아니지! 남자아이들은 등 뒤에서 들여오는 웃음소리를 부러워한다. 그들은 흙 부스러기를 던져댔다.

그러는 사이 해가 솟았다. 아침이다. 크리스타 T.는 두 고랑이 교차하는 지점에서 몸을 돌려 3분의 2 정도 일이 마무리된 밭을 만족스럽게 바라본다. 그녀와 이레네는 보온병을 가져와 뚜껑에 뜨거운 커피를 따라 돌린다. 손에 묻은 흙은 벌써 말라서 금이 간다. 휴식 시간이 끝나가고 있다는 표시다. 그때 보도가 두꺼비를 가져온다.

아무렇지 않게 다시 내기를 시작하는데, 아무도 놀라지 않는다. 누구도 보도Bodo를 진지하게 여기지 않았다. 내가 이 두꺼비 머리를 물어뜯는다면 나한테 뭐 해줄 거야? 너는? 30페니? 너는? 1마르크? 너는? 저리 비켜, 역겹다고! 물론 말도 안 되는 소리였고, 허세일 뿐이었으며 어떤 일도 일어나지 않았지만, 소년들의 표정은 상기되었다.

이레네가 벌떡 일어나 보도를 밀친다. 저리 치워! 보도는 두꺼비를 축축한 갈색 잎사귀로 다시 가져다 두었다. 그 뒤에는 함무라비가 서 있다. 왜 아이들은 그를 그렇게 부르는 걸까? 그리고 그는 지금까지 어디 있다 온 걸까? 두꺼비, 가져와 봐. 자, 내가 두꺼비 머리 물어뜯으면, 나한테 뭐 해줄 거야? 너는? 너는? 너는? 상황이 급박하게 변했다. 아이들 대답이 점점 빨라진다. 내기 돈도 점점 오르고 있다. 50페니히. 나는 한 푼도 안 줘. 넌 바보구나. 1마르크. 1그로셴. 네가 정말 그렇게 할 용기가 있다면 1마르크 50페니히. 함무라비. 크리스타 T.가 자기가 생각하기에도 낮은 목소리로 그의 이름을 불렀다. 빌헬름, 너 절대 하지 마! 그녀는 그에게 다가간다. 하지만 그는 뻔뻔하게 피해 다닌다. 5마르크 80페니히라니. 그가 말한다. 돈이 얼마 안 되잖아. 어쨌든 그는 신이 난다.

그때 밭이 조용해진다. 두꺼비의 겁먹은 숨소리가 들린다. 두꺼비의 허연 가슴에 맥박 뛰는 게 보인다. 그는 하지 않겠지. 설마 그런 짓을 하지 않겠지…. 하지만 그는 이미 동물의 앞발을 꺾어버렸고, 머리를 자기 손 쪽으로 잽싸게 가져가 물어뜯는다. 크리스타 T. 선생님은 건강하고 하얗게 빛나는 이가 한 번, 또 한 번 물어뜯는 걸 본다. 두꺼비의 머리통은 몸통에 단단히 들러붙어 있다.

검은 고양이가 다시 한번 마구간 벽에 부딪힌다. 까치알이 다시 한번 돌에 부딪혀 깨지고 뻣뻣한 작은 얼굴에 쌓인 하얀 눈이 걷힌다. 다시 한번 이로 물어뜯는다.

멈추지 않는다.

크리스타 T.는 한기가 등골에서 머리까지 올라오는 걸 느낀다. 그녀는 돌아서서 걸어간다. 역겨움이 아니라 슬픔이 밀려왔다. 나중에는 눈물이 그녀의 얼굴을 뒤덮었고 그녀는 밭고랑에 쭈그리고 앉아 운다. 한참 후에 이레네가 그녀를 데리러 온다. 그들은 정오까지 아무 말도 하지 않고 일한다.

그로부터 며칠 후 그녀의 이상한 행동에 대한 소문이 퍼지자, 생물 선생님이 복도에서 그녀에게 다가와 말을 걸어왔다. 선생님, 정말 놀랍네요. 시골 출신인 줄 알았는데 두꺼비 때문에 울어요?

그녀의 노트를 넘기던 중, 이전에 그냥 넘겨버린 종이를 발견했다. 두꺼비 일화에 대한 원고였다. 맨 위에 "가능한 결말"이라 적혀 있다. 그녀가 적나라한 현실을 받아들이지 못한다는 것을 보여주고 있었다. 그녀는 시골 출신의 요리사를 등장시켰다. 점심 전에 크리스타 T. 그녀에게 말을 건다. 도대체 무슨 일이 일어난 거요, 아가씨? 곱슬머리에 길쭉하니 이상한 이름을 가진 키 큰 녀석 말이요, 짚 더미에 누워 울부짖고 있소. 처음에는 괴상한 얼굴로 달려와 미친 사람처럼 입가심하더니 짚 더미에 몸을 던지더군요. 지금은 뭐 어린아이처럼 울어대고 있소.

그녀는 이러한 결말을 원했다. 우리는 그러한 결론을 바라는 모든 이들의 의견에 깊이 공감한다. 그러한 결론이 적게 나올수록 더욱 강렬하게 열망한다. 현실에서 좀 더 있을 법한 일이 일어났다. 교장 선생이 그녀를 불렀다. 이번에는 커피 대접이 없었다. 그들이 함무라비라고 부르는 학생 부모가 그녀가 현장 밭에서 작업하는 동안 학생 감독의 의무를 위반했다고 강력하게 항의했다. 학부모가 옳지 않습니까? 교장이 말했다. 저는 선생님을 직접 비난할 생각은 없지만, 말씀 좀 해 보시죠. 선생님이 직접 함무라비, 아니 빌헬름 게를라흐가 매우 근면 성실하고 나무랄 데 없다고 말씀하지 않았습니까? 학생 중에서 가장 부지런한 학생 아닙니까? 그렇다면! 그것과 비교하면 이 진부한 두꺼비 이야기는 아무것도 아니라고 생각합니다. 결국 우리는 적어도 우리 학생들이 우리 앞에서 해로운 생물을 먹지 않도록 책임져야 하지 않겠습니까?

그 아이는 부지런했지만 거칠었어. 그녀가 나에게 말했다. 그 아이가 이곳에 살고 있다는 건 그 아이에게 정말 행운이지. 다른 곳이었다면 그 아이는 다른 무언가가 되었겠지. 그런 타입의 사람은 여전히 사회가 필요로 하니까. 우리가 부지런하다는 평가에 속지 말아야 해. 우리는 어디로 어떻게 되는 걸까?

우리는 어떤 답도 내릴 수 없었고, 시간이 만드는 균형 효과를 거의 알지 못했다.

장면이 바뀌고, 7년이 훌쩍 지나 연대기가 흐트러진다. 그녀가 다시 제자 한 명과 마주 앉아 있다. 릴라산에 있는 수도

원 식당이다. 그녀는 남편 유스투스와 함께 이곳에 왔다. 그녀의 마지막이자 유일한 여행이었다. 그들에게 다가온 젊은 이는 의대생으로 마지막 학기를 남겨 두고 있었다. 그는 자신을 소개하면서 자신을 알아보냐고 물었다. 그는 크리스타 T.를 결혼 전의 성으로 불렀다.

저는요, 'nämlich(가령 또는 즉)' 단어의 첫 번째 철자를 'h'로 썼던 학생이에요. 선생님께서 'dämlich(멍청한)'와 비교해서 고쳐주셨잖아요. 그래서 그 단어를 쓸 때마다 선생님이 생각나요. 여기 앉아도 될까요?

그는 자기 신부와 함께 그녀의 테이블에 앉았다. 신부는 너무나도 아름답고 우아했다. 그녀 역시 의사가 될 예정이었다. 크리스타 T.는 놀라워했고, 그녀의 오래전 제자는 기뻐했다. 그는 손님에게 제공되는 요리를 잘 알고 있었고, 독단적이지 않으면서도 정확한 판단을 내렸고, 유머 감각이 있고 사물 이해력이 좋았고, 부당하게 행동하지 않았다. 그는 크리스타 T.가 학교에 더 오래 머물렀다면 자신이 가장 좋아하는 선생님이 되었을 거라고 고백했다. 하지만 거기에 솔직하게 덧붙였다. 그렇게 되지 못했던 것도 장점이 있어요. 선생님은 사실 너무 비현실적인 요구를 하셨어요.

그랬나? 크리스타 T.가 물었다. 기억나지 않네.

그럼 한 가지만 예를 들어볼게요. 그녀의 오래전 제자가 말한다. 선생님께서는 우리에게 한번은 어떤 시인의 시구를 읽어 주셨어요. 시인 이름은 기억나지 않네요. 인간은 반은 사실적 존재이고, 그 나머지 반은 "환상적인 존재"라는 존재의 본질에 관한 이야기였지요. 그 말이 제 기억에 고스란히 남아 있어요.

그건 고리키가 한 말이야. 크리스타 T.가 대답했다.

이 말이 저를 괴롭혔습니다. 이 문장의 의미를 생각해 봤을 때까지 말이에요. 의대생이 말했다. 그러다 깨달았지요. 의사인 저에게 인간의 사실적 존재만으로도 충분하다는 것을요. 신께서도 우리가 사실적 존재와 많은 관련이 있다는 걸 알고 있죠. 하지만 제가 선생님을 알아본 순간, 선생님의 '환상적인 존재'가 떠올랐어요. 재밌지 않나요? 그는 말하자면 뭔가를 발견한 것이다. 그리고 그는 자신의 발견을 말로 표현하기까지 했다. 이게 매우 어려운 부분인데도 말이다. 그는 자신의 발견에 대해 아무리 많은 말을 들어도 싫증을 낼 수 없다. 건강의 핵심은 적응이다. 그는 다시 한번 그녀에게 눈썹을 치켜올리지 말라고 부탁하며 말을 반복한다.

그녀는 그가 하는 말의 의미를 이해하고 있던 걸까?

글쎄다. 크리스타 T.는 모든 것을 너무나 잘 이해했다. 그녀는 진화의 역사로 이야기가 옆으로 새는 걸 원치 않았지만. 그걸 막을 수는 없었다. 생존은 언제나 인류의 목표였고, 앞으로 더 그러리라는 것을 그는 깨달았다. 생존 수단은 어느 시대에 있어서나 언제나 적응이다. 이는 어떤 대가를 치르더라도 터득해야 하는 적응이었다.

그는 이 말을 너무 자주, 적어도 두 번이나 사용했다는 걸 생각하지 못하는 걸까?

하지만 선생님은 더는 예전처럼 저를 쉽게 당황하게 할 수는 없을 거예요. 선생님이 저를 도덕적 잣대로 판단하실 수는 없어요. 저는 반박을 할 수 있을 정도로 자유로워졌어요. 의사로서 젊은이들에게 고상한 도덕성을 심어주고, 그 도덕성과 점점 강해지는 현실이 충돌하면 어떤 결과가 나올까요? 제 말을 믿어 주세요. 그런 갈등에서 무슨 결과가 나올 수 있겠어요? 기껏해야 열등감만 생기겠죠. 독일 교육자들은 항상 현실에 도전하고 싶어 했지만, 언제나 헛수고로 돌아갔어요. 현실을 잣대 삼아 학생들에게 정신적 회복 탄력성을 부여했는지로 교육적 성공을 가늠하려 들지 않았죠. 이보다 더 시급

한 것은 없을 것입니다.

이제 크리스타 T.가 말한다. 그가 정신 회복력이 있다고 자랑스럽게 말할 수는 없더라도, 적어도 그가 의료 위원회에 제출하는 보고서에 'nämlich' 단어의 첫 번째 철자를 'h'로 쓰지 않기를 바란다고 대답했다. 어떤 경우에는 이미 작은 성공만으로도 만족할 수 있지. 그녀는 친절하게 덧붙였다.

13

그녀의 오래전 제자는 다시 한번 웃었을 것이다.

그녀, 크리스타 T.는 그날 저녁 남편 유스투스에게 그 제자를 만나 정말 기뻤다고 말했다. 그들은 수도원 안뜰을 산책하다가 풍채 좋은 나이 든 수도사를 주방 입구에서 우연히 마주쳤다. 그는 수도복 아래 무언가를 꺼내 황급히 입에 밀어 넣고 꿀꺽 삼켰다. 무슨 소리였을까? 하얀 천이 다시 접혀 수도복 아래로 사라진다. 수도사는 미사를 알리기 위해 안뜰로 들어가 나무망치로 나무 관을 두드린다. 딩동딩동 소리가 울린다. 예배당은 화려한 조각상과 금빛으로 장식되어 있다. 지성소로 통하는 칸막이 뒤에서 젊은 수도사가 성골함을 연다. 유리판 뒤에는 성자들의 유골이 있다.

성가가 끊임없이 울려 퍼지고, 그들은 차례로 다가가 유리잔에 입을 맞추고 봉헌 양초에 불을 붙인 뒤 작은 성물을 올린다. 수도사들의 얼굴은 참으로 다양하구나! 뚱뚱하고 생각 없는 백발의 남자들, 수척하고 창백한 피부의 광신자들, 장난기 넘치는 부르고뉴풍의 얼굴, 훌륭하고 사려 깊은 학자의 머리 그리고 나의 몽상가, 성골함을 열도록 허락받은 비단 머릿결을 가진 자여.

둥근 천장의 기다란 복도를 따라가 봐요. 더는 우리와 상관없는 요한 계시록의 묵시록대로 성인들의 순교의 길을 따라 걸어봐요. 언젠가는 우리들의 순교를 따라 사람들이 산책하겠지요. 제 오래전 제자인 의대생은 오늘 이미 이 안을 모두 돌아봤지만 이건 그와 아무런 상관이 없어요. 이상하네요. 그렇지 않나요? 게다가 그는 나에게 분명히 "인간 존재의 반을 차지하는 환상적 존재"에 대해 명확하게 설명해 주었죠. 솔직히 말해서 저는 그때 외부 상황이나 정보에 영향받지 않는 상태에서 이 논제를 다루고 있었다는 걸 인정해요. 이는 우리의 도덕적 존재를 의미해요. 다른 게 아니에요. 그러니까 당연히 특이하기에 아주 충분하죠. 환상적이기까지 한걸요. 나의 똑똑한 제자는 끝까지 생각하지 않았나 봅니다. 내가 그것까지 가르쳐 줄 수는 없었어요. 그는 자기가 책임질 일이 없다는 걸 깨닫고 너무 흥분했던 거예요.

산골짜기 서쪽 능선에 우뚝 솟아 있는 나무 십자가가 노을 저녁 하늘을 배경으로 검게 도드라져 보인다. 크리스타 T.가 매우 차분하게 말한다. 절실히 필요한 것은 사라져 버리지 않을 거라고 우리는 기대할 수 있겠죠.

이는 그녀의 유일한 여행이었으며, 너무나 즐겼던 여행으로 우리가 다시 이 이야기로 돌아갈 수 있을지는 잘 모르겠다. 이제 유스투스에 대한 이야기가 나올 때다. 오랜 시간 이어져 온 이야기고, 그들의 사랑은 이미 오래전에 시작되었지만. 그녀는 아직 전혀 모르고 있다.

그를 처음 본 것은 학교 구내식당에서 그녀가 여전히 학생이었을 때였다. 그는 다른 대학에서 온 방문 학생이었다. 세미나는 이틀 더 진행될 예정이었다. 그녀는 배식구에 서 있었다. 누구지? 어디선가 본 거 같은데? 그때가 시작점이었다. 적어도 한쪽은 그랬다. 그는 부모님 댁 거실에 걸려 있던 사진을 기억해 냈다. 옆 모습을 한 소녀, 바로 그녀였다. 사진은 달력에서 오려낸 어떤 이집트 여왕의 모습이었다.

그는 둘 다 아는 지인에게 부탁해서 그녀가 앉아 있는 곳으로 데려가 달라고 부탁하고 다음 날 저녁 세미나 종강 파티에 그녀를 초대했다. 그녀는 놀라워하지도, 불쾌해하지도 않고 알았다고만 했다. 일이 쉽게 진행되었다. 다만 안타깝게도 그는 그녀가 매우 감동했다는 사실을 확신할 수 없었다. 심지어 다음 날 저녁에도, 운하에서 한낮을 함께 보내는 동안에도 마찬가지였다. 그러다 집으로 다시 돌아가는 운전 길에, 그는 깨달았다. 1밀리미터의 진전도 없다니. 그는 평생 이토록 절실하게 원했던 적이 없었다. 하지만 그것이 이후에 결정적인 작용을 했던 게 틀림없었다. 우리는 오랫동안 그를 보지 못했지만. 그녀를 통해 이제야 그가 있었다는 걸 알았다. 그는 오랫동안 나를 원했어.

그러고는 호기심 가득한 얼굴로 우리를 천진난만하게 바라봤다. 그뿐이었다.

우리는 이 지점에서 몇 발짝 뒤로 물러나는 게 좋을 것 같다.

그녀, 얼마나 젊은지! 얼마나 열정을 갈망했는지! 그녀는 모든 것이 너무나 신선하고 새롭게 느껴졌다. 모든 얼굴과 움직임 그리고 도시 전체가 새롭게 보인다. 그녀는 낯선 어떤 것도 허용하지 않고 지금, 이 순간을 살면서 빛과 냄새와 소리에 매료된다. 언제나 새롭게 연결되고 언제나 다시 거기에

서 떠날 수 있기를……. 도시는 그녀의 것이다. 그녀가 다시 이렇게 마음의 여유를 누릴 수 있을까? 전차 모퉁이에 앉아 밖에서 눈에는 보이지 않고 소리로만 들려오는 온갖 것에 엄마한테 물어보는 아이, 그녀의 아이다. 검은 머리의 남자, *가느다란 눈매에 흰자위가 넓은 눈, 엄격한 면이 엿보이는 얼굴*. 그녀는 그의 부드러운 성품을 확신할 수 있었다. 그녀는 그를 볼 때마다 마음이 뜨거워진다. 그가 떠나가면서 미소로 조용하게 "다음에 만나요"라고 말한다. 그녀가 값비싼 라일락을 전부 사서 어리둥절했던 젊은 정원사는 "이토록 멋진 청년을 그저 지나칠 수는 없겠죠……." 하지만 세미나를 하던 중 결혼기념일인 걸 알고 뛰쳐나온 당황한 한 남자에게 그녀가 라일락을 건넸다. 모든 꽃집이 문을 닫았기 때문이다. 신학생 아들을 만나러 온 한 부인도 그녀에게 속해 있다. 크리스타 T.는 신학생이 지적이지만 거만하다고 말했다. 우리 친구는 아니에요. 그래도 그는 그녀의 세계에 속해 있었다.

그런 식으로 그녀는 자신의 사랑을 준비하고 있었다. 이번 장은 바로 거기에 관한 이야기다. 그녀는 유스투스의 편지에 친절히 답장했고 그는 적당한 시기에 편지쓰기를 그만두었다. 그는 적당한 순간에 적합한 일을 잘한다. 그녀는 그것이 좋았다. 그녀는 그의 전화번호를 잃어버리지 않았지만, 그렇다고 신경 써서 챙겼다고 할 수도 없었다. 아무도 그녀를 강요할 수 없었다. 그녀도 자신을 강요할 수 없었고 어느 것도 빠르게 그녀의 것이 되지 않았다. 이 모든 것이 어디로 흘러가는지 의심이 더욱 자주 스쳐 갔다. 하지만 그녀에게 무척 자연스러운 듯 그 의심은 바로 절망과 뒤섞였다.

그녀는 갑자기 자신이 다시는 글을 쓸 수 없으리라는 두려움에, 자신을 가득 채우는 것을 결코 말로 표현할 수 없을 거라는 두려움에 휩싸였다. 예방 차원에서 삼인칭으로 말하는 것이 좋겠다. 삼인칭은 자신이든 다른 사람, 예를 들어 '그녀'라고 부르는 임의의 사람이든 상관없다.

그러면 그녀에게서 더 쉽게 빠져나올 수 있을 것이고, 그녀의 잘못된 삶의 불행에 끌려들어 가지 않아도 된다. 그녀를 옆에 둘 수 있고, 마치 다른 사람을 관찰하던 대로 그녀를 세밀하게 관찰할 수 있다.

이 모든 것이 사랑이 될 수도 있다. 단지 결단이 세워지지 않았을 뿐이다. 어느 날 그녀가 다시 거리를 돌아다니고 있을 때, 넓은 교차로에서 한 무리의 사람들이 그녀에게 다가왔다. 모두 각자의 개성을 지닌 사람들이었지만, 그녀에게는 모두

크리스타 T.에 대한 추억

낯선 사람들이었다. 그녀는 갑자기 겁에 질려 멈춰 섰다. 나 자신에게 아무렇지도 않은 척하고 있네? 얼마나 더 기다릴 수 있을까? 내게 정말 시간이 더 있을까? 그리고 나에게 속한 사람들은 정확히 누구일까?

그녀는 바로 그 번호에 전화를 걸었다. 그녀가 그 전화번호를 늘 가지고 다녔다는 사실이 들통났다. 당신이군요. 유스투스가 말했다. 그럴 줄 알았소. 그는 시간이 너무 오래 걸려서 그녀를 수소문 해봤었다는 걸, 그 모든 걸 말하지는 않았다.

그 대신 그는 이렇게 말했다. 자, 언제라고요?

영원해야 할 무엇인가가 그렇게 시작된 게 틀림없다.

하지만 그녀는 전화를 끊고 공중전화 부스에서 나오면서 아무것도 약속할 수 없다고 혼잣말한다.

내가 최대한 양심적으로 쓰기 위해 모든 문장을 두 번씩 읽고 면밀하게 확인하고 검토하고, 붉은 빛의 갈색 수첩을 계속 훑어보다가 "유스투스, 사랑하는 유스투스"라는 구절을 발견했다. 이제 그들이 처음으로 만났던 장소에 관해 묘사하려 애쓰는 동안에도 내 마음속에서는 과거의 불신감이 다시 강해지고 있었다. 나는 그 불신감을 이미 없애버렸다고 믿었지만, 이제 나는 그것이 되돌아오기를 바랐는지도 모르겠다.

그녀를 위해 엮어둔 그물로 그녀를 잡을 수 없게 되는 걸까? 그녀가 써놓은 문장들은 붙잡을 수 있다. 그녀가 걸어온 길, 살았던 방, 가까이 있던 풍경, 집, 심지어 감정까지도 그렇다. 하지만 그녀만은 잡을 수가 없었다. 그녀를 붙잡는 일은 어렵다. 내가 아직 그녀에 대해 알고 있거나 경험했던 모든 것을 충실하게 성공적으로 재현한다 해도, 이 모든 것을 이야기한 사람, 내가 필요하고 지금 도움을 청하는 사람, 그 사람은 끝에 가서도 자신에 대해 아무것도 모를 거라는 걸 상상할 수 있다.

아무것도 모르는 것과 다를 바 없다.

이제 그녀에 대해 가장 중요한 것을 말하지 않을 수 없겠다. 크리스타 T.는 자신에 대한 미래상을 갖고 있었다. 하지만 내가 그것을 증명할 수는 없다. 대신 대조적으로 이런 것들은 증명할 수 있다. 그녀가 어디 어디에 살았고, 도서관에서 어떤 책들을 빌려 읽었는지 말이다. 어떤 책인지는 그다지 중요하지 않다. 그녀의 도서 대출 카드를 찾아보지도 않았다. 필요하다면 제목을 두서너 개 간단히 꾸며낼 수도 있다. 하지만 미래상은 꾸며낼 수 없다. 그건 발견되는 것이다. 나는 오랫동안 그녀의 미래상에 대해 알고 있었다. 12년 전 그녀가 입으로 나팔 소리를 내는 그 순간부터 말이다.

그사이 시간은 1955년으로 흘러간다.

우리는 유스투스를 오랫동안 볼 수 없었다. 이 사실은 이미 앞에서 언급했다. 그는 우리에게 감추어져 있었다. 우리도 물론 이상하게 생각했다. 메클렌부르크의 수의사 아내. 결국 그랬어야 했던가? 사람들은 무의식적으로 무언가를 확정 지으려 해서 그렇다. 이건 가장 무도회때도 마찬가지였다. 그때 그녀는 18세기 작가 조피 폰 라 로슈로 변장했다고 말했지만 그렇게 차려 입지 않았고 이상한 무늬의 금빛이 도는 브라운 드레스를 입고 있었다. 그녀 옆에 있던 유스투스도 그녀처럼 거의 변장하지 않은 채 자신은 세이모어 경이라고만 주장했다. 이런 생각이 특별히 과장된 것인지 아니면 단순히 심술궂은 것인지는 아무도 알 수 없었다. 하지만 어쨌든 덕분에 우리는 마침내 유스투스를 자세히 볼 수 있었고, 그러고 나서야 여러 선입견을 떨쳐 버리고 안심할 수 있었다.

이것은 파티라고 불릴 만한 최초의 파티였다. 우리는 여전히 파티에 대한 확신이 없었지만, 파티를 열어 초대한 사람들을 보니 그제야 파티라는 생각이 들었다. 파티 주최자는 모두를 일일이 환영하며 인사말을 건넸다. *편견이 없어야 합니다.*

크리스타 T.는 확실하게 고개를 끄덕이며 어둡게 조명된 커다란 방 두 개를 둘러보고, 고무나무에 장식된 종이테이프 몇 개를 뜯어 어깨에 걸쳤다. 그리고 유스투스 머리에 색종이 꽃가루를 뿌리며 말한다. 여기가 우리에게 딱 맞는 곳이네요.

나는 그런 느낌이 전혀 들지 않았다. 그녀는 뭔가 도발적이면서도 절제된 의상을 입은 무리와는 어울리지 않는 특별한 계획을 세운 것 같았다. 그녀는 유스투스 말고도 심지어 나에게도 특별한 계획을 실행하는 듯했다. 나는 불안해졌다. 나는 그에게 신호를 보내 그의 편을 들어주고 싶은 충동까지 들었다. 나는 그가 마음에 들었다. 그러다 그에게 신호를 보낼 필요가 없다는 것을 깨달았다. 그는 불확실한 시간을 뒤로 하고 침착하게 신호를 남겼다.

그녀도 그랬을까? 아니면 그녀는 말없이 도움을 요청했던 걸까? 이 아가씨야, 아무도 우리 말을 듣지 못할 때 내가 말했다. 지금 스스로 어떤 짐을 지우고 있는지 전혀 모르고 있는 거 같네. 라 로슈의 운명이라니! 예민하면서도 감상에 도취한 그녀는 자기 의지와 상관없이 시골 생활에 얽매여 채워지지 않는 모든 갈망을 꾸며낸 인물 속에 쏟아붓는다고….

그보다 훨씬 더 심하지. 크리스타 T.가 대답했다. 그런 라

로슈라면 좋겠어. 그녀의 운명은 그녀의 성격 때문이야. 별자리의 신부가 '그녀'의 운명을 뜻하는 거지.

농담하고 있네. 내가 말했다.

유스투스가 우리에게 샴페인을 가져와 서 있었다. 그런데도 나는 계속 말을 이어갔다.

유혹은? 음모론은? 더비의 악당과 한 잘못된 결혼은? 영국 시골의 서글픈 농촌 생활은? 그런데도, 세상에나 도덕이라고?

바로 그거야. 크리스타 T.가 말했다. 그리고 모든 것에 대한 보상으로 세이모어 경이 있었지. 그게 결말이야.

마드무아젤! 유스투스가 그녀를 불렀다. 당신은 나를 그렇게 불러서는 절대 안되요.

사람들이 당신을 어떻게 불러야 할지 곧 드러날 거예요. 크리스타 T.가 말했다.

그녀는 단숨에 샴페인을 마시고 그를 바라보았다. 그의 미소는 믿음이 갔지만. 자신감이 넘쳐 보이지는 않았다.

이 미소는 효과가 있었고 잘 통했다.

이제 그녀의 속마음을 더 확실히 알 것 같았다. 그녀는 그와 함께 지내면 무엇을 포기해야 하는지 그의 눈앞에 보여줄 수 있는 수단을 거기서 발견했다. 이제 막 그녀도 이를 깨달은 듯했다. 그녀는 다시 한번 놀랐다. 매우 중요한 순간이었다. 하지만 유스투스는 이미 알았든 몰랐든 올바르게 행동했다. 그는 마치 그녀보다 훨씬 먼저 모든 것을 알고 있는 듯, 그것이 문제의 핵심인 듯, 그리고 '포기'라는 생각조차 할 수 없는 듯 행동했다. 그는 아무 말 없이 그녀에게 이 모든 것을 분명히 했다. 단 한마디의 말도 하지 않고 다만 그녀를 위해 축배를 들었고 그녀의 손에서 샴페인 잔을 받아 내려놓고 그녀를 파티장으로 데리고 갔다. 그가 알고 있듯이 그녀는 이미 결정했기에, 그녀의 마지막 한 발짝을 쉽게 만드는 건 그의 몫이었다. 하지만 마지막 한 발짝만 있을 수는 없었다. 이는 그저 많은 발자국 중의 하나일 뿐이었다.

그녀는 그가 자신에게 준 안정감에 감사했고 거기에는 그럴 만한 이유가 있었다. 그러고 나서 그는 그녀가 원하는 사람과 원하는 만큼 춤을 추도록 내버려 두었다. 그는 춤을 추지 않았고, 술도 거의 마시지 않은 채 "이제 가요"라는 말이 나올 때까지 기다렸다. 그녀는 자신의 춤 파트너를 그대로 세워두고 곧바로 떠났다. 그리고 나에게 가볍게 손을 흔들고 떠났다. 그 자리에 남은 우리는 그녀가 단순하고 행복한 방식으로 결혼할 거라는 데 왜 항상 회의적이었는지 의아스러웠다.

그날 저녁 그녀는 자신과 우리 모두에게서 몇 걸음 뒤로 물러나 1세기나 2세기 전으로 돌아가서 우리 자신을 더 명확하게 보고 싶어 했다. 100년 후 아니 50년 후 우리도 역사적 인물로서 무대에 서게 될 것이다. 왜 그렇게 오래 기다려야 하는가? 피할 수 없었다면 왜 우리는 스스로 두서너 걸음으로 무대 위로 뛰어올라 자신의 배역이 정해지기 전에 한 번쯤은 몇 개의 역할을 해 보고, 이런저런 배역은 무리하다고 거절하고 다른 배역이 이미 결정되어 있다면 남몰래 질투하기라도 할 텐데. 하지만 결국 우리는 모든 것을 어떻게 해석하느냐에 따라 자신에게 종속된 그런 배역을 받아들이지 않나? 수의사가 될 남자의 아내. 그녀가 그를 선택했을 뿐만 아니라 그녀의 것으로 만들었다는 걸 알고 있는 남자. 다시는 서로를 잃고 싶지 않다면 서로에게 가능성의 마지막까지 가도록 강요하지 않으면 안 된다는 것도 알고 있는 남자. 그런 남자의 아내라는 역할을 택했다.

그날 밤 그는 그녀를 데리고 그의 집으로 갔다. 나는 그 방을 상상하는 걸 포기했다. 그건 중요하지 않다. 그녀는 이제 더는 시간을 필요하지 않다. 연극은 멈췄고 역할은 저절로 사라졌지만, 그는 그녀를 사랑했다.

14

 이제는 두 배로 조심해야 할 때다. 단서를 찾았다는 느낌을 떨칠 수 없다.
 이제 고통은 간직해야 한다. 그러니까, 이것이어야 했을까? 두서너 개의 반쪽짜리 단어들, '환상적인 존재', '미래상' 같은…. 하지만 문이 여러 개가 있다면? 그 하나의 문이 우연의 일치로, 어쩌다 적중된 거라면?
 다른 문은 크리스타 T.를 위해 닫혀 있던 걸까?
 한 가지 시도는 더 해 볼 수 있다. 꼭 가장무도회일 필요는 없다. 어쨌든 그건 상상해 낸 거니까. 그저 어딘가에 도착한, 그래, 시골 마을에 도착했다고 상상해 보자. 그 도시의 이름을 말할 필요는 없다. 다만 그곳이 유스투스가 우연히 인턴

과정을 끝내고 있는 도시라면, 그 도시가 어느 도시든 상관없다. 그곳을 크리스타 T.가 토요일 오후 기차를 타고 그를 방문한다. 너는 무슨 생각을 하니? 나는 아무 생각도 못하겠어. 내가 아직도 여전히 멀리 떨어져 있는 거라면 가벼운 마음으로라도 말이야. 그녀는 혼잣말로 중얼거린다. 하지만 그녀가 지금 기차 안에 앉아 있다면, 그건 또 무엇을 뜻하는 걸까? 유스투스는 자신이 포메른 지방의 농가 출신이라고 말한다. 그녀는 미소 짓는다. 이는 아무것도 의미하지 않고 의미할 무엇도 없다.

날씨는 더할 나위 없이 좋다고 상상해 보자. 젊은 남자와 무덤덤한 여자, 그리고 남자아이, 이렇게 한 가족이 기나긴 여행을 위해 짐을 잔뜩 챙겨 기차에 올라탄다. 젊은 남자는 무거운 배낭을 내려놓고 바로 잠이 든다. 맞은편에 앉은 여자는 뭔가 원하는 게 있는 듯한 무거운 표정으로 땀방울이 송골송골 거리는 남자의 얼굴을 가만히 보고 있다. 그녀는 그를 놓치고 싶지 않아 몸을 앞으로 기울인다. 그녀는 건강하고 육중한 몸매에 금발 머리를 뒤로 빗어 넘겼고, 얼굴은 통통하다. 그녀는 자신감이 없다. 그래서일까 반짝이는 은빛 귀고리를 하고 있었는데, 그녀의 어두운 열정과 대조적이다.

그녀가 사람을 관찰하는 오래된 습관으로 다른 생각을 할 수 있다고 믿었다면…. 그가 나를 데리러 올지 아닐지, 그가 나를 어떤 눈으로 바라볼지, 그가 첫마디로 무슨 말을 할지를 결정하겠지. 그가 분명히 거기 있다는 사실만은 분명하다. 그의 눈길이 어쨌든 온몸으로 느껴진다. 그의 시선을 생각하는 것만으로도 그렇다. 이번 주에 얼마나 자주 그랬는지. 그의 시선은 절대 약해지지 않는다…. 그는 자신에게 불리한 말은 전혀 하지 않을 거다.

하지만 나는 여전히 내가 원하는 것을 할 수 있지 않은가? 남자가 잠에서 마침내 깨어났고, 여자가 눈에 들어왔지만, 그녀는 시선을 돌리고 아이의 팔을 잡아당겨, 남자에게 자리를 마련해 준다. 모든 움직임은 언제나 어떤 결과를 가져온다. 우리도 더는 젊고 풋풋하지 않다. 스물여섯인 우리는 사람은 너무 많은 요구 때문에 어떤 것도 결정하지 못하는 상태에 놓인다는 것을 깨닫는다.

이걸 어떻게 표현해야 할까? 그렇다. 사랑의 순간, 생의 순간, 무엇으로도 대체할 수 없는 모든 순간을 놓쳐 버릴 수도 있다. 그래서 사람들은 자신을 스스로 누군가와 함께 묶이길 바라는 걸까?

유스투스는 그녀를 바라봤다. 그의 시선은 그녀가 원했던 대로다. 그는 그녀가 얼마나 오랫동안 거울 앞에 서 있었는지, 그녀의 머리가 짧아졌는지 모두 알아차렸고, 그녀가 그에게 다가갈수록 모든 걱정이 사라지는 것을 느꼈고, 그에게 충분히 가까이 다가갔을 때는 의심의 기억조차 남지 않았다. 그렇게 되었다.

물론 그녀도 보호자를 찾고 있었다. 아마 우리는 그걸 좀 더 일찍 말했어야 했는데, 그렇다고 누가 그걸로 그녀를 비난할 수 있겠는가? 과도한 요구, 환상적인 소망, 사치스러운 꿈에 대비해 여러 개의 둑을 쌓는다. 어떤 경우든 어떤 상황이든, 계속 이어지고 필요할 때 붙잡을 수 있는 끈을 손에 쥐고 있는 게 좋겠다. 이런 끈은 견고한 움직임과 단순한 동작으로 오랫동안 이어진 끈이다. 솜씨와 작업에 따라 마음대로 당기거나 놓거나 끊을 수 있는 게 아니다. 이는 생을 이어가게 만드는 끈으로 아이를 낳고 아이가 살아가는 데 필요한 모든 노력을 다하도록 만든다. 수천 번의 식사를 준비하고 끊임없이 세탁을 반복한다. 머리 모양은 남편 마음에 들도록 하고 그가 필요할 때 미소 짓고 사랑은 언제나 준비되어 있다.

그녀는 여자라는 장점을 이용한다.

그때 그녀가 변했던 게 틀림없다.

만약 이것을 있는 그대로 표현해도 된다면, 그녀는 아름답고 특이하고 행복하다고 표현해야 할 것이다. 우리들의 연말 휴가 때 남겨진 사진들 속에 그녀는 그랬다. 행복이 그녀를 아름답고 특이하게 만들었다. 불행은 사람들을 획일적으로 만들지만, 행복이야말로 사람을 고유한 존재로 만든다는 것을 이제야 깨닫는다. 사진을 보면 그녀가 얼마나 잘 웃을 수 있는 사람인지, 심지어 폭죽을 보고 놀랄 줄 아는 사람이라는 걸 알 수 있다. 그녀가 자기 자신을 중요하게 여긴다고 보이지는 않는다. 그녀는 유스투스를 위해 자신을 처음부터 새롭게 창조했다. 이는 전혀 힘들지 않았고 오히려 그녀가 경험한 것 중 가장 큰 지상의 기쁨이었다. 아무리 진부하더라도 그 속에서 적어도 재미를 끌어낼 수 있었고 때로는 진정한 기쁨을 느끼기도 했다.

믿을 수 없을 정도야. 그녀가 말했다. 유스투스가 금붕어 어항을 팔 밑에 끼고 연못에 몰래 들어갔다가, 동네 경찰에게 걸렸을 때 얼마나 당혹스러웠던지, 알고 있었니? 그 사람이 뭘 하려고 했는지 알아? 금붕어를 풀어 주려던 거야! 정말 잊지 못할 정도로 충격적이었어. 애들아, 정말이지 너희들은 물에 푹 젖은 풀들이 보이지 않니? 내 눈에는 보여.

그녀는 몇 가지 확실한 이야깃거리가 있다면, 예를 들어 금붕어 어항과 동네 경찰 같은 것만 있으면 어디든 누군가를 알아봤다. 거기에 우리도 봐야 한다면서 자기 얼굴에 수염까지 붙였다. 그 수염은 새해 첫날에도 여전히 붙어 있었다. 1956년이 되었다. 이제 우리는 매년의 시간이 절실하다. 느긋함은 사라졌고 아마 우리는 날짜를, 시간을 생각하는 법을 배우게 될 것이다.

그녀가 결혼하더니 벌써 시간이 빠르게 흘러 어느덧 아이가, 어린 딸 안나가 태어나 있다. 하지만 그 전에 여러 고통이 있었다. 얼굴 통증과 신경통, 그리고 때때로 견디기 어려운 가정불화도 있었다. 그녀는 모든 역경이 저절로 사라질 것이라 기대했던 만큼 놀랐다. 이제 그녀는 세상에서 자기 몫을 가져가고 다시 세상에 돌려주는 방법을 이해하기 시작했기 때문이다. 어떤 것도, 아무것도 35년 만에 단절된 것이 아니라. 모든 것이 천천히 꾸준하게 이어지고 결국 그 나름의 방식으로 존재하게 되었다. 하지만 끝은 없고 무의미한 불행만 있기에 주어진 섭리와 자연스러운 관점으로 그녀의 방치된 삶의 끈을 연장해 보려 시도해야 한다.

사람들이 그녀를 바라볼 수 있도록 말이다.

그녀가 무엇을 하든, 내가 그녀를 바라보는 것처럼 말이다. 그녀는 칼집을 넣은 돼지 엉덩이 살을 오븐에서 바싹하게 구워 꺼낸다. 그녀는 이 일에 재미를 느낀다. 아이들 손을 잡고 먹는 법을 알려 주거나, 유스투스가 좋아하는 복잡한 방식으로 그를 위해 차를 끓여낸다. 그녀가 커튼감을 골랐을 때, 나는 함께 있었다. 커튼은 여전히 걸려 있지만, 그녀는 우리 곁에서 떠났다. 내 마음이 흔들리게 그냥 둔다. 나는 그들이 일상에서 보이는 능력이 무엇이든 그걸 증명하거나 심지어 아니라고 할 수도 있을 것 같은 예감이 든다. 이건 마치 누군가 호소할 수 있는 권위가 있고, 유용하고 필요하다는 이유로 조금이라도 감동할 수 있는 것처럼 보였다.

그녀는 여전히 베를린에 살고 있다. 눈부신 반년이었다. 적갈색 공책은 이제 잠잠해진다. 마지막 장에는 요리법과 가계 지출이 기록되어 있다. 여기저기 사용한 소액에 웃음이 터져 나왔다. 그녀는 공책을 덮으며 말했다. 유스투스가 길거리에서 휘파람을 불면, 우리는 떠나는 거야. 그들은 떠난다. 가끔은 아주 멀리, 가끔은 "저 건너편"으로. 이는 가슴이 두근거리지 않을 만큼 익숙한 일은 아니다. 저 건너편, 그곳은 모든 사람이 모든 사물과 모든 생각으로 정반대의 개념을 만들어 내는 곳이다. 이것이 바로, 그곳으로 가려는 진정한 이유다. 무서운 기분이 들 때마다 끔찍한 예상으로 다음 모퉁이를 돌 때마다 그곳에는 언제나 변함없이 미소 짓는 교통경찰이 있다. 하지만 자신이 자신을 스스로 공격할 때도 있다. 국가만 그런 게 아니라 우리 역시 가능성을 향해 또는 불가능을 향해 이중적으로 존재하기 때문이다. 때로는 억지로 혼란에서 스스로 벗어나기도 한다. 그녀는 "동쪽의 빼앗긴 땅"을 위한 추모비에 침을 뱉는다. 녹색과 금색은 추모의 색이다. 검게 되거나 퇴색되면 안 된다. 검은색은 죄책감의 색이기 때문이다. 그녀는 이 기념비 위에 침을 뱉는다.

갑시다. 유스투스가 그녀의 팔을 꽉 잡고 말했다.

그들은 카펫 깔린 계단을 올라간다. 크리스타 T.는 층계참에 있는 계단 난간의 황동 기둥머리를 돌려 본다. 그녀는 점점 가까워지는 문패에 신경 쓰고 싶지 않아 계단 수를 세려 했지만, 그들은 벌써 문 앞에 도착했다. 문패에는 유스투스 가족 이름이 적혀 있었다. 그곳은 그의 사촌이 사는 호화로운 아파트로 그의 친척들과 함께 지내는 곳이었다.

좋은 사람들이야. 두고 보면 알 거요. 그런데 내 사촌 동생은 당신과 조금 비슷하니까 문제될 건 없을 거요. 그녀는 내가 가장 좋아하는 사촌이요. 당신을 환영할 겁니다.

그런 말을 하지 말았어야 했다.

그녀는 우선 닮은 점을 찾으려 한다. 그러다 빈번히 대화에 함께할 기회를 놓친다. 이 아름다운 사촌 동생은 나를 바보라 생각하겠지. 저런 속눈썹은 내 주변에서 본 적이 없어. 저런 속눈썹은 붙인 걸 거야. 가장 친애하는 이런 수식어를 붙여야 하나 봐. 아니야, 그건 분명 소설에서나 그렇게 말을 거는 거야. 어색하지 않게 반말로 말을 걸어오면 좋을 텐데. 난 상관없거든. 나는 호칭이 별로인데.

그러다가 두 사람이 같은 또래라는 말에 충격을 받고 그녀 자신도 모르게 믿기지 않다고 말하면서 입술을 깨물고 얼굴을 붉힌다. 사촌이 미소를 지었다.

유스투스는 사촌의 남편 옆에서 그가 증권 거래소에서 실제로 하는 일이 무엇인지 설명을 듣고 있다. 자. 초보자를 위해 아주 천천히 솔직하게 말해 주지. 어차피 나는 기계 전체의 의미를 쫓아갈 수 없네. 그건 자네가 중국어로 말하는 것과 마찬가지라고.

이제 유스투스는 아주 행복해. 사촌이 말했다. 같은 질문을 하는 게 그에게는 정말 아무렇지 않거든. 그는 바보스러운 척하는 거야. 하지만 얼마나 똑똑한데. 자신이 비생산적인 일을 하기에 불필요하다는 것을 지크프리트에게 증명하고 싶어 하는 거야. 아, 맙소사, 지금 여기는 지크프리트가 예민해서는 안 될 곳인데, 그들은 놀라 멍하니 마주 본다. 나는 유스투스를 잘 알아. 그의 생각을 조금 알고 있어. 들어봐…. 잘 들어봐. 나는 동베를린에서 몇 학기 동안 정치 경제학을 공부했어. 모든 제도에는 나름의 논리가 있어. 사람들이 여러 가지 전제를 받아들이기만 하면 말이지…. 그렇지 않아? 사람들이 물론 전제에 휘말리고 말지만. 나는 내가 무슨 말을 하는지 잘 알아. 사람들이 갑자기 자신의 의미와 책임에 대해 떠벌리기 시작한다. 과장된 말들을….

다행히도 그녀는 인간 본성의 나약함에 대한 주제로 다시 돌아왔다. 아니, 정말 나를 꾸짖는 듯 쳐다보지 말아줘. 하지만 크리스타 T.는 그렇게 쳐다보는 게 아니었다. 그녀는 이제 막 인간 본연의 나약함에 대한 의견이 그 사촌에게 잘 어울리고, 그녀 자신도 그렇다는 걸 알기에 그다지 풍부하지 않은 그녀의 의견 중에 바로 그걸 선택했다고 생각했다. 하지만 그녀는 스물다섯이 넘어서도 인간의 선함을 계속 믿고 싶어 하는 사람들에 대해 반감이 없다. 전혀 없다. 이상주의라고? 그걸 동경하지 않는 사람이 어딨겠어? 하지만 여기 있는 우리는 엄청나게 물질주의적이잖아. 너도 문을 열고 들어오면서도 그런 낌새를 느끼고 콧등을 찡그렸지.

내가 코를 찡끗했나? 크리스타 T.가 놀라 묻는다.

그러자 사촌이 아까처럼 웃었고 유스투스가 이쪽을 바라봤다. 크리스타 T.는 유스투스가 가장 좋아하는 사촌이 왜 그녀인지 이해하게 되었다. 그녀도 코를 찡긋했다는 걸 인정하지만, 그렇게 한 이유는 말하지 않았다. 새로운 화합을 축하하기 위해 얼음 잔에 스카치위스키를 마시기 위한 분위기는 충분했다. 이게 그녀가 태어나 처음 마신 위스키라니, 세상에, 앞으로 해봐야 할 것들이 너무나 많겠구나. 사람들이 여러 가지 물독에 얼마나 자주 빠졌었는데.

뭐, 물이라고요? 지크프리트가 말했다. 너무하네요. 그는 위스키 브랜드를 일일이 열거한다. 그의 지식은 감탄할 만하다.

그 후에 친척 어른이 자기연민의 물결을 집으로 몰고 들어왔다. 그들 입에서 거침없이 저속한 말들이 나왔다. 테러야, 그들은 호두 케이크를 먹으며 이야기했다. 이 불쌍한 것들아,

분명히 그리워하지 않게 만들 거라고…. 누가 말이에요, 헤르미네 숙모님? 그녀의 표정은 비난으로 가득했고, 그녀의 입에서 신비한 구호가 흘러나왔다. 자유….

사촌이 크리스타 T.를 부엌으로 데려갔다. 친척은 자기 마음대로 고를 수 없잖아. 그녀가 말했다. 그러고는 향신료 병을 작은 접이식 가방에 포장하기 시작했다. 집에 없을 테니까 챙겨 가. 유스투스는 향신료 많이 친 음식 좋아해. 체면 차릴 필요는 없어. 내가 잘 알거든. 안 그러면 내가 너한테 브래지어를 선물하는 게 더 좋을까? 이건 유스투스가 가장 좋아하는 차야. 차를 어떻게 내리는지 보여줄게. 나한테 배웠거든. 좋아. 난 너한테 기꺼이 유스투스를 허락할게. 하지만 가끔 놀러 와야 해, 약속하지? 필요한 게 있으면 말해. 만약 네가 사양한다면 나 화낼 거다. 지크프리트의 부도덕한 돈이 너희들의 도덕적인 삶을 좀 미화시켜서는 안 된다는 거니…. 아이가 태어나면, 내가 바나나 대주는 건 당연하지.

하지만 너는 어디서 알았지, 내가….

사촌은 그녀를 딱하게 여길 수밖에 없었다. 너희들의 아이들, 아, 조카라니!

유스투스는 그녀가 잘 견뎌냈다고 생각했고, 이제 그들은 결혼하게 된다. 청첩장도 보내지 말고, 하객도 부르지 말아요. 혼인 신고 사무소 직원은 긴장한 채 신속하게 일을 처리했다. 둘은 모두 결혼하겠냐는 질문에 "네"라고 대답했다. 택시를 타고 스탈린 거리에 있는 새로 열린 레스토랑으로 가 스테이크를 먹었다. 나는 그 자리에 없었지만, 그 날 어느 순간 크리스타 T.는 남편에게 좋은 로맨스 소설은 결혼과 더불어 끝난다는 사실을 상기시켰을 것이다. 그들이 커다란 매트리스만 덩그러니 있는 널따란 빈방으로 들어왔을 때, 이미 그 순간이 다가왔는지도 모른다. 진정한 행복은 기대했던 대로 길게 지속되지는 않는다. 저녁에 오페라를 앉아 감상하며 기분이 꽤 좋았지만, 그녀는 몸이 좋지 않아 막간에 자리를 떠야 했었다고 그녀가 말했다. 유스투스는 그녀에게서 아무것도 알아내지 못했다. 그녀는 그를 가축 고치는 의사라고 불렀다. 그는 아무것도 할 수 없는 무력감에 절망했다. 그들이 결혼한 날의 밤이었다. 다음 날, 그녀는 병원에 간다. 고통이 심했다. 의사는 뱃속의 아기 때문이라고 했지만, 동시에 아기 덕분에 질병의 원인이 완전히 사라질 수도 있다고 했다. 기적의 아이예요. 그녀가 유스투스에게 말한다. 그는 다시 인턴십을 하기 위해 돌아가야 했다.

당신, 편지 보낼 거지?

하지만 그녀는 그를 강렬하게 생각하는 게 견디기 힘들어 편지를 쓸 수 없었다. 그녀는 적갈색 공책에 이렇게 적었다. 그는 왜 그녀에게 편지를 한 통도 받지 못했는지 아직도 모를 것이다. 내가 그녀를 다시 봤을 때 그녀는 이미 구세군 병원 침대에 누워 있었다. 반쯤은 죄책감에 시달리고, 반쯤은 화가 나 있었지만, 어쨌든 결혼은 했고 곧 아이가 세상에 나올 예정이었다. 그녀는 『마의 산』*을 읽으며 소설이 묘사하는 시대에 푹 빠져들려 했다. 그렇지 않고는 견딜 수 없다고, 그녀가 말했다.

그녀가 무엇을 견딜 수 없었는지 나는 묻지 않았다. 결혼 7년 동안 그들은 거의 떨어져 있지 않았다. 그녀가 보내지 않은 서너 통의 편지를 유스투스가 그녀의 나머지 공책과 함께 나에게 건네주었다. 나중에 쓰인 것들이었다. 그는 먼저 읽지 않고 내가 먼저 읽는 게 당연하다는 듯 나에게 전달했다. 지금 보면 그 편지는 내가 읽어야 할 편지였는지도 모르겠다. 편지를 읽고 나니 그녀가 냉담해졌다는 것을 알 수 있었다. 그리고 나는 다시 또다시 읽었는데, 그때 내가 눈이 멀었다는

---

* Zauberberg : 토마스 만이 1924년에 발표한 장편소설.

생각에 의아해졌다. 그 편지들은 오래된 빛바랜 사진에서 뿜어내는 빛처럼 그녀의 수줍음을 드러내고 있었기 때문이다. 나는 그녀가 유스투스 앞에서 수줍어하는 걸 유스투스가 알고 있는지 묻고 싶었다. 하지만 그는 알지 못할 거고, 나는 묻지 않을 거다. 그녀의 편지에 담긴 수줍음과 사랑의 숨은 의미가 어디서 왔는지 더 이상 생각하지 않을 거다. '사랑'이라 부르는 복잡한 감정이 언제나 똑같이 유지되어야 한다는 주장은 저급한 소설을 읽은 사람이나 믿는 것이며 그런 사랑은 전혀 바람직하지 않다. 그녀는 시간이 지나면서 점차 자신을 돌보는 법을 잊어버렸다는 것도 편지에서 엿볼 수 있었다. 마침내 현실적인 마지막에서, 그녀가 고통을 피하려고 어딘가에 기대하고 있을 소식도 외면한다는 언급은 전혀 없었다. 그녀는 병원에서 편지를 몇 통 더 쓴다. 편지 두 통은 그녀의 아이들에게 보낸 것이다.

그녀가 지키지 못하는 걸 알면서도 했던 약속이었다.

15

내가 그녀의 다른 모습들, 예를 들어 그녀의 수줍음 같은 것을 지나쳤다는 것을 갑자기 깨달았기에 나의 시선이 그쪽으로 맞춰져 있지 않아 내가 그녀에게서 한 번도 본 적이 없고, 또 앞으로도 볼 수 없을 것은 무엇인지 스스로 물어봐야 했다. 보는 것과 단호한 결심은 큰 관련이 없다. 내가 간과했던 것을 찾기 위해 다시 그녀의 병원을 가려 한다. 그녀가 결혼했던 가을의 어느 일요일이었다. 그녀가 정말 아팠을 때 나는 그녀와 함께했던 적이 없기에 이 방문을 다시 할 이유도 생겼다. 자책처럼 들리겠지만 사실 그렇다. 모두가 나름의 이유가 있듯 나에게도 타당한 이유가 있다. 가장 큰 이유를 들자면, 그녀의 진심을 내가 믿을 수 없기 때문이다.

그날은 요즘 같은 9월의 어느 날이었다. 덥기도 하고 온화하기도 했다. 기차역에서 나와 재킷을 벗어 팔에 걸고 프리드리히가를 지나 끝없어 보이는 루이제가를 걸어갔다. 길을 잃고 헤매다 병원 구역에 들어서야 비로소 하늘을 올려볼 생각이 들었다. 하늘은 오늘처럼 마치 베일을 쓴 듯 부드러웠다. 나는 내가 옛날에 생각했던 것을 생각해야 한다. 혹은 그걸 표현할 적합한 말을 찾지 못해도 그때 느꼈던 것과 같은 것을 생각해야 한다. 하나의 날카로운 고통이다. 이 창백하고 친숙한 파란색은 오직 우리를 위해 만들어진 것 같고, 우리에게만 속한 것처럼 보였지만, 이미 오래된 사진 속에도 나타나 있기 때문이다. 100년의 시간이 흐른 후에도, 우리보다 훨씬 뒤에, 때맞은 계절이 되면, 빛이 적합하게 비추면, 어떤 관계없이 변함없이 만들어지리라. 억울함이 올라왔다.

흉측하게 붉은 병원 벽과 낡은 계단을 밟는 내 발자국의 공허한 울림처럼 이 생각도 내 마음을 아프게 했다. 그녀가 나를 바라보는 시선 또한 상처가 될 것 같다. 그녀는 죽 놓인 침대 중에 가장 끝에 있는 침대에 누워 있었고, 그 맞은편에도 같은 수의 침대들이 놓여 있었다. 대략 침대 스무 개가 놓여 있던 것 같다. 이곳은 오랜만에 다시 만날 만한 재회의 장소는 아니었다. 그녀가 누워 있는 것을 보니 그녀가 오랫동안 떨어져 있었고 많이 변한 것 같다는 생각이 들었다.

드디어 그녀는 겉옷을 걸치고 나와 함께 복도로 걸어 나왔다. 우리는 창가에 서서 크리스타 T. 옆에 입원한 전차 차장에 대해 이야기했다.

그들은 자신들에게 무슨 일이 일어나고 있는지 이해하지 못하더라고. 크리스타 T.가 말했다. 젊은 여인이 남편이 짐 지운 고통을 헌신적으로 버티면서 지쳐버린 자기 자신을 꺾어버릴 수 없다면, 더는 참지 않는 게 좋을 텐데. 우리는 노력하는 걸 너무 당연하다 생각했다. 우리가 실제로 하지도 않은 약속에 묶여 있었기 때문이다. 그 약속은 사실상 어떤 맹세보다 강력했다. 모든 사람이 동등하게 도움을 받아야 한다는 것이다. 거기에 누워 있는 그 여자를 봤을 때, 도저히 도울 수 없는 사람이라서 마치 약속을 어긴 것 같은 기분이 들었다.

그들은 자신들이 아무것도 이해하지 못한다는 것을 인지조차 못 해. 크리스타 T.가 덧붙여 말했다. 그녀가 설사 신문을 봐도 자신에 관한 이야기가 거기에 있다고 생각조차 못 해.

그 여자에게 알려줘. 나는 말했다. 이 전차 차장을 깨워 권리를 행사하도록 도울 수 있는지 없는지 마치 우리의 시험처럼 생각되었다.

남편이 때려. 크리스타 T.가 말했다. 이 여자를 능욕해. 이번이 세 번째 임신 중절이라 하더라고.

그 남자 고발해. 내가 말했다.

전차 차장은 모든 걸 부인해. 그리고 거기에 대해 이야기를 꺼내면 나한테 한마디도 하지 않아.

우리는 논쟁을 시작했다. 결국 그 여자가 아무것도 할 수 없다는 것을 받아들여야 했다. 그녀는 이미 세상이 만든 삶의 틀에 갇혀 있었고, 그녀 주변에는 우리가 조바심을 내는 게 아무 소용 없다고 여기는 사람들만 있었을 것이다. 우리는 그 상황에 대해 서로 비난해야 하는 듯 몹시 씁쓸했다. 오늘날 이런 종류의 분통은 사라지지 않을 것이고 우리는 여전히 거기에 대해 공유하리라는 것을 알고 있다. 하지만 당시에는 우리가 서로 등 돌리고 있는 것처럼 보였다. 우리가 우리 자신을 오해했다.

우리는 병원의 길쭉한 복도 끝 창가에 서서 모든 걸 이야기하고 나서 말없이 창밖을 바라봤다. 그때 까마귀 떼가 바람을 일으키며 하늘을 가로질러 날아갔다. 그렇게 또 한 무리, 또 한 무리가 날아갔다. 까마귀 수백 마리가 한꺼번에 울부짖는 듯 날아가는 것처럼 보였다. 적어도 우리에게는 그렇게 느껴졌다. 물론 같은 까마귀 떼가 같은 하늘 위로 흩어져 사라지자, 변함없는 오후가 되었다. 초라한 병원 복도, 높고 좁은 창문, 우리의 논쟁, 우리가 공유한 쓸쓸함이 다시 떠올랐다. 그녀는 이런 비통함을 느끼는 능력이 있다고 나는 확신했다.

이것이 내가 그녀에 대해 이야기하는 이유다. 열정에서 솟아나는 격분함, 이 단어가 앞에 나온 적이 있나? 낯설게 느껴질까? 이상하다고 여겨질까? 구식이라 생각될까? 사람들은 이 단어를 이런 병원 복도와 연관시키려 할까? 강의실, 황폐한 농장의 집단 노동, 열띤 논쟁과 대화, 연설과 책과 연결하게 하려 할까? 아니면 여전히 열정이란 결투에서 쓰러진 명예심 강한 장교나 군주와 지도자의 흥망성쇠에 영원히 연관된 것이라 믿기 원하는 걸까?

사랑받는다는 최초의 느낌, 그 유일한 설렘, 이 일반적인 열정에서 벗어나 성장하지 못할 수도 있다. 크리스타 T.는 열정을 기대하는 나이에 자아 성장을 강요받는 행운을 우리와 함께 나누고 있었다. 이런 행운은 모든 것의 기준으로 남게 되어 다른 매력들은 의미를 잃고 식상해진다. 예를 들어 사촌이 그녀에게 인간은 매수할 수 있는 존재라 따진다면, 그녀는 그저 눈썹을 치켜 세울 뿐인데, 이건 사실 아주 오만해 보이기도 한다.

유난히 음산한 어느 밤이었다. 우리는 우연히 함께 앉아 서방의 방송국에서 부다페스트에서 터진 전쟁 소식과 그들이 '유토피아, 이상주의'라 불렀던 것이 실패했다식의 비아냥을 들었다.

지금쯤 사촌은 자신이 옳았다고 생각하겠지. 크리스타 T.가 말했다.

우리는 그날 밤이 어떤 밤이었는지 알지 못했고, 그걸 깨닫는데 수많은 해를 보냈다. 어른들의 전쟁이 순식간에 우리의 전쟁이 되었고 우리는 그걸 즉각적으로 명확하게 느꼈다. 그 전쟁은 우리가 속은 자의 역할로 물러나 있는 걸 허락하지 않을 것이다. 하지만 철통같이 믿는 신봉자 배역은 중지되었고 그 역할을 연기했던 무대 조명은 꺼졌다. 갑작스레 조명의 변화가 일어났다. 우리는 그걸 예상하지 못했다. 시간이 지나 우리는 스스로 이렇게 물었다. 도대체 우리는 왜 몰랐을까? 그날 밤 우리 방에 악의적인 목소리가 높아지고 차가 식어 갔지만 우리는 세상이 어두워지는 것만을 알아차렸을 뿐, 무대 조명이 꺼졌다는 사실과 현실의 낮과 밤의 냉정한 빛에 익숙해져야 한다는 사실을 깨닫지 못했다.

마치 새롭게 만들어진 단어가 나타난 듯 우리는 어느 때보다 이 단어에 가까워졌다고 생각했다. '진실'이라고 멈추지 않고 반복해 말했다. 진실, 진실, 마치 어둠 속에 사는 수줍음 잘 타는 작은 눈의 동물인 듯 속여서 붙잡는다면 영원히 소유할 수 있는 듯했다. 우리가 어떻게 이전의 진실을 소유했던가? 우리는 거기서 멈췄다. 오랫동안 사물에서 벗어나 자신의 소망과 믿음과 판단에 반영된 사건을 수용한 후에, 사물과 사건이 실제로 일어난 그대로를 바라보는 건 정말 어려운 일이다. 크리스타 T.는 우리가 모두 각자의 실수를 받아들여야 한다는 것을 이해했다. 그렇지 않으면 진실에 대한 우리의 몫을 얻지 못하기 때문이다. 이 외에도 그녀는 쉬지 않고 사람들의 얼굴과 눈을 들여다보았다. 그녀는 이제 사람들의 시선에 놀라지 않는다. 결코 눈물을 보인 적 없던 두 눈 속에 고인 눈물은 그녀를 더욱 감동시켰다.

그즈음 있었던 그녀의 첫 번째 출산은 힘들었다. 뱃속의 아이 자세가 좋지 않았다. 그녀는 몇 시간이나 노력했지만 소용없었다. 그녀는 다리가 점점 마비되어 가는 듯해도, 부당하게 괴롭힘을 당한다고 느끼지는 않았다. 그녀에게 감상주의

조차 남아 있지 않았다. 그녀는 자신이 아이를 원한다는 사실과 아이를 낳기 위해 철저한 노력과 이완의 리듬이 필요하다는 사실을 잊을 수 없었다. 나중에도 이제는 충분하다고 더는 아이를 낳지 않을 거라 말하지 않았다. 의사가 아이를 가슴에 올려놓고, 그녀가 아이를 안나라고 불렀을 때, 그녀의 눈에 눈물이 한가득 고였다.

안나야, 우리 안나, 뭐 하는 거야? 정말 무서워하는 거 같아. 그녀는 기쁨에 사로잡혀, 익숙한 무언가를 기대했다. 하지만 여긴 너무 생소하다. 분명 그녀가 불안해질 수 있다. 글쎄, 글쎄, 그녀는 아이에게 혼잣말로 말했다. 똑같은데, 더 이상 똑같지 않아. 괜찮아. 침착하자. 결국 그렇게 특별한 건 아니잖아.

포근함을 기억하는가? 아이가 "우리 엄마"라는 말을 들을 때, 여전히 느끼는 것이 바로 포근함일까? 아이가 자라나 자신이 기억하는 포근함에서 벗어난다 해도, 아니면 아무거도 기억하지 못한다 해도, 그런다 해도 느끼는 것이 포근함일까?

브란덴부르크 지방에 있는 여름 별장을 보게 되겠지. 여기가 너희들이 처음 살았던 곳이야. 여기서 걸음마를 시작했고, 울타리 구멍을 지나 가까운 숲 가장자리까지 기어갔고, 헤더와 작은 전나무 사이의 움푹 들어간 곳에서 낮잠 드는 바람에, 엄마는 걱정에 죽기 일보 직전이었지…. 이제 아이는 기억할 수 없는 것을 기억한다고 믿을 것이고, 아이에게 보여주는 선명한 사진은 아이가 눈 감으면 가끔 나타나는 생생한 이미지보다 더 현실적인 어두운 그림자를 영원히 밀어내겠지. 아이인 안나는 호수를 바라보며 이곳이 자신의 어린 시절을 보낸 호수라 믿게 될 거다. 하지만 어떻게 그럴 수 있겠는가? 그 당시에는 호수가 아니라 물웅덩이였을 뿐이고 호수 기슭까지 가는 길은 100미터나 되는 크고 넓은 길이었다. 그 길이 그녀 마음에 모든 길에 대한 기준이 되어 버린 건 너무나 확실하다. 언젠가 그녀가 자신의 그림자를 이해하고 움직임으로 충분히 시도해 보고, 만질 수 있는 날이 오겠지. 망각 그리고 최초의 두려움. 어둠을 망각한다. 저녁 무렵 베란다 문턱을 넘어설 때 다가오는 어둠, 낯선 개가 보인다. 아버지가 큰 소리로 개를 꾸짖고 내쫓는다. 다음 날도, 그 다음 날도 같은 자리에서 개를 내쫓으려 야단치지만, 그곳에 개는 없다. 마술의 힘이었다. 하지만 최악은 잠에서 깨어날 때 매일 전등 주위를 날아다니는 파리였다. 그건 엄마가 쫓아 버릴 수 있겠지. 잊는다.

그녀, 크리스타 T.는 아무것도 잊지 않았을 것이다. 아이에게 필요한 모든 것을 할 때면 걱정이 사라진다는 것을, 침대에 몸을 숙여 잠든 아이의 따스한 숨결을 들이마시면 왜 마음이 그토록 편안해지는지 어디서 어떻게 알게 되었는지 스스로 묻지 않아도 알게 될 것이다. 좋은 한 해를 보냈다. 전환의 해였다. 작은 별장은 그들의 집은 아니었지만. 그들은 그곳에서 편안히 살았다. 그들은 좋은 시절의 흐름을 따르며 언제 정착하여 진정한 모습을 갖추게 될지는 몰랐지만, 아이를 낳고 서로 아담한 가정을 이루었다.

우리가 늘 기다리는 상태로 살지 않았더라면 좋았을 텐데. 유스투스가 말을 꺼냈다. 확정되어 있다는 사실에 그곳에 머물고 싶지는 않았지요. 우리 둘 다 처음부터 분명하게 알고 있기는 했지만, 그 문제에 관해 이야기 한 건 한참 지난 후였습니다. 우리는 침대 하나 제대로 갖추고 살지 않았어요. 그녀가 어디서 자는지 본 적 있지요. 옷장 뒤에 마련된 간이침대 말입니다. 그녀가 거기서 잠에서 깨어났을 때, 얼마나 속상했을지.

그가 정말로 무슨 생각을 했는지, 실제로 그런 생각을 했는지도 모르겠지만, 그녀가 매일 아침 깔끔한 침실에서 움직이지 않는 옷장을 눈 뜨자마자 첫눈에 보면 쓸쓸했을 것이다. 그녀는 배열시키고 배열되는 어른들의 평범한 삶을 아직 시작되지 않았다. 그녀는 자신만의 희망과 비밀스러운 가능성을 지닌 사람으로 남아 있었다.

이제 고개를 돌리고, 어깨를 으쓱하고 그녀, 크리스타 T.를 외면한다. 좀 더 멋지고 실용적인 삶을 지향하는 사람은 아무것도 이해하지 못할 거다. 나는 무엇보다 그녀를 알리고 싶다. 그녀가 만들어 놓은 풍요함, 그녀가 도달했던 정신적 원대함, 그녀가 얻을 수 있었던 유용성을 알리고 싶다. 감자밭과 호밀밭 위로 솟아오른 메클렌부르크 지방의 작은 시골 도시와 빨간 지붕의 헛간이 줄지어 있는, 그림책에 나올 듯한 작은 도시, 꾸불꾸불한 포장도로가 시장과 교회와 약국과 상점과 카페로 이어져 있는 작은 도시를 알리고 싶다. 크리스타 T.는 좀 더 가까이 다가가 모든 것이 실제로 그렇다는 것을 확인하고는 웃게 되겠지. 다만 완전한 승자의 웃음은 아닐 거다. 출구가 확실치는 않기 때문이다. 그래도 그녀는 웃는다. 도시는 도시로 남아 있고, 자세히 바라봐도 녹아 사라지지 않고, 건드린다 해도 넘어가지 않기 때문이다. 그녀는 또 무슨 생각을 했을까? 그것이 결코 중요해지지 않을 거라고? 그 중요성은 돌과 시멘트로도 만들어질 수 없을거라고? 예를 들어 모퉁이에 있는 커다란 집으로 이층에는 국도 두 개가 보이는 창문이 줄지어 있고, 그 국도들은 바로 그 집 앞에서 교차하며, 커다란 너도밤나무가 마당에 있고, 닳아 반들반들한 돌계단이 있고, 보기 촌스러운 고동색 대문에 어떤 이름이 쓰여 있는…. 마음 놓고 지나가려는데, 그 문에 적힌 이름은 그녀의 이름이다. 그래서 그녀는 들어가 본다.

울지 말고, 우리 아기 안나야.

그녀는 아기를 안고 긴 복도를 지나 어떤 방으로 들어간다. 거기에는 이미 침대 하나가 놓여 있다. 그녀는 아이를 눕힌다. 울지 말고, 우리 아가.

그녀는 다른 방들을 가본다. 모두 크고 텅 비어 있다. 창가로 걸어간다. 서양 보리수와 공장들이 보인다. 여기구나. 마음에 들지는 않는다. 그녀가 몸을 돌리자 유스투스가 문간에 서 있었다. 그녀는 마음을 가다듬는다. 여기 어때요? 그녀가 묻는다.

그런데 우리가 사는 곳이 그렇게 중요하지 않은 것은 아니다. 세상에 등장하는 울타리 역할만 하는 것이 아니라, 우리 삶에 끼어들어 와서 장면을 변환시킨다. '상황'이라 말하는 단순히 전혀 관계없는 특정 장소를 의미하기도 한다.

크리스타 T.는 역할을 스스로 선택하지 않았다고 말할 수도 없었고, 그렇게 말하지도 않았다. 반대로 그녀는 반어적으로 자신의 희귀한 편지 중 한 통에서 자신의 호칭을 말했다. 그녀는 소도시 메클렌부르크의 수의사 부인이라고 썼고 마치 당황하는 자신을 달래기 위한 것처럼 이렇게 덧붙였다. 내가 배울 수 있을까? 쓰러져 죽어가는 말이나 유산하는 소가 나에게 말할 수 없다는게 비참해.

그녀가 실제로 말하고 싶었던 의미가 오늘에서야 명확해졌다. 이 문장은 당시 의미가 어떻게 숨겨져 있었는지 보여준다. 문장은 이렇다. 변화의 유희는 끝났다. 더는 무대를 마음대로 바꾸거나, 커튼 뒤에만 머무를 수는 없다. 드디어 이제 그녀가 자신의 호칭을 받아들여야 하는 다섯 개 제목이 붙은 시퀀스가 생겨났다.

너는 무엇이 되고 싶니? 이 질문에 그녀는 이제 대답할 수 있겠지. 매일 아침 일찍 일어나 우선 아이들을 돌보고, 우리 둘 유스투스와 나를 위해 아침식사 준비를 할 거야. 내가 분주하게 오가는 사이, 그가 나에게 이러저러한 일들을 부탁하는 소리를 듣고 싶어. 그로스반디코프의 농부인 율리히가 돼지 때문에 전화가 와서 지역 수의사에게 연락하고 싶다고 한다면, 유스투스 연락처를 기억해야겠지. 나는 커피 포트를 들고 문간에 서서 '브루셀라병', '분만', '결핵 멸균 지역'과 같은 단어를 어렵지 않게 이해하고 싶어. 그리고 이런 단어들을 들으면서 매일 경탄하고 싶어. 앞으로 20년 동안 그런 말을 듣게 되겠지만. 주사기는 끓여 놓았어요. 돼지 예방 접종 보조원은 모레 온대요. 이렇게 말이야. 나는 전화에서 한 발짝도 떨어져 있지 않을 거야.

너는 정말 울리히 댁의 돼지를 걱정하는 거야?

그러면서 마당으로 내려갈 거야. 유스튜스가 자동차 엔진을 예열하고 밖이 점점 밝아오는 동안, 나는 자동차에 앉아 있을 거야. 안은 여전히 어둡고 우리 둘만 있을 테니까. 유스투스는 이미 내가 가장 좋아하는 세심한 표정을 보이고 있지. 나는 그럼 조용히 말하겠지. 1분만 더요! 그는 미소를 지으며 몇 분은 허락해 주지. 그리고 나서 나는 그가 차를 타고 떠나는 모습을 보고 싶어. 그리고 나서 천천히 위층으로 올라가 하루 동안 해야 할 일을 하나씩 하나씩 해내고 싶어. 그렇게 나의 일상이 나를 밀고 나가게 할 것 같아. 가끔은 그렇게 느껴지기도 해.

하지만 세월은 내 두 손으로는 영원히 밀고 나갈 수 없는 무게야.

16

나는 유스투스에게 물었다. 그녀는 충분하지 못해서 두려웠던 걸까요?

유스투스는 대답했다. 네. 하지만 시간이 얼마 지나고는 아니요라고 대답했다.

그는 더는 아무 말도 하지 않았다. 크리스타 T.가 어떤 의미에서 자신이 충분하지 않다고, 또 다른 의미에서는 충분하다고 여기면서 심지어 우월하다고 여겼는지 설명하기 어렵다. 때로는 그녀가 자신의 부족함을 한탄해서 우리와 그녀 자신이 오해하기도 했다. 예를 들어 그녀가 가정을 돌보기 위해 겪은 불안정한 상황은 너무 복잡해서 믿기 어려울 정도다. 어떻게 하나의 약점이 다른 약점을 보완했는지, 어떻게 두 개의 일에서 깜짝 놀랄 만한, 즉흥적인 상황이 나왔는지, 어떻게 매사 무너질까 봐 아무것도 건드리지 말아야 한다고 믿었는지, 마침내 어떻게 스스로 확고한 태도를 보였는지, 이 모든 것이 합쳐져 치밀하다고 말할 수 있었지만, 그건 어디까지나 그녀가 믿을 수 없을 만큼 피로해지기 전까지만이었다. 최근 몇 년 동안…. 그렇다. 이전에도 가끔 그랬듯이 이제는 되돌릴 수 없다. 지난 몇 년 동안, 몇 년 전까지만 해도, 그녀가 피곤해하지 않은 적이 단 한 번도 없었다. 지금에야 우리는 이 피로가 무엇을 드러내는지 물을 수 있지만, 그 당시에는 무의미하다고 생각했기에 질문하지 않았다. 그 질문에 대한 대답은 그녀나 우리에게 아무런 도움이 되지 않았을 테니까 말이다. 이것만은 확실하다. 사람은 자신이 하는 일로 피곤해지기보다는, 하지 않거나 하지 못하는 일로 피곤해지는 법이다. 그녀의 상황이 바로 그랬다. 이는 그들의 약점이자 은밀한 우월감이었다.

그녀가 변했던가요? 나는 유스투스에게 물었다.

당신이 의미하는 것은…. 그래요. 그는 말한다. 당신은 그녀를 알아보지 못했을 겁니다. 나는 잘 모르겠습니다.

우리는 더 이상 거기에 관해 이야기하지 않았다. 하지만 그녀가 아이들에 관해 묻지 않는 건 이상했다. 아무 말도 없었다. 상상되는가?

편지 두 통이 내 옆에 놓여 있다. 작은 셀로판 창이 달린 파란색 봉투에는 두 아이에게 보낸 그녀의 마지막 편지가 들어 있다. 아이들이 모두 아직 글을 읽지 못한다. 그녀는 파란색 물고기와 노란색 꽃 모양을 색종이로 잘라내어 하얀 종이 위에 장식 테두리처럼 붙였다. 그녀는 크고 또렷하게 글씨를 썼고 봄과 여름에 관해 쓰고 있었다. 그녀가 병에 걸렸을 때는 한겨울이었고, 그녀가 세상과 이별했을 때는 눈과 서리가 내리는 세상이 얼어붙는 계절이었다. 너희랑 호수에서 썰매를 타면 얼마나 신날까! 빨간 무와 꽃 심는 이야기도 있고, 호수에서 수영하는 법을 알려 주는 내용도 있다. 편지 봉투는 이미 누렇게 바래 바스락거리며 부서질 듯했다. 나는 편지를 되돌려 줄 거다. 어쩌면 아이들이 다시 읽고 싶어 할지도 모르겠다.

그녀가 아이들에 대해 더는 묻지 않았다고 말하는 건가요? 나는 유스투스에게 물었다.

그녀가 죽기 전 삼 주 정도까지 한 마디도 없었소. 마지막까지도.

약해 보이지 않으려고 아무 말도 하지 않았다는 거군요. 내가 말했다.

하지만 그녀는 약했소. 그녀는 자신의 나약함을 내 앞에서 숨기고 싶어 했지요.

그게 바로 강인함이라는 거예요.

나는 그녀를 내 앞으로 가까이 잡아끈다. 그녀의 나약함과 강인함도. 그렇게 우리는 천천히 그녀의 죽음에 익숙해진다. 시간에 대항하는 두텁고 드높은 벽이 적대적으로 보일지라도, 시간은 상관없이 무심하다. 시간은 무엇도 할 필요가 없다. 시간은 그저 가까이 다가와 그녀, 크리스타 T.에게 주어진 한계선을 향해 전진하기만 한다. 그러면 그녀의 시간은 모두 소진되고 우리의 시간만 덩그러니 남게 된다.

우리의 시선이 흐려지지 않기 위해 우리가 알고 있는 건 이제 잊기로 하자. 그녀가 걸었던 그 세월 속으로 이제 우리도 걸어가 보자. 광대하고 무한한 시공간으로, 매일 1밀리미터씩 좁아지는 함정이 아니다.

삶으로 들어가는 것이다.

그녀가 살았던 시간과 그녀가 머물렀던 공간은 놀라웠다. 우리는 이미 알고 있었다. 그리고 마지막 몇 년 동안, 이 놀라움은 믿을 수 없을 정도로 커졌다. 그녀는 사실 몽상가가 아니다. 그래서 모든 것이 상상대로 될 수 있다는 관념은 그녀의 상상을 초월하는 일이었다. 그사이 아무 일도 일어나지 않았다는 게 정말 이상하게 느껴졌다. 그녀의 직감은 안전이 얼마나 위험한지 말해 주었다. 커피잔을 손에 든 채 오랫동안 그녀를 응시하는 치과 아내는 위험해 보인다. 이제 그녀는 일어나 작별 인사하고 등이 뻣뻣해진 채로 떠난다. 우리가 착각했나? 그 자리에 선 채 그녀는 창문 위로 올려본다. 그곳에서 크리스타 T.는 웃으면 안 될 웃음을 보이며 서 있었다. 치과의사 아내와 교장 아내는 새로 온 수의사 아내와 가깝게 지낼 수 없는지 남편들에게 설명할 수 없을 거다. 이걸 예사로 받아들이지도 않을 거다. 그 미소를 설명할 수 없으니까 말이다. 치과의사 아내가 이 미소에 맞서 자신의 질서 짜인 삶을 다시 일으켜 세우는데 하루 이상의 시간이 걸렸다는 건 말하고 넘어가야겠다. 그녀는 자신이 존경받는 주부이자 아내이며 세상의 도덕적 서열에서 자리를 지키고 있다는 것을, 그리고 그 자리가 제일 끝은 아니라는 것을 스스로 재확인한다. 그녀는 크리스타 T.에 대해 나쁜 말을 전혀 하지 않고 마음씨도 고왔지만, 자신의 감정을 정확하게 표현하는 데 한계가 있었다. 그렇지 않다면 그녀는 아마도 크리스타 T.를 "조금 경솔한 사람"이라 말했을 거다. 크리스타 T.가 가질 수 있는 특정한 모습을 생각할 때, 그녀는 심지어 "섬뜩하다"라는 단어까지 떠올린다.

어떤 이들에게 섬뜩함은 무섭다는 것과 같다. 특히 집에 손님을 초대해 놓고 자기 집을 낯선 집처럼, 가구가 언제든 부서질 수 있고 벽에 구멍이 생길 수 있는 것처럼 두리번거리면 안 될 것이다.

결국 치과의사 아내와 교장의 아내와는 그저 사이가 멀어질 수도 있고, 불쾌한 뒷담화를 만들어 낼 수도 있고, 관용을 베풀며 아무 말도 하지 않을 수도 있다. 상황이 난처해지면 멀어질 수 없어서 뒷담화가 나올 수밖에 없겠지. 언제나 그렇듯, 범위는 엄격하게 한정되어 있고 거의 확대할 수 없을 정도로 유연하지 않더라도, 여러 가능성은 있다. 첫 번째, 그 해 드물게 주고받은 편지다. 두 번째, 아이들에 대한 메모가 적힌 낡은 종이다. 안나가 세 살이었을 때, 레나가 태어났다. 그 아이는 언니와 정반대로 모든 면에서 이해하기 어려웠고, 섬세하고 예민했다. 그녀가 남기고 간 것들의 무질서함과 혼란함에 내가 언제나 불평해 왔다면, 지금 이 종이 꾸러미 앞에서 나는 무슨 말을 해야 할까? 마치 몇 년 동안은 공책이나 연습장조차 쓰지 않았던 것처럼, 편지 봉투, 영수증 뒷면, 경고장 등 그녀의 남편 책상에서 나온 폐지 조각들이었다.

그 시절을 기억하는 세 번째 방법은 단순히 기억을 떠올리는 것이다. 크리스타 T.가 담요로 안나를 폭 두르고 계단을 올라오는 모습이나, 그녀가 계단에서 너무 피곤하다고 우리에게 소리 지르는 모습이나, 시간을 활용해야 한다면서도 밤늦도록 앉아 있기만 하던 모습을 다시 상상해 보는 것은 쉬울 것 같다. 아마 이것이 내가 보는 환영의 모습일 것이다.

모든 것이 과도기를 의미한다. 지금 이대로는 그대로 남지 않는다.

사람들이 써 놓은 글도 일시적이다. 그걸 알고 있다면 다행이다. 그녀의 편지들은 덧없고 희귀하며 이미 과거가 되어 버려 편지에 담겨 있는 나약한 낮은 목소리는 진지하게 받아들여지지 않았다. 이 글들은 그녀 자신과의 약속일 뿐이며 더 이상 바꿀 수 없는 습관적인 메아리였다. 우리의 짧은 만남은 우리가 우리 서로를 언젠가 만나게 될 시간에 대비해 미리 주어진 시간의 덤이었다.

고정된 이미지는 더는 나타나지 않는다. 우리는 현재라는 불분명한 영역으로 다가간다. 우리가 분명하게 볼 수 없는 것을 들을 수는 있을 것이다.

나는 그녀가 말하는 소리를 듣는다. 우리는 서로 만나지 못했을 거야.

나는 그녀가 괴로워하는 소리를 듣는다. 그녀가 어떤 사람이었는지, 바로 여기 증거가 있을 거다. 의미를 부여하고 암시를 찾아내려 한다. 우리는 서로 만날 수 없을 거다.

하지만 그게 또한 무슨 의미가 있겠는가?

그녀는 끝까지 고집했다. 우리에게 무슨 일이 일어났는지 알아야 해. 그녀가 말했다. 어떤 사람에게 어떤 일이 일어나고 있는지 알아야만 해.

도대체 무엇 때문에 그래야 하는데? 그 때문에 우리가 소심하게 움츠리게 된다면?

그녀는 진짜로 들리지도 않고 보이지도 않는다면, 단지 그런 척하며 행동할 수는 없다고 했다. 그녀는 정확한 인식을 추구했지만, 이는 많은 이들이 생각하는 것과는 다른 의미였다. 다시 말해 약간의 용기만 있으면 된다는 의미였다. 진실이라고 쉽게 말하는 사건의 표면적인 내용만, 약간의 발전에 관한 이야기가 있으면 된다는 의미였다.

평화라는 단어는 갑작스레 적용해야 할 단어가 되었다. 이성과 과학 그리고 학문의 시대가 도래했다고 우리는 생각했다. 우리는 해가 지고 어두워져 발코니에서 새로운 별들이 지평선을 따라 흔적을 남기는 몇 분 동안을 지켜보았다. 세상은 철벽 같은 개념에서 풀려났고, 우리는 거기에 다시 개입할 수 있고, 우리가 비록 불완전하지만, 세상이 우리가 필요할 것 같았고, 아무리 우리가 불완전하더라도 나락으로 빠질 위협이 없기에 우리는 평화를 스스로 손쉽게 인정했다.

그녀는 미래만큼이나 과거에도 관심을 가져야 한다고 믿었다. 나는 이 내용을 그녀가 여러 책에 대해 남긴 기록에서 읽었다. 한 편집팀이 그녀에게 이에 대해 글을 써달라고 요청했었다. 그녀는 병적으로 무섭게 증가하는 피로감 때문에 다시는 이런 글들에서 헤어 나오지 못했다. 그녀는 눈에 힘을 주고 자신이 정해 놓은 기준을 지켜나갈 수 있을지 확신할 수 없었다. 그녀는 완벽하기를 기대한 것 같지는 않았지만, 모든 것이 새롭고 신선하기를 바랐다. 어떤 것도 현실처럼 창백하고, 무작위적이고, 진부해서는 안 되었다. 무엇인가 다른 것이 존재해야 했다. 이미 오래전부터 봤던 것이거나 곳곳에 잘 알려진 것이 다시 존재해서는 안 된다. 그녀는 독창성을 언급하며 동시에 비겁함 때문에 독창성을 버리는 거라 말했다. 그녀는 인생에서 타협할 수도 있을 거라 했지만, 여기서는 아니라고 썼다.

모든 시작에 유리한 행복의 시간이 끝나가고 있다. 우리는 그걸 인지하고 있다. 우리는 남은 포도주를 사과나무에 부었다. 새로운 별은 나타나지 않았다. 우리는 추워서 안으로 들어갔다. 달빛이 스며들었다. 그녀의 아이는 자고 있었다. 그녀는 침대 옆으로 가서 한참 동안 아이를 바라보았다. 사람은 모든 것을 소유할 수 없다는 것을 우리는 알고 있다. 하지만 이게 누구에게 도움이 되겠는가?

어쩌면 사람은 살아가면서 작은 성과에도 만족할 수 있을 거다. 하지만 그녀가 홀로 아파트 문 앞에 서서 긴 복도를 내려다볼 때, 침묵이 그녀를 사로잡으려 할 때, 그녀는 큰 소리로 말했다. 그렇지 않아.

그녀는 가능한 한 남편과 함께 차를 타고 시골을 다녔다.

그녀는 사람들 얼굴에 대한 오래된 갈망이 있었다. 사람의 얼굴이 정말 어떻게 생겼는지, 그들이 나쁜 소식을 들었는지, 아니면 좋은 소식을 들었는지, 긴장하고 있는지, 결심했는지, 절망하는지, 마음이 흔들리는지, 이해하는지, 극복하고 있는지를 보고 싶어 했다. 그녀는 볼이 푹 패인 농부들의 얼굴 앞에서 자기 자신을 잊게 될 거다. 유스투스가 방에 들어선다. 의사는 협동조합에 대해 솔직히 어떻게 생각할까? 유스투스는 우유, 돼지고기, 곡물을 생산하는 도표를 지니고 다녔다. 세계 최고 생산량과 그들의 지역 생산량을 비교해 놓은 도표다. 크리스타 T.는 예전에는 한 번도 그 이상 요구받은 적이 없었다는 것을 깨달았다. 이는 설정된 한계를 전례 없이 뛰어넘는 진전이었다. 그녀는 매우 조심스럽게 가끔 한마디씩 말을 걸려 했다. 주로 부엌에 함께 있던 부인들에게 건넸다. 그들은 어린 안나에게 우유를 먹이며 비애가 담긴 옛날 노래를 함께 불렀다. 노래에 삶의 일상적인 푸념을 과장되게 비난을 섞어 넣기도 했지만, 성급하게 질문하지는 않았다. 그리고 안심하라는 눈빛으로 문을 바라봤다. 누가 우리를 생각이나 할까, 아. 그런 건 믿을 수도 없지. 그런 일은 아직 없었잖아. 이게 정말 처음 있는 일이겠지···.

처음 일어난 일에 관심 두는 사람이 있기 마련이죠. 우리는 그 점을 활용해야 해요. 크리스타 T.가 말했다. 일을 끝내고 돌아갈 때, 그녀가 지정한 곳에 차를 멈춰 세웠다. 그 둘은 언덕 위에 올라 주위를 살펴보거나, 서늘한 성당 안으로 들어

가거나, 유스투스가 여러 마을의 경제 사정을 설명하도록 했고, 방금 떠나온 농장에 관한 이야기를 들려 달라고도 했다. 그녀는 유스투스가 자신에게 호의를 베푼다고 생각했고, 그래서 그를 피곤하게 할까 봐 걱정했다. 하지만 그녀의 질문이 없었다면 그는 자신의 분야를 그토록 빠르고 정확하게 파악하지 못했을 것이다. 5월의 어느 날이었다. 그 둘은 강둑의 따뜻한 햇볕이 드는 곳에 앉았다. 앞에 펼쳐진 풍경은 아름답기보다는 초라했지만, 한낮의 밝은 빛은 모든 것을 아름답게 만들었다. 갑자기 그 둘은 이곳에서 떠나고 싶지 않다는 걸 깨달았다. 말로 꺼내지 않았지만, 그렇게 생각하고 있다는 것을 알아챘다.

그들은 아마 그때부터 살고 싶은 집을 그리기 시작했던 것 같다. 이건 하나의 놀이였을 뿐, 그 이상도 이하도 아니었다. 그저 우리를 자유롭게 사로잡을 수 있는 종류의 놀이였다.

엄마. 안나가 잠에서 깨어나 말했다. 지금 우리는 서로 모르는 사람들처럼 서로를 쳐다보고 있어요!

벌써 일어났니? 크리스타 T.는 인정하고 싶지 않았지만, 모든 엄마처럼 아이를 끌어당기며, 이리 와, 엄마 예쁘다고 해달라고 하며 어리둥절해하는 아이를 품 안에 꼭 안아 진정시킨다. 하지만 그녀가 자신의 일부를 품에 안고 있다는 착각은 금지다. 그녀는 아이를 자유롭게 내려놓고 찬찬히 바라본다. 그들은 들판을 가로질러 간다. 길은 험하고 골이 패 있다. 여름이다. 그들은 낮은 돌담으로 둘러싸인 풀이 짧게 자란 곳에서 휴식을 취한다. 안나는 이삭 갈퀴 수레에 기어 올라가 손잡이를 잡아 본다. 크리스타 T.는 한쪽에 앉아 그녀를 바라본다. 안나는 환히 빛나기도 하고 어슴푸레 어두워지기도 한 파란 빛과 연둣빛을 배경으로 다리를 흔들거리고 있다. 그들은 곧 달려야 한다. 먹구름이 몰려온다. 그들은 어쩔 수 없을 거다. 비가 마구 쏟아진다. 열 걸음도 채 못 가서 흠뻑 젖어버린다. 그들은 서로 머리를 비벼 말려 주며 커다란 안락의자에 앉아 따듯한 코코아를 마신다. 날은 점점 어두워진다. 빗방울에 우박이 섞여 떨어진다.

엄마. 안나가 말한다. 인제 내가 엄마한테 이야기해줄게. 거짓말은 그 자체로 예쁘지 않아요?

저녁이 되자 크리스타 T.는 가계부에서 종이 한 장을 찢어낸다. *바람과 태양*이라고 쓴다. 배경으로 작은 마을의 붉은 회색빛 지붕이 여러 개 보이고, 텃밭에 사람들이 땅을 갈고

흙을 파고 씨를 뿌리고 몸을 부대끼며 좁은 통로로 간신히 지나다닌다. 콩은 여기 심고, 오이는 저기 심고, 이모는 여기에 당근 심고 싶다고 하시는데. 울타리 문에 매달린 자물통에 열쇠를 넣고 조심스레 돌린다.

사실은 이와 반대로 들길은 텅 비고 메말라 있다. 담은 무너져 낮아졌고, 안나는 이삭 갈퀴 수레에 앉아 있다. 배경 빛은 빨갛고 파란 초록이다. 거기에서 우리는 그리움을 읽는다. 그녀는 세 가지 빛에서 그리움을 만들어 낸다. 이삭 갈퀴 위에 앉은 어린아이를 나는 언제나 보게 되겠지. 아이가 그녀에게 하나의 변명일지라도 혹은 그 때문이라도 말이다. 아이는 투명하고 단단하고 확고하고 세심하다. 그녀가 영속성을 얻으려 했다면, 그녀는 영속성이란 덧없는 것이라 느끼게 해주고 싶었을 거다.

꼬마 안나가 그녀에게 들려준 행주 이야기다.

빨간 테두리를 두른 노란 행주가 하나 있는데, 모두처럼 엄마가 있었어요. 그런데 엄마 심장이 뛰지 않더니 갑자기 죽어 버렸어요. 노란 행주는 이제 엄마를 묻고 모든 걸 혼자 해야 해요. 음식도 만들어야 했어요. 음식 만들 때 손가락을 데 없어요. 턱받이도 혼자 할 수 없고, 책상에 앉을 수도 없고, 선반에서 사탕도 꺼내 먹을 수 없어요. 노란 행주는 아무것도 할 수 없어요. 그래서 창문 밖으로 날아갔어요. 달빛이 비치네요. 부엉이가 벌써 하늘을 날고 있어요. 거기에 베를린 고양이처럼 양발에 계란 받침대를 끼고 있는 고양이가 걷고 있어요. 부엉이가 가로등 위로 날아갔어요. 행주도 부엉이 뒤를 따라갔어요. 그런데 재떨이가 또 날아왔어요. 거기에 하얀 글씨로 뭐라고 쓰여 있었게요. 나는 나쁜 재떨이다. 그래서 행주는 무서워서 엄마한테 날아갔어요. 그때 엄마 심장이 다시 뛰기 시작했어요. 엄마랑 함께 집으로 갔어요. 엄마는 다시는 나쁜 것들이 집에 오지 못하게 조심했어요….

아무것도 덧붙이지 않고, 있는 그대로 옮겨 놓았다. 크리스타 T.가 이렇게 적어 놓았다. 어린아이는 모두가 작가라던가?

연필을 내려놓고 싶은 강박감이 늘 있다. 오래된 음악이든 최신 음악이든 들어보자. 순수하면서도 철저하게 완벽함에 대한 욕망이 밀려온다. 아무것도 말하지 않으면 마음도 분명 그 반향을 듣지 못한다. 전혀 듣지 못한다. 메모지가 가득한 서랍을 쾅 닫는다. 이는 미완성이며 미숙한 채로 남게 되겠지. 시간을 낭비했다. 그녀는 초저녁인데 벌써 피곤하다. 우리는 이 피로감을 가끔 비난했는데, 삶의 마지막 해에 이 피로감은 격렬하게 반항하는 폭력적이고 죽을 것 같은 피로감으로 바뀌었을 것이다. 병은 피로로 위장하고 다가왔다. 크리스타 T.는 이걸 자신이 스스로 판 함정일 거로 의심했던 것 같다. 그래서 함정에 빠지지 않기로 마음먹었다. 언제나처럼 그녀는 레코드판이 다 돌아가고 나면 일어나서 진한 커피를 끓였다.

이즈음이면 블라징이 찾아온다. 그녀는 그를 친절히 맞이한다. 그는 양손을 비비고는 LP판을 꺼낸다. 새로 나온 판인가요? 그는 의자를 작은 탁자 쪽으로 끌어당긴다. 우리 소 박사님은 아직 암소 배를 주물럭거리고 있나?

그럼 그렇지. 그녀는 그 사람을 잘 안다. 그 사람 속이 훤히 다 보이지만, 지금은 누군가와 자신의 걱정거리를 말할 수 있어 다행이라 생각했다. 삼 일 전 처음으로 유스투스는 실려온 소 한 마리를 수술했다. 내장에 못 두 개와 커다란 유리 조각이 들어 있었다. 아직 집에 돌아오지 못하고 있다. 모든 징후는 긍정적이지만, 만약 그가 첫 번째 수술에 실패하면 어떻게 될까?

이런 순간 그녀는 블라징과 같이 있는 게 제일 좋다. 아마 그는 인생에서 실제로 해 놓은 것이 하나도 없을 것이다. 하지만 적어도 한번은 해 보지 않을 일 또한 분명히 없을 것이다. 필요하다면 책상 판에 실려 온 소의 내부 장기를 그려 어떻게 수술해야 완벽하게 안전한지 누구나 알수 있게 해준다. 거기에 유스투스의 재능이 더해진다. 블라징, 그 자신도 유스투스가 송아지들을 어떻게 이 세상의 빛으로 끌어내는지 지켜보았다. 블라징만큼 손쉽게 무언가를 이야기 할 수 있는 사람은 없다.

크리스타 T.는 그에게 아무것도 이야기하지 않으려 한다. 그녀는 그의 재치 있는 이야기에 귀 기울인다. 그를 통하고 나면 그가 단연코 가장 잘 알고 있는 인근 마을의 모든 사건은 갑자기 우스꽝스러운 일화와 농담으로 바뀐다. B 마을 여선생님이 자살 시도 했다고요? 아이고, 그렇군요. 그런데 그녀는 자기 약혼자가 자기를 발견하게 만드는 데는 좀 서툴렀어요. 약아빠진 못된 여자네. S마을 집단 농장 경리가 2년 징역형을 받았다고요? 그렇다면 누가 경리가 되었을까요? 바로 그 여자 동생이요! 그러면 누구 주머니에서 나오는 돈으로 살림하겠어요? 자, 어때요? 빌머스 노인이 술을 너무 마셔서 간

질환으로 죽었다고요? 블라징이 훨씬 더 잘 알고 있다. 병원에서 맹장 파열을 알아채지 못했어요. 세상에 그런 일이 있다니까요. 그리고 모든 건 쉬쉬하며 묻어 버리지, 모두가 한통속이니까!

블라징의 이야기를 듣고 있으면 온 세계는 순식간 한통속이 된다. 그리고 그것은 그런 대로 아무 이상이 없다. 그걸 이해하지 못한다면, 그건 그 사람 잘못이다. 이혼하고 전 부인과 세 아이를 방치하려는 것이 사실인지 크리스타 T.가 그에게 묻는다. 블라징은 두 손을 치켜들며 말한다. 사람들이 하는 얘기라니! 그는 생각에 잠겨 있다가 한마디 덧붙인다. 일이 그렇게 될지 누가 알겠어요? 어디서 승차할 수 있을지, 승차해야 하는지 누가 알겠냐고요? 아니면 블라징이 나락으로 떨어진다는 말입니까?

그때 주임 의사가 왔다.

블라징은 체스판에 말을 세우기 시작한다. 유스투스가 포도주를 가져온다.

체스는 못해. 죽기 일보 직전이야, 너무 피곤해. 소가 위험한 순간은 넘겼어. 내일 같이 가서 살펴보자.

그렇다면, 블라징은 말한다. 누구 말이 옳았지?

17

자기 자신이 되는 것, 온전히 나 자신이 되는 것.

이렇게 하는 건 매우 어렵다.

폭탄, 연설, 총격이 있던 시절이었다. 이제 세상은 다르게 보일 수 있다. 그러면 '자아'는 어디에 있는 걸까?

블라징 같은 남자는 이런 기만을 바닥부터 꿰뚫어 보고 있었다. 그는 매번 자지 자신을 희생하는 것이 가치 없다는 것을 알고 있었다. 그는 사기꾼들이 꽃이라 부르는 위조지폐를 유통하라고 모두에게 조언할 뿐이다. 어떤 증거도 들이댈 수 없고, 우리는 다시 죄책감 없이 빠르게 사용하면 그만이다. 조작된 사랑, 조작된 미움, 조작된 동정심 그리고 위장된 무관심은, 눈치챘는지 모르겠지만, 필요에 따라 투여량을 조절하는 법을 배울 수 있으므로 진짜보다 더 진짜처럼 보일 수 있다.

그는 크리스타 T.를 사로잡는 불안감을 잠재워야 한다고 믿었다.

시간이 흘러가고 있어요. 크리스타 T.가 말했다.

그가 아니라면 누구에게 그녀가 이런 말을 할 수 있겠는가? 그녀가 뭐라도 하는 것이 가장 좋다. 그렇지 않으면 우리가 그녀를 이끌어 주어야만 한다.

이즈음에서 나는 발트해에 있던 그날로 돌아가야 한다. 바람이 그녀 앞으로 몰고 간 하얗고도 빨간 커다란 공을 바라본다. 그녀의 매끄러운 움직임, 유스투스의 감탄하는 눈빛, 그리고 그녀가 고개를 뒤로 젖히는 모습이 눈에 보인다. 그녀의 웃음소리를 결코 말로 설명할 수 없지만, 절대 잊히지 않는다. 그녀는 검게 그을렸다. 내가 말한다. 그건 너의 여름이구나. 그녀는 구릿빛의 얼굴에 하얀 이를 드러내며 웃었다. 유스투스는 짧게 자른 그녀의 머리카락을 살며시 잡고 모든 사람 앞에서 그녀에게 키스했다. 그녀는 모든 것을 진지하게 받아들였지만, 그러면서도 웃음을 보였다. 나는 아직도 그녀의 표정을 떠올릴 수 있다.

저녁이 되어 우리가 해변 호텔에 앉아 있을 때, 그녀는 하얀 원피스를 입고 있었다. 얼마나 오래된 원피스인지 상상도 못 할 거야! 그녀는 이렇게 말했지만, 앞으로도 계속 오랫동안 입을 수 있다는 걸 잘 알고 있다. 얼마 후, 그녀는 맥주컵 받침에 숫자를 쓰기 시작했고 그 숫자를 더해 나갔다. 그녀에게 뭐 하는 건지 묻자, 그녀는 매우 진지하게 처음으로 이렇게 말했다. 집이야. 우리는 무의식적으로 손을 번쩍 들었던 것 같다. 그녀는 우리에게 숫자를 아주 능숙하게 설명했다. 이건 유스투스의 월급, 이건 정부 대출, 이건 비용 견적, 이건 분할 상황 방법, 그리고 이건 빚을 갚은 기간이야. 우리는 유스투스를 쳐다봤다. 그는 이 모든 것이 그녀의 아이디어였고, 집에는 그녀가 그린 스케치가 많다는 걸 인정했다. 하지만 우리는 요즘 누가 그렇게 어려운 일을 하겠냐고 말했다. 요즘! 그렇게 힘든 일을 누가 해!

내가! 크리스타 T.가 말했다.

그녀는 가방에서 스케치북을 꺼내 둥근 대리석 테이블 위에 펼쳤다. 그곳에서 우리는 처음으로 '그 집'을 보았다. 모든 전망, 모든 방, 모든 벽, 모든 계단을 봤다. 그러나 우리는 그 집이 이미 존재하고 있고 그것을 존재하지 않는 것으로 되돌릴 권리는 누구에게도 없다는 것을 깨달았다.

집을 어디에 지을 건데? 우리는 알고 싶었다. 그녀에게 그 지역의 커다란 지도도 있었다. 크리스타 T.는 햇볕에 그을린 갈색 검지로 길을 죽 따라갔다. 길은 여기까지야. 그녀가 말했다. 다음은 비포장도로야. 길이 좋지는 않아. 마을이 있기는 한데, 길 포장 상태가 엉망이야. 이 길 끝에서 언덕을 오르면 정말 너무 힘들어. 하지만 일단 도착하고 나면 눈앞에 갑자기 호수가 보이는데, 얼마나 멋진지 상상도 못 할 거야. 넓고 고독한 호수야. 양옆으로는 목초지와 버드나무만 있고 뒤로는 감자밭이 펼쳐져 있어. 쌍안경으로 보면 반대편 강기슭 마을의 붉은 지붕이 보여. 미루나무가 강둑을 따라 늘어져 있어. 미루나무는 성장 속도가 빨라서 바람을 잘 막아줄 거야. 겨울에는 어떤 바람이 불까? 호수가 보이는 쪽 창문은 진열장 같은 유리가 필요해. 커다란 창문 두 개에 들어갈 유리. 폭풍이 불면 보통 유리는 깨질 거야. 부엌에서 가끔 정원과 호수 서쪽 끝을 내다볼 수 있겠지. 프로판 가스로 요리하고, 빈 가스통은 유스투스가 마을에 가서 교환하면 되겠지. 호수 기슭 한쪽이 갈대가 우거져 있어. 거기가 우리가 수영하게 될 곳이야. 안나와 레나가 여름에는 발가벗고 뛰어다닐 수 있을 거야.

집안일은 내가 거의 혼자 할 거야. 집은 이렇게 갖추게 될 거야. 설계사는 내가 말한 그대로 설계도를 그려주겠지.

집 짓는 생각을 정말 많이 했구나. 우리가 말했다. 어디에 어떤 못질을 할지까지 다 알고 있으니 더 이상 할 일이 없겠네….

못 하나하나 그리고 공정 단계 하나하나 모두 생각 안 해본 게 없지. 믿거나 말거나, 나는 벌써 그 집에서 잠을 깨어나기도 해.

하지만 우리는 어딘가 모르게 그녀가 집을 소유하는 데 반대하고 있었다. 집주인이라니! 우리가 코를 찡긋거렸다. 나는 그녀에게 나지막이 말했다. 너, 그 집에 파묻히고 말 거야.

그녀는 미소를 지으며 말했다. 그럼 내 발로 직접 걸어 나오면 되지.

나는 그것을 잘 이해하지 못했다.

우리 중 누구도 미신을 믿지 않았다. 아무도 나무를 두드리지 않았으며 아무도 그녀에게 얼토당토않은 꿈을 혼자 속으로만 간직하라고 말하지 않았고, 해몽은 하지도 말라고 잔소리하지도 않았고, 병아리가 알에서 나오기 전에 병아리를 세지 말라고 말하지 않았다. 우리는 집에서 포도주 한 병을

다 마시고 두 번째 병을 열었다. 세상에나, 호숫가 언덕 위에 있는 참으로 아름다운 하얀 집이다. 갈대 지붕이 그 집과 너무나도 잘 어울린다. 오직 그 집만의 독특한 방식으로 얼마나 실용적이고 완벽한지. 또한, 최적의 위치다. 예전부터 내려온 가축 사육지 한가운데에 있고, 유스투스의 우유 생산량은 늘어나기 시작하겠지.

우리는 갑자기 이 모든 것이 그곳에 있다는 듯이 여겼다. 이제 그 집은 거기 있다. 그녀가 모든 것을 상상해 냈다. 우리는 그녀와 함께 축하의 건배를 했다.

크리스타 T.는 평소보다 많이 마셨다. 옆자리 사람들에게 함께 춤추자는 요청을 받았다. 우리는 모두 이 계획이 얼마나 이리저리 미루어졌는지 알고 있었고, 사람들은 경고와 충고로 일에 끼어들어 왈가왈부했고, 기술자들의 주소도 알려 주었다. 크리스타 T.는 모든 걸 감사하게 받아들였다. 그녀는 모든 사람과 춤을 추었고, 마지막에는 뚱뚱하고 작달막한 회계 고문과 춤을 추었다. 건축주가 대담하고 자랑스럽게 일을 벌이지만 회계사 고문의 사무실에 가서는 겸손하고 공손하게 일을 끝낸다고 했다.

집은 세워졌다. 하지만 그녀가 새집 지붕 아래서 몇 밤이

나 지냈는지 셀 수 있을 정도였다.

미루나무를 심었다. 나무가 너무 많이 자라서 유스투스는 창문 높이로 잘라주어야겠다고 생각하고 있었다.

호수는 거기 있다. 여름에는 고요하게 잔잔하고 가을에는 거칠게 사납고, 겨울에는 얼음처럼 차갑다. 나는 태양이 호수 속으로 잠기는 걸 바라보고 있었다. 그때 그녀는 내 옆에 서 있었다.

호수 기슭에는 갈대가 자랐다. 그 덕분에 여름에는 세 아이가 매일 수영했다. 아이들이 발가벗고 뛰어다녔다. 낯선 사람이 길을 잃고 이곳으로 오는 일은 거의 없었다.

주방 창문으로 정원과 호수의 서쪽 가장자리를 볼 수 있다. 유스투스는 아내가 죽은 후 가사 도우미를 구하지 못했고, 직접 정리할 시간도 거의 없어서 주방은 아주 어수선했다. 내가 접시를 정리하던 중, 그녀가 고안한 팬트리와 선반의 배열을 이해했다. 나는 그녀가 위층 골방에 설치한 꽃무늬 커튼 뒤에서 잠이 들었다. 그 꽃무늬 커튼 원단은 사실 이층 방 침대용으로 골랐었다. 날이 어두워져 깨어나 보니 머리 위 천정에서 쥐들이 오가는 소리가 들렸다. 쥐를 쫓아낼 방법을 찾아 쥐를 쫓아냈다.

다음 날 아침, 나는 넓은 거실 책장 앞에 서서 병원에 있는 크리스타 T.에게 보냈던 책들을 꺼냈다. 그때 공기가 서늘해지는 것 같았고, 내 어깨 위로 어떤 그림자가 드리워진 듯했다. 나는 그녀를 잡기 위해 재빨리 돌아보려는 내 마음을 꾹 눌렀다. 그녀가 그 의자에 앉아 있던 모습이 머릿속에 스쳐 갔다. 그때 그녀가 자기 의자에 앉아 나에게서 고개를 돌리고, 이후에는 아예 등을 돌려 앉아 사진을 못 찍게 했었는데. 여름이었지만 두툼한 초록색 스웨터를 입고 거기에 앉아 있었는데, 그녀는 너무 쉽게 추위를 탔다.

온몸이 굳어져 버렸는지, 나는 바로 고개를 돌리지 않았다. 잠시 후 뒤돌아봤을 때, 그녀는 없었고, 그림자도 없었고, 그녀의 마지막 모습을 담은 사진도 없었다.

그녀의 아이들과 내 아이들이 밖에서 소리 질렀다. 집 근처에서 토끼 한 마리가 굴을 파고 있었고, 아이들은 토끼를 잡아 다른 곳에 풀어 줘야 한다고 했다.

나는 밖으로 이어지는 문을 열었다.

테라스로 마련된 공간은 아직 시멘트로 마감해야 했고, 어디를 봐도 끝나지 않은 일이 수두룩했다. 나는 갑자기 그 순간까지 왜 그녀가 여기에 살고 싶어 했고 왜 이 집을 지었는지 이해하지 못했다는 사실을 깨달았다. 나는 당황했다기보다는 그저 놀라웠다. 왜냐하면, 이 집 전체는 그녀가 삶과 더 친밀하게 연결되기를 바라는 일종의 도구였다는 것이 너무나 분명했기 때문이다. 이 집은 그녀가 직접 지었기에 그녀에게 근본적으로 친숙한 장소였고, 이 기반에서 그녀는 모든 낯선 것과 맞설 수 있었다.

안전함, 그렇다. 그것 또한 있었다.

이제 내 판단으로는 아무것도 바꿀 수 없다. 모든 판단이 저절로 결론으로 이어져, 판단이 불필요해졌기에 누군가 그녀에게 다른 삶의 방식을 조언해 줄 수 있을지 곰곰이 생각해 봤다. 그 이후로 거기에 대해 생각할 때마다 그녀가 자신을 위해 선택한 방식보다 더 나은 방식은 없다는 걸 알 수 있었다. 나는 그녀를 위한 조그마한 작업 공간이 큰 창문 옆에 마련되어 있었다는 걸 알고 있다. 그녀가 이렇게 말한 적이 있다. 아마도 나는 여기서 내 저주받은 게으름을 극복할 수 있을 것 같아. 그녀는 이런 식으로 불렀다.

외부에서 생기는 어려움은 그들의 계획에 걸림돌이 되었고, 계획의 본질 자체를 덮어버렸다. 예상보다 자금이 부족했고, 공사는 느렸고, 가장 필요한 자재 조달조차 희망이 없어 보였다. 그들은 지난 2년 동안 램프나 가구, 문손잡이를 구하러 박람회를 찾았고 그때마다 우리 집에 들렀다. 그들은 언제나 서두르고 있었고, 전체 공사가 아주 중단될지도 모른다는 압박감에 시달렸다. 어느 날 저녁 무렵 크리스타 T.를 차까지 데려다주던 중, 그녀는 자신이 불평했던 어려움으로도 모두 다 설명할 수 없을 만큼 실의에 빠진 것처럼 보였다. 나는 격려의 말 몇 마디를 했다. 그녀 뒤에 서 있던 유스투스는 부탁하는 듯 의미심장하게 고개를 끄덕였다. 나는 의심스러운 표정으로 그를 바라봤다. 크리스타 T.는 별거 아니라는 듯 모든 위로와 걱정을 무시했다. 나는 무슨 일이 일어나고 있는지 이해할 수 없었지만, 그들은 차에 올라탔고, 우리는 다시 만나기로 약속했다. 언제나 그렇듯, 속 깊은 대화는 다음번으로 미루었다. 그들은 차를 몰고 떠났다.

그것만으로는 어떤 예감을 끌어내기 부족했다. 보고 들은 것과 다른 사람이 말하거나 침묵하는 것을 정말로 이해하려 노력하는 일은 매우 드물다. 몇 주 후에 그녀에게 전화가 왔다. 그전까지는 그녀가 나에게 전화를 한 적이 없었다. 나는 놀랍고도 기뻤다. 처음 몇 분 동안은 우리에게 가장 중요한 아이들 안부에 관해 이야기했다. 그리고 침묵이 흘렀다. 그때 나는 궁금했다. 그녀는 도대체 뭘 원하는 걸까?

그때 그녀가 했던 말을 정확하게 생각해 낸다.

나, 멍청한 짓 했어. 그녀가 말했다.

나는 무의식적으로 작은 목소리로 물었다. 너 지금 혼자야? 마치 내가 그녀가 무슨 말도 안 되는 소리를 하려는지 짐작한 듯이 말이다.

응. 그녀가 대답했다.

여기서 그녀가 사용한 단어가 잘 기억나지 않고, 그 단어를 만들어 내야 할지도 모르겠다. 그녀는 다른 남자와 사랑에 빠졌다고 말한 거 같은데, 아니 다른 표현을 했던가? 그는 유스투스의 사냥 친구라고 했다.

그냥, 이게 전부야.

한 가지 더 있다면, 모든 게 내 손가락 사이로 빠져나가는 것 같아.

최근에 내가 그녀에게서 뭔가를 감지했고 그걸 갑자기 깨달았다고 생각했지만, 믿고 싶지 않았기에 재빨리 대답했다. 보바리 부인이구나.

그녀에게 전혀 새로운 건 아니었다. 하지만 이게 그녀에게 무슨 소용이겠는가? 그녀는 그저 이야기하고 싶었던 걸까?

마침내 이야기하도록 만들고 싶었던 걸까? 아니면 정말 내 의견을 듣고 싶었던 걸까? 어떤 경우든 나는 그녀에게 이렇게 말했다. 그만둬. 그런 일은 절대로 좋게 끝나지 않아.

하지만 이런 일에서 '끝'이란 무엇을 의미하는지, 원하지만, 원해서는 안 되는 것을 어떻게 해야 할까?

유스투스는 알아?

당연히 알고 있지.

나는 깜짝 놀랐다. 크리샨, 나한테서 뭘 원하는지 모르겠어. 나는 너한테 그건 안 된다고 말하는 게 전부야.

그럼, 왜 안된다는 거야? 그녀는 공격적으로 되물었다. 너희들은 내가 한 사람만 바라보도록 만들어진 사람이라 생각하는 거니?

나는 이제 그녀가 나를 공평하지 않게 대하고 싶어서 다른 사람들과 한데 묶어 버리려는 걸 눈치챘다. 그런데 어떤 다른 사람들과 한데 묶는다는 거지? 유스투스일까? 하지만 나는 오직 이것만 말했다. 응, 넌 그렇게 정해진 사람이라고 생각해. 그녀는 그렇게 아무 말도 없더니 갑자기 쌀쌀맞게 대답했다. 알고 있어. 마치 그녀 혼자만 무엇인가 알고 있다는 듯한 뉘앙스였다.

아무 말도 오가지 않는 시간이 점점 더 길어졌다. 마침내 그녀는 더는 어떻게 뭘 해야 할지 모르겠다는 식으로 이야기를 더 하고는 재빨리 전화를 끊었다.

이런 일은 대개 우리가 먼저 알게 된다. 나는 그녀가 자기 자신에게 깜짝 놀랐다고 하는 말을 믿지 않는다. 다만 모든 사람이 이런 걸 "평범하다"라고 말하는 데 놀랐을 뿐이다.

유스투스는 젊은 산림지기를 집으로 데려왔었다. 유혹이라 치자면, 그런 유혹은 그녀에게서 시작되었다. 그는 이런 스타일의 여성을 만난 적이 없었다. 그는 아주 순진하게 반응했고 그가 빈틈없는 계획에 따라 행동했다면 이런 일을 저지르지 않았을 수도 있었을 거다. 사냥꾼 무도회에서 둘이 함께 춤출 때, 그는 그녀의 마음을 끌었다. 다음 날 그가 토끼 한 마리를 보낸다. 그는 그녀의 조류도감을 보려고 잠시 들린다. 아이들이 잠든 사이, 그는 조용히 새소리를 흉내 낸다. 그는 그녀의 어깨에 손을 얹는다. 그 후 그녀는 그가 확실하게 지나갈 때라는 생각이 들면, 창가에 한 시간 내내 서 있다가, 그가 정말로 지나가면, 그가 창문 밑으로 다가와 모자를 벗어들면, 그녀는 창틀에 매달려 있었다. 그 후 그녀는 털썩 앉아 얼굴을 손바닥으로 감싸고 자기 손이 얼마나 차가운지, 얼굴은 얼마나 뜨거운지 놀라고 만다. 그녀는 모든 것이 지나가 버리면 좋겠다고 생각하지만, 그럴 수 없었다. 어떻게 삶이 이렇게 지나가 버리기를 바랄 수 있을까? 그녀는 유스투스가 끝없이 실망하고 무력해하는 걸 이해한다. 그는 미친 듯 화를 낼 수도 있고, 테이블을 뒤집을 수도 있고, 도망가 버릴 수도 있고, 밤늦게 돌아올 수도 있다. 그녀는 그가 술 마셨다는 것을 알아챈다. 그는 며칠이고 아무 말도 하지 않을 수도 있다. 그녀는 그를 바라보는 것 외에는 아무것도 할 수가 없다. 그가 다시 나가면 다다르지 못할 위험한 환상 속으로 언제나 빠져들고 만다. 그녀는 어떤 미화도, 사과도 하지 않는다. 가끔 그녀는 깊은 무의식 상태에서 깨어난 것처럼 스스로 이렇게 묻곤 한다. 내가 아픈가? 그녀는 가까웠던 모든 이들이 이제 낯설게 되는 게 이상하다고 느끼면서도, 그녀 자신이 그렇게 낯선 사람이 된 건 어떻게 이상하다고 생각하지 않을 수 있을까?

'보바리 부인'이라는 표현은 적합하지 않다는 걸 나는 잘 알고 있다. 비열한 거래도, 속임수도, 탈출도 일어나지 않을 거다. 반대로 그녀는 자기 자신을 파괴할 것이다…. 사실, 이것이 내가 충격받은 이유다.

아침에 눈을 뜨면 하루를 다 보내고서야 느낄 수 있는 감정의 총량보다 더 많은 느낌이 밀려온다. 이 글을 나는 당시의 수첩에서 발견했다. 소모되지 않은 감정이 그녀를 중독시키기 시작했다. 처음으로 그녀는 자신에게 물었다. 도대체 이 집으로 무엇을 하려 했는지, 도대체 아직도 무엇을 자신에게 설득하려는지, 도대체 이 반쯤 망가진 삶에서 아직도 무엇을 하고 싶은지 묻고 물었다.

그녀는 모든 것을 잊었다. 그녀에게 위안이 되거나 용기를 북돋아 줄 수 있는 어떤 것도 생각해 내지 못했다. 유스투스는 그녀에게 물어볼 수 없었다. 그는 그녀를 위해 있지 않았다. 그는 스스로 패배에 대항해 싸우고 있었다. 어떤 협동 농장에서 사기 행각이 발생했는데, 가축 관리가 소홀했다는 것이 입증되었다. 교활한 관리자는 경험이 부족한 수의사를 연루시키려 했고, 유스투스는 증인으로 출두해야 했다. 그는 배신당했다고 느꼈고, 이제 모두가 자신을 나태하고 무능하게 여긴다고 믿었다. 그는 이 모욕감을 가슴 깊이 간직했다. 그는 밤이면 술집에서 혼자 술을 마셨고, 그런데도 자동차를 타고 느리고 조심스럽게 시내를 운전하다가 음주 단속 검문 끝에 벌금을 물어야 했다.

그는 매우 힘든 시기였다고 나에게 말했다. 난 끝내 내 문제를 그녀에게 이야기할 수 없었습니다. 적어도 내가 나를 바라보는 것처럼 그녀가 나를 바라보는 걸 원치 않았으니까요. 단지, 그녀가 가끔 자동차를 몰고 나가 미친 사람처럼 몇 시간이나 시골길로 차를 몰고 다니는 것이 정말 놀라웠죠. 그렇게 집에 돌아왔을 때 그녀는 막 죽을 것처럼 지쳐 있었습니다.

크리스타 T.는 마치 우리 안에 갇힌 듯 집 안을 서성이기만 했다. 그녀는 이미 수백만 번 생각했던 것 말고는 아무것도 생각할 수 없고, 모든 감정이 근원적인 바닥까지 갈아 무뎌져 사용할 수 없고, 자신이 하는 모든 행동은 다른 누군가가 할 수 있다는 것을 알고 있었다. 자신 주변에 형성된 생명력 없는 고리에서 벗어나려는 그녀의 모든 노력은 끔찍한 무관심에서 언제나 되돌아왔다. 그녀는 그녀에게 살아갈 힘을 주던 비밀이 계속해서 사라져가고 있다는 것을 느꼈다. 그녀는 치명적으로 진부한 행동과 말속으로 자신이 녹아내리는 것을 목격했다.

그녀는 자신에 대해 새로운 것을 배우기 위해 어떤 방법도 사용할 권리가 있다. 그녀는 느낌에 아직도 감각이 남아 있는지 느끼고, 그녀가 언제나 아무 목적 없이 보고 듣고 맛

보고 냄새 맡는 것이 아니라는 것을 체험해야 했다. 그런 상태로 그녀는 자신을 환영처럼 바라보는 젊은 남자를 만났다. 그는 그녀를 끌어당겨 그녀의 어깨에 손을 얹었다. 그러자 그녀는 비로소 고통일지라도 삶이 다시 돌아오는 것을 느꼈고, 테이블 너머로 찻잔을 건네기만 해도 돌연히 자기 자신으로 되돌아올 수 있었다.

만약 그녀가 살아 있다면, 이는 그녀가 주어진 것에 만족하지 못했다는 최종증거가 되지는 않았을 것이다. 그 당시 나는 불행이란 삶과 합의하지 않으면 치러야 할 당연한 대가라는 것을 고려하지 않은 채, '불행'이라 부른 그 결과만을 두려워했다. 그때 우리는 여전히 잘 구성된 연극 속의 등장인물 같다는 기분을 느꼈다. 그 연극이 결말에 이르면 필연적으로 모든 문제와 갈등이 해결되어야 하고, 우리가 스스로 취했든, 강요받아 취했든, 우리가 내딛는 모든 단계는 결과적으로 정당화되어야 했다. 크리스타 T.는 그 당시 친절하지만 너무나 진부한 희곡작가 손에서 떨어져 나간 게 틀림없었다. 그녀는 갑자기 불쾌해지거나, 심지어 어수선한 결말을 준비했었을 거다. 무언가 그녀를 정확하게 어느 곳에도 이르지 못하는 단계로 유혹했던 게 틀림없다.

이 금지된 사랑이 바로 그랬다. 뭐라 부르든 상관없다. 테이블이 어떻게 뒤집히는지, 이런 사건에 등장하는 인물들의 표정이 어떤지 살펴보고 싶다고 하자. 그리고 모든 것이 다시 한번 문제가 될 때, 내 표정을 확인해야겠지.

상황과 동기는 그녀가 선택할 수 있는 게 아니었기에, 제한된 상황에서 손에 쥐어진 작은 판돈으로 다시 한번 게임을 하고 판돈을 높일 수 있는 능력이 그녀에게 주어졌다.

그러자 계산은 그 추진력을 잃어버렸고, 청각과 시각이 혼미해졌다.

18

　그녀를 다시 만났을 때. 아무도 '그 사건'에 대해 언급하지 않았고, 그녀에게는 비참함조차 남아 있지 않았으며, 대상 없는 위험한 욕망도 전혀 없었다. 그녀는 가스레인지 앞에서 냄비를 만지작거리다가, 갑자기 말을 꺼냈다. 그녀의 목소리는 내가 오해하지 않을 거라는 확신에 찬, 나지막하고도 의기양양한 목소리였다. 아기가 곧 태어날 거라 했다. 너희 부부는 이렇게 문제를 푸는구나. 내가 말했고 우리는 함께 웃었다.

　그때가 우리가 그녀의 옛날 아파트를 마지막으로 방문한 1962년 12월의 마지막 날이었다. 그녀는 특히 마음에 드는 주방용 커튼 원단과 새 접시들과 다양한 플라스틱 용기를 나에게 보여주었다. 침실은 바구니와 가방들로 가득했다. 우리는 바닥에 앉아 새 물건들을 둘러보며 옆으로 차곡차곡 쌓아갔다. 그녀는 완전한 새 출발을 하고 싶어 했다. 낡은 물건은 새 집으로 가져가지 않을 거라 했다.

오후가 되어 우리는 처음으로 그 집을 봤다. 기대감에 휩싸여 아무 말 없이 우리는 고속도로에서 시골길로 덜컹거리며 접어들었고, 마을을 지났다. 이 지역은 관할구에서 가장 열악한 농업 생산 지구에요. 유스투스가 말했다. 그렇게 언덕까지 울퉁불퉁한 길을 힘들게 올라갔다.

그곳에 있었다. 칠도 되지 않고 완성되지 않은 그 상태로 구름이 가득한 드넓은 하늘 아래 고독하게, 우리의 상상보다 훨씬 작은 모습이었다. 파도가 일렁이는 거대한 호수와 빛이 가려진 하늘과 대결하려면 우리의 지원이 필요한 것처럼 보였다. 우리 눈에는 용감하게 보초를 서는 듯했다. 자연도 만만치 않게 저항하는 듯 보였다. 우리는 아무 말도 할 수 없었다. 우리는 문턱 대신 놓인 나무판자 위를 걸어 안으로 들어갔다. 바닥이 아직 깔리지 않은 방들을 지나, 비상 사다리를 타고 아이들 침실이 있는 위층으로 올라갔다. 모든 틈새로 바람이 강하게 밀려들어 왔다. 바람은 네가 말한 그대로네. 우리는 크리스타 T.에게 말했고, 다른 나머지도 그녀가 말한 대로인지 묻지 않고 말없이 그냥 두었다. 그녀는 우리 말에 전혀 개의치 않았다. 그녀는 엉성하고 외풍이 심한 이 집이 해변 호텔에서 행복하게 보여준 하얀 종이 위의 이름다운 꿈의 집으로 완성되기까지 한참 멀었다는 걸 알고 있었다. 그녀는 또한 건축 자재는 종이보다 다루기 훨씬 어렵다는 것을 실제로 경험했고, 모든 일은 흔들림 없이 추진해야 한다는 것을 배웠다. 우리는 그녀가 오래전부터 자신의 구상에 집착하지 않고, 이 거친 돌들 위에 서 있다는 것을 알았다. 우리는 차가운 벽난로 주위에 서서 집에 어울리는 담장 돌의 종류와 모양에 대해 의견을 내놓았지만, 침묵 속에서 의심했다. 언제나 이야기가 끝나기 바로 직전에 강한 의심이 들듯이 이 집 부엌에서 준비된 음식을 먹을 수는 있을까에 대해 심각하게 의심했다.

우리의 의심은 매우 소심했다. 우리는 그곳에서 음식을 먹었다. 7개월이 지난 7월 말, 우리는 둥근 테이블에 둘러앉아 있었다. 창문으로 햇살이 그득한 잔잔한 호수가 집 안으로 흘러드는 것 같았고, 풀밭으로 통하는 문은 열려 있었다. 길쭉한 미루나무 잎사귀가 반짝였고, 크리스타 T.는 통통하게 건강한 모습으로 허브를 가미한 감자 요리가 담긴 커다란 그릇을 들고 주방에서 나왔다.

    신들의 질투가 두려웠던 순간이었다. 나는 은밀하게 신들에게 거래를 제안했다. 신들이여, 우리가 이곳에 왔다고 놀라면 안 됩니다. 당신들은 이걸로 만족해야 합니다. 복수심을 품지 말고 파괴적인 분노를 다스려야 합니다. 그녀가 이룬 것에 만족하도록 그렇게 두어야 합니다.

    그녀가 내 표정에서 무언가를 읽어내려 했는지는 알 수는 없다. 잠깐 우리 둘만 있었을 때, 그녀는 마치 내 마음을 들여다보려는 듯 말했다. "나, 늙어 버렸어."

    나는 그 문장에 담긴 질문을 모른 채 지나가며 회피하는 식으로 대답했다. 그리고 "늙었다"라는 표현은 적합하지 않다고 생각했다. 이 표현이 나이가 들었다는 표현이라 할지라도, 그녀에게 일어난 변화는 단지 7개월이 아니라 7년에 거쳐 일어난 변화였기 때문이다. 그녀의 얼굴은 통통 부어 있었고, 피부는 까슬하게 들떠 있었고, 팔과 다리의 정맥은 도드라지게 드러나 있었다.

    나는 임신 탓을 했지만. 그녀는 아니라고 고개를 저었다. 그녀는 언뜻 약 이름을 언급했는데, 이상하리만치 나는 아직도 그걸 기억하고 있다. 하지만 내가 굳이 말할 필요는 없었다.

프레드니손이야. 그녀가 말했다. 대량으로 복용해. 이게 유일한 약이야. 그걸 위해선 다른 것도 감수해야 해.

그녀는 자신이 말한 그대로가 무슨 의미인지 알고 있었다. 우리 나머지는 특정한 경험이 없었기에 그녀와 구별되었다. 우리는 뒤처졌다고 말할 수도 있을 거다. 자신만이 할 수 있는 경험이고, 공감할 수도 없고, 공유할 수도 없는 경험이다. 이런 당혹감이 죄책감만큼이나 부적절하다는 것을 알고 있다. 하지만 죽음의 경험에 대해 어떻게 적절하게 반응해야 할까?

수영하러 갈 때, 우리는 그녀를 붙잡으려 애썼지만, 소용이 없었다. 그녀는 수영 가운을 기슭에 벗어놓고 개구리밥이 무성해 짙은 녹색이 되어 버린 잔잔한 물가를 걸어 수영하기 더 좋은 더 깊은 곳으로 갔다. 그녀는 내가 수초와 넝쿨 식물에 걸리지 않으려면 자신이 온 방향으로 따라와야 한다고 나를 향해 소리쳤다. 그녀는 나를 그녀의 호수로 안내하고 싶어 했다. 우리는 잠시나마 나란히 수영했다. 나는 그녀의 속도를 따랐고, 얼마 지나지 않아 나는 지친 척했다. 그녀는 나를 믿지 않았다. 나는 우리가 그녀를 보호하고 싶다는 걸 그녀가 모르도록 조심해야 했다.

유스튜스는 나에게 그녀에게 따끔한 소리를 하라는 듯 신호를 보냈다. 그녀는 전날 정원의 잡초를 뽑으며 몇 시간이나 미친 듯 일했고, 자신의 상태를 전혀 신경 쓰지 않았다. 그녀의 상태, 이 말은 매우 이중적이었다. 우리는 서로 그걸 알고 있었지만, 그는 아무 말도 하지 덧붙이지 않았다. 나는 의사들이 그녀에게 던진 희망에 대해 유스투스에게 물어볼 기회를 잡지 못했다. 우리는 그녀에 대해 그녀가 없는 곳에서 이야기하지 말자는 암묵의 약속을 지켰다. 우리의 말 한마디만으로도 우리가 서 있는 바닥이 무너질까 두려웠다.

저녁 식사 후, 우리는 그녀를 눕게 했고, 바로 유스투스와 함께 차를 타고 다 쓰러져 가는 선술집에 가서 수산협동조합에서 나온 장어를 훈제해 달라고 부탁했다. 그는 훈제 장어를 신문지에 둘둘 말아 건넸다. 그는 자신의 마당에 있는 동물들을 소개했다. 앞이 거의 보이지 않는 늙은 개 한 마리와 의심 많고 성질 사나운 고양이 한 마리였다. 선술집 주인은 고양이에게 피부약을 가져다줬다. 돌아오는 길에 이런저런 이야기를 했다. 만약 술집이 제대로 된 주인을 만나면 인기 관광지가 되어 떼돈을 벌 수 있을 거라는 이야기도 했다. 그렇게 되면 온통 자동차와 모터보트가 몰려올 텐데 그것만 아니라면 괜찮다는 말까지…. 나는 이 선술집과 동물들 그리고 우리의 대화만 기억이 난다. 왜냐하면 우리 둘 다 이것과 다른 것에 관해 이야기해야만 한다는 것을 알고 있었기 때문이다. 하지만 우리는 그렇게 할 수 없었다.

저녁이 되어서야 비로소….

이날의 저녁은 아직 여기에 등장해서는 안 된다. 단지 그때의 새해 전날 저녁과 그 이전 집을 구경하고 돌아오던 눈보라가 몰아치던 장면이 들어가야 한다. 유스투스는 자동차 잔고장을 손보기 위해 마을 한 곳에 차를 멈춰야 했다. 정비소 사람들은 그를 알고 있어 빠르게 도와주려 노력했다. 우리는 차에서 내려 바람이 차단된 한구석에서 기다렸다.

크리스타 T.는 나에게 아이들에 관해 이야기했다. 그녀는 다른 엄마들과 달리 기분 좋은 일화만 기억하는 것도 아니고, 기쁘게 만드는 특징만 보는 것도 아니었다. 그녀는 매우 중립적이었다.

며칠 전에 안나가 여동생 손을 잡고 장례 행렬을 신기한 듯 따라갔는데, 마지막 순간까지 묘지에 못 가게 하느라 엄청 애를 먹었어. 애가 제정신이 아니야. 크리스타 T.가 말했다.

나는 아이에게 사람이 땅에 묻힐 때는 가까운 친척만 참석할 수 있다고 말해 줬어. 그랬더니 뭐라는 줄 아니. 빨리 죽어. 엄마가 묻히는 걸 보고 싶어.

그러면 너는 나를 다시는 볼 수 없어! 그랬더니 그건 나도 알아. 엄마. 이렇게 너무 차분하게 말하더라. 아이가 얼마나 현실적인지. 크리스타 T.가 말했다. 감정에 조금도 흔들리지 않더라고.

나는 그녀만큼 자녀를 자기 기대에 따라 개조시키려 애쓰지 않는 엄마를 단 한 명도 본 적이 없다. 그녀가 죽은 후 사람들이 그녀의 죽음을 안나에게 알리지 않았을 때, 나는 자동차 정비소에서 그녀와 나눈 대화가 가끔 떠올랐다. 크리스타 T.의 기록에서 안나와 나눈 대화를 글로 묘사한 것을 발견하지 않았다면, 나는 그 내용을 여기에 공개하기를 주저했을 것이다. 왜냐하면 가장 어리석고 무작위적인 사건에서도 우울한 암시를 발견하는 데 익숙하기 때문이다. 결말이 어둡다면 특히나 그러했다.

새해 전날의 저녁은 아무런 암시도 없이 지나갔다.

우리는 모두 그날 저녁을 기억하고 있다. 잘 팔리는 이야기만 기억하는 블라징조차 기억한다. 얼마 전 그를 시내에서 만났을 때, 그에게 들어서 그 사실을 알게 되었다. 그는 변함없이 원고나 원고 기획안을 담은 검은색 서류 가방을 팔에 꽉

끼고 있었고, 그의 표현대로 "사업 행차 중"이었다. 이 말은 그가 자신의 상품을 누군가에게 제안한다는 뜻이었다. 그는 새로 장만한 코트를 입고 있었다. 그는 잘 지내고 있었고 추억에 젖어 들었다.

정말입니다. 그는 새해 전야 파티에 대해 말했다. 그 순간은 제가 행복했던 저녁 중 하나였소. 누가 그런 걸 먼저 예상이나 할 수 있겠습니까! 그는 다가오는 새해에 아내와 이혼하고 베를린으로 이사해서 자기 경력을 쌓아가는 것을 의미했을 거다. 나는 모든 것을 이해했다. 다만 그가 새해 전야 파티를 '행복한' 추억으로 묘사하는데 놀랐다. 더욱 혼란스러웠던 건, 그것이 진심이었다는 사실이다. 예전처럼 언제나 이건 엄중한 진심이라고 반복하지 않아도, 그는 자신의 어휘력을 수준 이상으로 끌어올렸다. 그는 마지막 작별 인사를 건네고도 나에게 이렇게 덧붙여 말했다. 그녀는 희귀종이였소. 그리고 그는 당황해했고, 그의 원고를 수락한 편집자에게 그가 이런 말을 할 리가 없었기에 나는 그저 고개를 끄덕였다.

권터도 이곳을 온 적이 있다. 나는 지금까지도 크리스타 T.가 권터의 방문에 놀랐다는 것을 상상할 수 없다. 권터는 미혼이었고 그와 크리스타 T.의 관계가 끊어진 적이 한 번도 없었다는 건 확실했다.

이유 없이 질투하지 말아요. 지금 당신이 그렇게 하듯이 말이에요. 크리스타 T.가 유스투스에게 말했다.

이거 좀 보라고. 유스투스는 우리에게 말했다. 이 사람은 언제나 이렇다니까.

그들은 웃을 수 있었다. 크리스타 T.는 기분이 좋았다.

모두가 귄터에게 친절해서 그는 무슨 일이 일어나고 있는지 몰랐고, 우리가 기분이 좋은 건 자기 때문은 아니라고 여러 번 확신 있게 말했다. 하나 더 말하자면 그는 고향 도시의 학교장을 지내고 있었다.

우리는 귄터를 좀 지켜봐야 해. 크리스타 T.가 말했다. 블라징하고 논쟁을 벌일지도 몰라.

논쟁은 실제로 생기지 않았다. 그런데도 나는 논쟁이 일어났던 것처럼 기억된다. 1, 2년 정도의 시간이었다면 피할 수 없는 일이 일어났겠지. 크리스타 T.는 여전히 성숙하지 않았지만, 논쟁이 벌어질 것 같은 느낌을 간파하고, 집안을 돌보면서도 손님의 마음을 알아채 손님들끼리 논쟁이 일어나지 않게 할 정도로 배려하는 부인이 되어 있었다. 우리가 무엇이 되었는지 생각했다. 이 경이로움은 우리를 더욱 유연하게 만들었고, 감상에 빠지지 않고도 부드러워질 수 있었다. 우리는 새삼 테이블을 예술적으로 장식하고 접시를 멋지게 차리고 촛불 켜는 일을 즐겁게 여겼다. 폭풍으로 눈보라가 몰아치는 창문에 모포를 매달았다. 크리스타 T.는 잘게 썬 멧돼지 구이를 내왔다.

하지만 촛불과 포도주와 구이 요리 때문이라는 인상을 주면 안 된다. 분명 다른 무언가가 있었는데 설명하기가 쉽지 않다. 그런데도 나는 말하고 싶다. 이런 모임은 두 번 다시 성사되지 않을 거라고 말이다. 우리는 모두 가벼운 도취 상태에 빠져 여기저기 떠다니는 것 같은 안정감을 느끼고 있었기 때문이다. 이는 솔직함과 무해한 자기 해방과 연결되어 있고, 무엇보다 이런 걸 바랄 때는 결코 그렇게 되지 않는다는 걸 잘 알고 있었다. 그래서 우리는 이것을 우리의 업적으로 그저 받아들였고 그 상태를 유지했다. 우리는 모두 최악의 상황은 이미 지나갔다고 믿었고, 우리 각자의 최악의 상황도 역시나 지나갔다고 믿었다. 우리 생의 성적표에 언젠가는 '합격'이 씌워질 거라 확신했다….

우리는 추억을 제멋대로 다루기 시작했다.

갑작스레 뭔가를 깨달았다. 우리 중 누구도 서른다섯이 되지 않았지만, 이미 '과거'에 걸맞은 무언가가 존재한다는 것을 말이다. 하지만 모든 이에게 영향을 미치는 사건은 실제로 개개인에게 별로 깊이 관계하지 않는다고 생각했다. 여자들은 사진을 돌려 봤다. 세상에나, 이 앙증맞은 곱슬머리 좀 봐, 이 길고 풍성한 치마는 어떻고. 머리에 꽂은 핀도. 어쩜 이렇게 표정이 진지하니. 우리는 과거 속에 담긴 우리의 진지한 모습을 보고 웃었다.

아직도 기억해? 크리스타 T.가 귄터에게 말했다. 네가 므로조프 부인에게 쉴러 작품의 루이제 운명이 우리에게도 적용될 수 있다고 증명하려 했던 거.

나는 그녀가 너무 또 과하게 빠져들까 걱정했다. 왜냐하면, 그 이후로 귄터가 어떤 사람과도 그 일에 대해, 금발의 잉에와 코스티아와 불행한 사랑에 관해 이야기한 적이 없다는 걸 나는 확신하고 있기 때문이었다. 하지만 이제 그는 고개를 무심하게 끄덕이며 미소만 보였다. 크리스타 T.는 하루 전에는 고통스러우나 하루 지나면 지루해지는 이야기를 언제 해야 할지 그 순간을 정확히 찾아냈다.

나는 아직도 그 집회에 서 있는 내 모습이 선해. 귄터가 말했다. 그렇게 물에 빠진 푸들은 지금껏 없을 거야.

하지만 그 또한 지나간 일이었다. 귄터는 술잔을 높이 들고 크리스타 T.를 위해 건배했다. 그녀는 얼굴이 붉어졌지만 부끄러워하지 않았고, 우리는 갑자기 모든 것을 이해하고 감동도 조금 받았다. 이해한다는 사실을 우리는 서로 숨기지 않았다. 우리는 모두 그녀를 위해 술을 마셨다. 아마도, 나는 모두가 이렇게 하기를 몹시 바라고 있었을 거다. 우리는 그녀와 각기 다른 단단한 관계를 맺고 있었고, 그녀는 모든 관계를 재치 있게 넓은 마음으로 타산 없이 유지했다.

만약 매사가 내가 지금 바라는 대로였다면, 이 관계 중에는 미숙한 사랑이나, 숭배하는 식의 관계도 있었다는 건 매우 당연했다. 그날 저녁 지금 내가 바라듯, 그랬다면 우리는 마음이 너무나 넓어져서 어떤 감정이나 느낌의 미묘한 차이가 부족하지 않기를 바랐을 것이다. 왜냐하면, 그렇게 생각만 했다면, 그 모든 것은 우리 안에 있었기 때문이다. 이날 밤, 61년과 62년 사이의 밤에, 그녀의 생의 마지막에서 두 번째인 새해 전야의 밤에, 크리스타 T.는 우리가 품고 있는 무한한 가능성의 예시를 보여 주었다.

그녀는 알고도 모른 척하지 않았다. 우리가 서로에게 이야기한 건 당연했다. 마치 웅덩이에 물이 마르면 드러나는 이야기 같았다. 이런 옛날이야기가 남아 있는 전부라는 데 놀라기도 하고, 우리는 그 이야기를 각색하고 보기 좋게 교훈도 섞어 넣었다. 무엇보다 우리가 바라는 것을 지키고 싶을 때, 그 이야기들의 결말이 우리에게 도움이 되게 만들려 애썼다. 물론 결말이 우리에게 도움이 되려면 수많은 각각의 작은 결말이 대단원의 결말에 종속되어야 한다고 생각하는 건 당연했다. 간단히 말해 우리는 자랑스러웠다. 우리는 우리 아이들에게 이야기할 과거를 다듬고 있었고, 결국 그런 시간이 다가왔다.

논쟁은 말했듯이 일어나지 않았다. 크리스타 T.는 어떤 논쟁을 생각했던 걸까? 물론 귄터의 이야기와 블라징의 이야기는 매우 달랐다. 블라징의 아내는 계속해서 그의 이야기를 고쳐주어야 했다. 우리는 드디어 그가 무슨 이야기로 자기 영향력을 행사하든 아무 상관이 없다는 걸 알아챘다. 사람들이 웃기만 하면, 그런 성공만으로도 충분했다.

이봐요. 크리스타 T.가 갑자기 말했다. 그러니까 귄터가 아니라 그녀 자신이었다. 이봐요, 블라징. 그건 전부 너무 오래전 이야기잖아요. 당신이 지금 해주는 이야기요. 자, 이제 우리에게 오늘 밤에 관해 이야기해 보세요. 우리에 대해서 말이에요.

그러자 블라징은 우선 술을 한 모금 쭉 들이켰다. 그리고 말했다. 그것보다 더 쉬운 게 어딨겠어. 옛날 옛적에….

그는 이 일을 그렇게 나쁘게 하지 않았다. 그는 우리 각자의 약점과 강점을 아주 잘 파악하고 있었다. 그는 수고를 아끼지 않았는데, 마지막에 가서야 그가 이 일을 오랫동안 준비해 왔고, 아마도 우리가 존재하기도 전에 이름표를 달아, 단지에 하나씩 집어넣었다는 사실을 깨달았다. 블라징은 그저 단지 뚜껑을 열기만 하면 되었다.

우리는 우리에 대해 모든 것을 알게 되었고, 아무도 옴짝달싹할 수 없었고, 반박의 여지도 없었다. 우리는 우리가 누구인지 파악했기에 더는 살아갈 이유조차 없는 듯했다. 블라징의 아내는 소비협동조합을 관리하며 세 자녀를 양육하고 있었는데, 그녀는 자기 남편이 노골적으로 자신을 죽이려 한다고 의심하고 있었다.

이 모든 건 그저 농담이었다. 왜 우리가 논쟁에 휘말려야겠는가! 최근에 블라징이 검은색 서류 폴더를 들고 있는 모습을 잠깐 상상해 봤다. 귄터였다면 그의 원고에 대해 분명 물어봤겠지. 그는 언제나 모든 이에게 그들의 일에 대해 적극적으로 물어본다. 그는 블라징이 건네는 원고를 읽어 봤을 테고, 그곳이 프리드리히가 한복판이라도 그들은 분명 언쟁하고도 남았을 것이다. 당시 1962년의 새해 전야 모임에서도 우리는 확신할 수 없었다. 블라징은 떠나고 나서, 그래서는 안 되었지만, 우리는 그에 대해 이야기했다. 우리는 그가 그토록 바라는 성공을 이룰 수 있을지 생각해 봤다. 귄터는 크리스타 T.와 다른 의견을 내놓았다.

크리스타 T.가 말했다. 블라징은 사기 치고 있는 거야. 오래가지 못해.

그는 모든 것을 확정하길 바라는 거야. 귄터가 말했다. 그거 말고는 할 수 있는 게 없어. 만약 그가 사람들 목을 베어야 한다면, 그래서 사람들 입을 다물게 할 수만 있다면…. 귄터는 더 이상 블라징에 대해 말을 이어가지 않았다.

그때 그녀, 크리스타 T.가 자신의 고민을 털어놓았다. 그때 딱 한 번뿐이었다. 우리는 피곤했고, 술도 마셨고 해가 밝아오면 새벽 3시에 들은 이야기는 잊는 게 자연스러웠다. 그녀는 확정되는 게 두렵다고 했다. 한때 "거기에 있던" 모든 것, 이 단어 표현 하나만으로는 다시 움직이게 하는 건 너무 어렵기 때문에 그전에 미리 내면에서 생성되는 동안 살아 있도록 노력해야 한다고 했다. 이는 끊임없이 창조되어야 한다.

그게 전부다. 끝나는 지점까지 가두어 둘 수도 없고, 그래서도 안 된다.

다만, 어떻게 그렇게 할 수 있을까?

19

한 해가 끝났다. 법은 효력을 발생한다. 우리에게 이로써 충분하다고 암시한다. 이제 우리는 법을 인정해야 한다. 단지 장면 하나가 있다. 떠올리기도 힘든 장면 하나가 있다.

쓴다는 것은, 위대함을 만드는 일이다.

그녀가 이렇게 말했던가? 내 기억이 나를 속이고 있는 건가? 모든 문장에는 발화 장소와 거기에 맞는 시간이 필요하다.

사소하고 자질구레한 일은, 그녀가 말한다. 저절로 해결되더라. 그렇다. 해가 떠오른다. 아침이 다가오는 걸 알고 있다. 담배 연기 냄새에 나는 눈을 뜬 게 분명하다. 눈을 뜨자, 책들이 가지런히 꽂힌 책장이 첫눈에 들어왔지만, 제대로 알아보지 못했다.

거기에 그녀가 빛바랜 목욕가운을 입고 유스투스의 서류로 가득한 접이식 책상에 앉아 글을 쓰고 있었다. '나'라고 말하는 거대한 희망 또는 어려움을 뛰어넘어서.

내가 일어났을 때, 그 종이가 바로 눈에 들어왔다. 하지만 지금은 사라지고 없다. 쓴다는 것은 위대함을 만드는 일이다. 그래, 그럴 수도 있다. 그녀가 그렇게 말한 건 아니고, 내가 그것을 읽은 거다.

내가 널 방해했니? 그녀가 말한다. 좀 더 자.

내가 진짜로 잠들었는지 믿고 싶지 않다. 나는 마치 평소에 꿈을 잊어버리듯, 이날 아침을 잊고 있었다. 그러다 내 앞에 아주 오랫동안 만들어지기를 바랐던 것이 너무나 명백하고 분명하게 눈앞에 나타나 나 자신이 의심스러울 정도였다.

그녀는 분명 동의할 거다.

그녀는 만들어진 허구의 위력을 알고 있기 때문이다. 그날 새해 아침에 그녀는 깨어 있고 나는 잠에 취해있을 때, 그녀가 이야기를 많이 했는지도 모르겠다. 하지만 나는 동요되지 않았다. 나는 단지 인내심과 자신에 대한 신념을 잃지 않는다면 여전히 많은 것을 돌이킬 수 있고 얻을 수도 있다는 생각에 안심하고 있었다. 모든 것이 잘 되리라는 막연한 신뢰감에 휩싸였다. 종이 위로 고개를 숙이고 있는 그녀의 얼굴이 낯설게 느껴졌다. 평상시에는 하지도 않을 말들을 비몽사몽간에 뱉어 버리듯, 나는 말했다. 그래, 그때랑 똑같은 얼굴이네. 나는 네가 입으로 나팔 소리 내는 걸 한 번 본 적 있어. 18년 전이네.

이상하다. 그녀가 알고 있는 것 같다.

우리가 처음 만난 이후부터 내가 지켜왔던 그녀의 비밀은 더 이상 비밀이 아니었다. 그녀의 가장 깊은 내면에서 꿈꿔왔던 것과 그녀가 오래전 시작하려 했던 것이 내 앞에 명백하게 드러났다. 의논할 필요도, 의심할 여지도 없었다. 지금 나는 우리가 그것을 언제나 알고 있던 것 같은 생각이 든다. 그녀가 거기에 특별히 신경 쓰지 않았고, 전혀 강조하지 않았을 뿐이다. 그녀의 오랜 망설임과 다양한 삶의 형태에 대한 시도와 여러 예술 분야를 향한 그녀의 손길은 볼 수 있는 눈만 있다면 같은 방향을 가리키고 있다는 걸 알 수 있었다. 아무것도 남지 않을 때까지, 가능한 것들을 모조리 시도했다는 걸 충분히 이해할 수 있었다.

그녀가 남긴 원고에서 나는 삼인칭으로 쓰인 작품을 읽었다. 그녀가 자기 자신과 하나가 되고자, 그녀가 이름을 붙이기 꺼린 **그녀**, 그녀는 **그녀**에게 어떤 이름을 붙여야 할까? 언제나 새롭게 거듭나야 하고, 새롭게 봐야 하는 걸 알고 있는 **그녀**, 그리고 그녀가 원하는 것을 할 줄 아는 **그녀**, 현재를 인식하면서 자신의 고유 법칙에 따라 살아갈 권리를 뺏기지 않는 **그녀**.

나는 삼인칭의 비밀을 이해한다. 손에 잡히지 않지만 언제나 존재하고 상황이 유리하면 일인칭인 '나'보다 더 많이 현실을 잡아당길 수 있다. 나를 드러내는 어려움을 뛰어넘을 수 있다.

내가 정말 잠이 들었던 걸까? 그녀가 그녀의 모든 모습으로 내 앞을 지나갔다. 그녀의 갑작스러운 변신 뒤에 숨은 의미를 깨닫는다. 어느 곳이든 그녀가 영원히 도착하는 것을 보고 싶다는 바람은 적합하지 않다. 아마 내가 비몽사몽하며 떠든 말이겠지. 어쨌든 그녀는 미소를 보이고 담배를 피우며 글을 쓴다.

나는 뭘 하든 시간이 오래 걸려. 그녀가 말을 더한다. 하지만 우리는 유스투스가 차 수리를 맡긴 마을 정비소에 있다. 반쯤 열린 문으로 바람이 휘몰아친다. 우리는 서로 동시에 어느 모퉁이에서 들려 오는 단조로운 망치질 소리와 울부짖는 듯한 바람 소리가 시간에 대해 나누고 있는 대화와 무슨 상관인지 묻고 있었다. 그녀가 여유 있게 사용할 만큼 시간이 넉넉하지 않기 때문이다. 갑자기 그녀가 한 번도 그랬던 적 없는 듯 확고해졌다. 우리가 생각 없이 흘려보낸 모든 시간을 되돌려 준다. 무엇 때문인지 우리가 알면 좋겠는데.

너는 알고 있어?

그녀가 미소를 보였다.

잠이나 자. 그녀가 말했다.

이제는 피곤하지 않다 우리는 마을 곳곳을 돌아다닌다. 붉은 벽돌의 길게 이어진 헛간들, 교회, 약국, 잡화점, 카페가 있다. 날은 저물고 공기는 차갑다. 우리는 병이 든 그물 가방을 들고 있었다. 지나가면서 눈에 들어오는 집들의 창문을 들여다본다. 그녀는 사람들이 어떻게 사는지 자세히 알고 있다. 그들은 지난 몇 년간 유행했던 아담하고 오색찬란한 램프의 희미한 불빛 아래 앉아 있다. 그녀는 그곳에서 사람들이 먹게 될 볶음 감자요리의 맛도 알고 있다. 그녀는 연휴를 앞두고 문 닫는 여성들이 무의식적으로 털어놓은 말도 이해한다. 그녀는 나에게 어디서도 일어나지 않지만, 이상하게 사실인 듯한 이야기를 들려준다. 이야기 등장인물들은 전깃불로 밝힌 크리스마스 장식 아래 모여 블랙 푸딩과 사우어크라우트를 먹는 가족의 이름을 하고 있다. 크리스타 T.는 부모와 어린 소년과 제법 큰 소녀의 매끈하고 평온한 얼굴 뒤에 이야기 속에서 실행할 수 있는 생각과 소망이 담겨 있다고 맹세한다.

글을 써보는 건 어때? 크리샨, 왜 안 쓰는 거지?

글쎄, 그녀가 말한다. 음…. 그러니까….

그녀는 불확실하고 부적절한 단어들을 두려워한다. 그것들이 재앙보다 더 무서운 해악, 즉 죽음의 재앙을 초래한다는 것을 알기 때문이다. 그녀는 삶이 말에 너무나 취약하다고 생각했다. 나는 코스티아의 편지에서 이 사실을 알 수 있었다. 그녀는 이에 대해 고백했던 게 틀림없다. 이제 그는 단어가 단순하게 존재하는 무책임한 영역을 떠났기 때문에 그걸 암시하고 있었다.

우리는 그녀의 아파트로 통하는 계단을 올랐고, 자물통에 열쇠를 넣고 돌려 문을 열자. 거실에서는 재즈 음악이, 주방에서는 어린 안나의 보드라운 노랫소리가 들려왔다. 크리스타 T.가 말한다. 나는 아마 이런저런 것을 하게 될 거야.

나는 유스투스에게 묻는다.

그렇지요. 그가 대답한다. 그녀는 소설의 줄거리를 말하는 겁니다. '호숫가를 거닐며'라고 제목을 붙였어요. 우리 집이 있는 호수 말입니다. 호숫가 주변에서 볼 수 있는 마을들과 그곳의 이야기가 주된 내용이에요. 그녀는 벌써 성당 사제관에 가서 주임 사제 기록부를 확인했거든요. 후손의 삶은 이야기의 배경에 대고 보면 더 잘 볼 수 있다지요. 농부들은 그녀에게 모든 걸 이야기 해주더라고요. 왜 그랬는지는 모르겠습니다. 당신이 농업 생산지구 무도회에서 그녀를 봤으면 좋았을 거요. 그녀가 자리를 뜨기 직전이었어요. 그녀는 한 번도 춤을 거절하지 않았어요. 휴식 시간에 자리에 앉아 농부들에게 그들의 이야기를 전부 알아냈지요. 이야기해 달라고 부탁할 필요도 없었습니다. 왜냐하면, 그들이 그녀에게 교회지기 힌리히센의 결혼식에 관해 이야기하자, 그들은 그녀가 그런 척하는 게 아니라 진짜로 웃다가 의자에서 떨어질 뻔했다는 걸 알아챘기 때문이에요. 메모는 그녀가 벌써 해두었을 거요. 분명 발견할 겁니다.

　나는 그걸 찾아내지 못했다. 그 이상했던 아침에 그녀가 내 눈앞에서 썼던 쪽지들, 그녀가 아이들에게 불려가고 내가 일어났을 때, 내가 눈여겨봤던 그 쪽지도 발견하지 못했다. 뒤이어 연결되는 글도 보지 못했다. 다만 문맥이 불분명한 몇 가지 문장이 눈에 들어왔다. '나'라고 말하기 어렵다는 이상한 문장 뒤에 '사실!'이라는 단어가 나왔다. 사실에 충실할 것 하지만 그 문장 속 괄호 안에는 이런 문장이 들어 있었다. *하지만 무엇이 사실인가?*

내면의 사건이 남긴 흔적. 이건 그녀의 의견이었다.

지금은 될링이라 불리는 게르트루트 보른이 말한다. 나는 알고 있어. 생각하면 할수록 그녀는 거기에 대해 더 확고해질 뿐이었어. 너는 그녀가 편파적이었다는 거 알지. 물론 그녀는 그랬어.

게르트루트 보른, 왜 그게 물론이야?

그때 그녀는 가장 단순한 것도 이해하지 못하는 사람을 보듯 나를 쳐다봤다. 일어난 모든 일이 어떻게 각자에게 사실이 될 수 있겠어? 그녀는 다른 사람들처럼 자신에게 맞는 사실을 골랐어. 그녀는 조용히 말했다. 게다가 그녀는 정직함에 거의 중독된 거처럼 집착했어.

세상에나! 블라징은 말한다. 그리고 손가락으로 위협적인 신호까지 해 보인다. 우리의 영원한 몽상가! 물론 자신이 그런 사람이었다. 새해 전야 우리가 모두 긴장을 풀고 멍하게 있던 새벽 2시에서 3시 사이, 그는 게임을 시작했다. 첫 번째 질문도 그가 던졌다. 인류 생존에 필수적인 것은 무엇인가? 모두 자신의 대답을 유스투스의 우유 생산 달성액 용지 뒷면에 쓰고, 그 종이를 접어서 자기 왼쪽 옆 사람에게 전달했다.

나는 그녀의 필체를 알지. 그래서 나중에는 그녀의 답변을 골라냈지. 양심이라고 쓰여 있던데. 상상력이 지나치군.

블라징은 손가락으로 그녀를 위협했다. 어쩌나, 그녀는 이걸 심각하게 받아들였지만, 자신의 답변에 대해 변호하고 싶지 않아 했다. 지구의 모든 에너지 원천이 오용되는 것은…. 아니다. 그녀는 논쟁도 하지 않았다. 누가 이런 거로 블라징에게 따지고 들겠는가?

귄터가 반박에 나선다. 우리와 함께 대학교 계단에 앉아 있던 귄터가 말한다. 밤이다. 보리수 향기가 난다. 여기 어디에 보리수나무가 있지? 질서는 끝내 혼란 상태가 되고 말았어. 질서가 조금만 더 있으면 좋겠는데. 내가 말한다. 그리고 통찰력도 조금만 더 있으면 좋겠지. 그때 그녀는 쉬고 있는 나를 보고는 다시 웃으며 진지하게 대답한다. 나도 그래.

누가 그런 말을 믿을 수 있겠어? 귄터가 걱정하듯 말한다. 어떤 점에서 블라징과 네가 같은 의견인지, 누가 알겠어! 그러자 그녀는 놀라워한다. 그건 그녀의 눈을 보면 알 수 있다.

이야기를 나누는 동안 그녀의 눈은 움푹 들어간다. 약간의 자아라고. 우리는 우리의 계단에 앉아 경멸하듯 말한다. 그 늙은 아담, 우리랑은 끝났어. 그녀는 침묵을 지키며 곰곰이 생각한다. 나는 그걸 이제야 알았다. 그녀가 어느 날 밤 전철이 천둥소리를 내며 지나가는 베를린의 우리 아파트 베란다에서 그녀가 무엇을 생각했는지 드디어 알게 될 때까지 수년의 시간이 필요했다. 나는 잘 모르겠어. 오해가 있을 거야. 우리 각자 다르게 변화시키려는 이 노력은 단지 우리가 다시 거기에서 벗어나기 위해서란 말인 거야?

나는 그걸 받아들일 수 없어. 나는 절대 믿고 싶지 않아. 사람들은 어떤 특정 분야에서 이건 진실이고 다른 건 아니라고 결정할 수 있어. 어느 순간 편의상 하나의 가설로서 인간의 선함을 믿기로 했던 거와 마찬가지야.

그녀는 그 후에 그녀의 학생들에 관해 이야기했다. 우리는 마르크스 엥겔스 광장에서 알레산더 광장까지 걸어갔다. 신문 가판대 앞에 서서 수백 명의 얼굴이 지나가는 것을 지켜봤고, 꽃 가판대에서는 마지막 남은 노란 수선화를 샀다. 우리는 봄에 취할 거야. 내가 말했다. 하지만 그녀는 자신은 냉정하게 자신이 무슨 말을 하는지 알고 있다고 내세웠다. 그녀는 대담하지만 한번도 경솔해 본 적 없는 허구에 대한 우리의 권리를 대변했다.

미리 생각하지 않으면 그건 현실이 되지 못하니까.

그녀는 현실을 중시했고, 그래서 현실에 기반한 변화의 시간을 사랑했다.

그녀는 새로운 의미를 위해 새로운 의식을 열어 놓고자 했다. 그녀의 학생들에게 그녀는 스스로 가치 있는 사람이 되라고 가르쳐 주고 싶어 했다. 나는 그녀가 한번은 침착함을 잃어버렸던 적이 있던 거로 기억한다. 한 학생이 눈을 동그랗게 뜨고 그녀를 빤히 보면서 순진하게 왜요? 하고 물었을 때다. 그녀는 언제나 되풀이해서 그 문제로 돌아갔다. 그녀가 말문이 막혔다는 사실에 오랫동안 힘들었다. 내가 자고 있던 그날 아침, 그녀가 종이쪽지에 "*목표, 충만, 기쁨, 표현하기 힘들다.*"라고 썼을 때도 그녀는 이걸 생각했던 게 아닐까.

연민과 후회보다 더 적합한 말은 없을 거다. 그녀는 살아남았다. 그녀는 온전히 거기에 존재했었다. 그녀는 언제나 제자리에 머무는 걸 두려워했다. 그녀는 자신의 열정이 보이는 다른 면을 원하게 될까 봐 초조했다. 이제 그녀는 나타난다. 성취하지 못한 것에 대해서도 초연하다. 왜냐하면 아직은 때가 아니라고 말할 힘을 갖고 있기 때문이다. 그녀가 여러 삶을 살았고 그걸 마음속에 간직해 승화한 것처럼, 그렇게 여러 시대를 살았다. 그 시대 속에서 그녀는 '현실의' 시대와 마찬가지로 부분적으로 알려지지 않은 채 살았다. 그리고 한 시대에 불가능했던 것이 다른 시대에 이루어졌다. 그녀의 여러 시대를, 그녀는 유쾌하게 우리들의 시대라고 말했다.

쓰는 것은 위대함을 만들어 낸다. 우리 온 힘을 다해 보자. 그 시대를 위대한 것으로 바라보자. 사람은 할 수 있는 것만 원한다. 그녀의 깊고 지속적인 바람은 그녀의 작품을 비밀로 보장하는 것이다. *절대 끝나지 않는 이 기나긴 여정은 우리 자신에게 도달한다.*

'나'를 드러내는 어려움.

내가 그녀를 창작해야 한다면, 나는 그녀를 다르게 바꾸지 않을 것이다. 나는 그녀가 다른 사람과 달리 의식적으로 선택한 우리 사이에서 그녀를 살게 할 거다. 해가 떠오르는 새벽녘 그녀 마음에 남아 있는 일상의 현실적인 경험을 책상에 앉아 쓰라고 할 거다. 아이들이 부르면 그녀를 일어나게 하겠지. 그녀가 언제나 느끼는 삶의 갈증이 없어지지는 않을 거다. 필요하다면 그녀의 힘이 세지고 있다는 자신감을 줄 거다. 그녀에게 더는 필요하지 않겠지. 그녀에게 중요한 사람들을 그녀 주변으로 불러올 거다. 그녀가 우리에게 남겨 놓고자 했던 약간의 원고를 완성하도록 할 거다. 이 모든 게 착각이 아니라면, 그녀의 원고는 지구의 땅껍질이나 지구의 산소 보호막보다 뚫고 들어가기 어려운 가장 깊은 심연, 모든 인간이 안전하게 스스로 감시하고 보호하는 깊고 깊은 내면에서 온 메시지였을 거다.

나는 그렇게 그녀를 살게 두었을 텐데.

그날 아침처럼 언제나 내 옆에서 그녀가 책상에 앉아 있는 걸 볼 수 있게, 찻주전자를 가지고 들어온 유스투스 옆에, 자기들이 가장 좋아하는 과자가 접시에 놓여 있어 말도 못 하게 기뻐하는 아이들 옆에 앉을 수 있게.

해가 하늘로 떠올랐다. 붉고도 차갑다. 눈이 쌓여 있다. 우리는 여유 있게 아침을 했다. 더 있다가 가. 크리스타 T.가 말했다. 하지만 우리는 출발했다.

내가 우리를 작품으로 만들 수 있다면, 나는 우리에게 시간을 주었을 텐데.

20

그렇다, 죽음이다. 1년의 세월이 필요했고, 그렇게 끝이 난다. 죽음은 가능했던 모든 것을 완성했다. 의심할 여지도 없고 확정을 부인하지도 않는다. 죽음은 확정적이어야 한다. 그래서 죽음에 대해 할 이야기는 별로 없다.

그렇기에 우리는 죽어가고 있는 그 상태에 관해서만 이야기해야 한다.

그녀의 피로감은 처음에는 잘 모르다가 나중에는 분노가 치밀 정도로 늘었다. 어떻게 할 수 없을 정도로 피곤해. 크리스타 T.가 말했다. 의사는 그녀에게 강장제를 건넸다.

죽을 만치 피곤해. 기진맥진이야. 이제 나 벌써 계단도 못 오르겠어. '벌써' 라니 무슨 말이야? 우리가 이사하려는 바로 지금…. 아니, 도대체 뭐야, 바로 지금이라니?

어느 날 아침, 그녀는 의식을 잃고 쓰러진다. 유스투스는 나무 상자 위 벽에 기댄 채 쓰러진 그녀를 발견한다. 3월, 그들이 새집으로 이사 가기 2주 전이었다.

너무 늦었습니다. 병원의 첫 번째 진단이었다. 헤모글로빈 수치가 평균 이하로 위험한 단계까지 떨어져 있었다. 여기에 대해 우리는 너무나 무력했다.

수혈 후 희미하게나마 의식이 돌아왔다. 그녀는 자신이 어디론가 가고 있다고 생각했던 것 같다.

어디 가는 거야? 그녀는 힘없이 물었다. 경계선을 넘어 그녀가 머무는 곳에서는 다른 법칙이 통한다. 사람들이 부드러운 목소리로 선의의 거짓말을 한다.

걱정하지 마, 크리샨. 여기 산부인과야. 다 좋아질 거야.

그녀는 웃을 수 없지만, 그래도 반응을 보이고 싶어 한다. 그녀는 무력했지만, 타인에 대해 배려하지 못할 정도는 아니다.

난 할 수 있어. 그녀가 말한다. 그러고는 다시 의식을 잃는다.

산부인과에서 그녀의 상태에 대해 소식을 보내왔다. 그녀는 임종실로 옮겨졌다. 어떡해…. 간호사가 말한다. 이렇게 젊은 여성이, 이런 상태로…….

그녀가 1년이 지나 죽었을 때, 그녀는 임종실로 가지 않았다. 유스투스는 그녀가 다시 의식을 차리면 그 방을 알아볼 수 있을 거라고 했다. 그들은 그녀 침대 주위에 가림막을 설치했다.

그녀는 처음부터 두려워하지 않았다. 위험을 알아차릴 기력조차 남아 있지 않았다. "죽음의 위험 속에 떠다닌다."라는 말은 적절하다. 그 영역에 머무는 걸 붕 떠 있는 상태로 상상할 수밖에 없다. 죽음의 그림자도 존재할 것이다. '그곳'은 빛, 모양, 소리, 냄새가 극도로 불확실하다. 보이지도 들리지도 않지만, 고통과 두려움도 함께 사라진다. 경계가 모호해진다. 본래의 윤곽이 마치 꿈속에서 그런 것처럼 길게 늘어나는 것 같다. 사람이 배경과 뚜렷하게 구별되지 않는다. 내적 융합이 시작된다. 느낌의 구성요소가 교환되기 시작한다. 사람이 느낄 수 있고, 막연한 기억으로 남은 요소들의 교환이다. 이상하게도 설레고, 완전히 낯설지 않은 요소들의 교환이다. 어떻게 해석해야 할까? 이런 추억은 계속되지도 않고, 분명 두려움을 주지도 않을 것이다.

두려움은 의식과 함께 충격으로 다가온다. 제가 많이 아픈가 봐요? 깨어나 간호사에게 물어볼 수 있다. 그녀는 의심 없이 반박할 게 틀림없다. 아니, 왜요, 도대체 왜요. 뭔가 단단히 잘못된 것에요!

하지만 그녀는 이의를 달지 않는다. 그저 이렇게만 말한다. 가끔 기적이 일어나요. 제가 여기 있으면서 벌써 여러 번 목격했어요.

그러자 의사들이 그녀 침대에 빙 둘러선다. 의사들은 환자 의식이 흐릿하다고 너무 확신한 나머지 라틴어 의학용어를 주고받으며 환자가 들어서는 안 될 단어를 사용한다. 백혈병.

그거예요? 선생님, 제발 진실을 말해 주세요. 저는 진실을 알고 싶어요.

어디서 그런, 도대체 무슨 말씀이에요!

만약 진실이 눈에 보이는 모습대로라며, 거기에 집착하지 않는다. 하지만 그녀는 사람들이 지나치게 장황하더라도 쉽게 설명해 주기를 기대한다. 모든 질병의 위험한 변종과 무해한 변형에 대해, 처음에는 매우 난폭해도 이후에 이성적으로 설명되어서, 추적하고, 엿보고, 속여서, 분별 있게 끌고 갈 수 있는, 마치 인간 같은 그런 질병들에 대해서 말이다. 그렇다. 사실 질병은 인간적인 면이 있다. 이런 병들을 얕잡아 보면 스스로 바보가 된다. 우리는 이 병을 잘 알고 있습니다. 환우

님의 헤모글로빈 상태를 보세요. 저희는 그 수치를 주시하고 있습니다. 물론 아직 병세가 강하기도 하고 오래 갈 거 같기는 한데, 그래도 이제는 더 나빠지지 않을 겁니다. 저희가 확실히 통제하고 있지요. 그리고 환자분이 잘 하고 있어요.

크리스타 T.는 냉정하게 생각한다. 마지막 남은 정직함. 이제야 그녀는 그것이 무엇인지 안다. 그녀는 살고자 하는 바람보다 더 확실하게 아는 것이 없다. 이제 그녀가 다시 "제정신으로 돌아왔기" 때문이다. 이는 의문을 제기할 수 없는 어떤 영역에서 전달된 명령이다. 이와 같은 영역에서 전달된 살고자 하는 결심은 의심할 것 없이 죽음에 대한 극강의 공포로서 다가왔다. 막다른 골목에 서 있는 두려움. 이것이 너무나 음산하게 느껴지는 밤이다. 살고 싶다. 하지만 "나"는 죽어야 한다. 그뿐만 아니라 사라져 없어질 거다. 언젠가. 몇 년 후에, 몇십 년 후가 아니라, 결코 그런 게 아니라, 바로, 벌써 내일일 수도 있고 지금 당장일 수도 있다.

언젠가 그녀가 거기에 대해 얼핏 이야기를 꺼낸 적이 있었다. 우리가 그녀를 마지막으로 봤던 7월의 어느 날 밤이었다. 나는 그녀가 "늙어 버렸다"라고 말했던 그녀의 변한 모습에 놀랐고, 같이 수영하고 원형 테이블에 앉아 점심을 먹었기도 했다. 그때는 이미 새집으로 이사한 지 몇 주일이 지났었고, 매일 아이가 곧 세상에 나올 날을 손으로 꼽아 기다리던 때였다. 그녀는 병원에서 보냈던 처음 며칠이 반복되리라 기대하지 않았는지, 우리가 온종일 침묵했던 이야기를 꺼내기 시작했다. 그는 두려움을 두려움이라 말하지 않고 충격이라고 불렀다. 고독이라고도 했다. 보조 이름으로 불렀다. 마치 그녀가 인정하고 있는 금기인 것처럼 '두려움'이 이제는 영원히 '죽음'을 뜻하는 또 다른 단어처럼 대했다. 그녀는 죽음에 대항하는 것과 두려움에 대항하는 일이 같다는 걸 경험했을 것이다. 그녀는 그 7월의 어느 밤에 우리에게 스쳐 지나가는 듯한 말로 그 상태를 매우 터무니없고 부당하고 모욕적이라 표현했다. 존엄도 없고 무가치해 견딜 수 없다고도 했다. 아마 속임수와 구원은 이런 경우에 같은 맥락이라 고백했던 것 같다. 그녀는 의식적으로 속임수를 구원으로 받아들였고, 자신을 속이면서 살았던 것 같다.

 타협의 제안이 끊이지 않았다. 내 말을 믿어봐요. 서른 살이면 중요한 건 다 해봤을 나이죠. 제 말을 믿으세요. 솔직한 태도를 보이는 젊은 의사는 적군의 협상자로 그렇게 말한다. 그는 자기 머리를 "상대 진영"의 공범으로 만들었다. 적군의 제안을 받아들이고 이 사흘 동안 힘든 낮과 밤을 보내고 나서 적군의 지역에서 "빠져나온다." 그리고 한숨 돌린다. 그렇게 타협한 대가는 자신이 잃어버리고 포기한 가치보다 언제나 못 미친다.

아니에요, 선생님. 선생님이 뭘 원하는지 저는 알아요. 하지만 저는요, 다르다고요. 제게 가장 중요한 일이 아직 제 앞에 있다고요. 그건 어떻게 말씀하시겠어요?

적은 자신의 협상자를 퇴각시킨다. 그때 그는 깃발을 휘날리며 투항한다. 사실 제 진심은 아니고요, 그저 해 본 소리입니다. 물론 환자분 말이 맞아요. 분명 해낼 겁니다. 두고 봅시다. 틀림없이 해내고 말고요.

당신은 뱃속의 아기를 지킬 수 있어. 유스투스가 말한다. 그게 얼마나 긍정적인 신호인지 알고 있지?

아이라고요? 여의사가 말했다. 저는 지금이라도 당장 수술을 감행하기만을 기다리고 있는데요.

당신은 할 수 있어. 유스투스가 말한다. 말도 안 되는 소리, 신경 쓰지 마. 당신은 꼭 해내고 말 거야.

그 후 사람들이 그녀를 임종실로 옮겨갔다. 간호사의 행동 하나하나가 조금 과장되기는 했지만, 승전가였다. 기적, 바로 기적이 일어났다. 사람들은 간호사의 기쁨을 방해하지 않는다. 간호사는 아주 오랫동안 영광스러운 기적을 본 적이 없기 때문이다. 기적의 당사자는 기적의 화려한 은총을 기다린다. 기적(Wunder)과 상처(Wunde)가 한 끗 차이라는 걸 느끼고 자신이 치른 대가로 사람들이 과도하게 기뻐하는 것에 사실상 찬성할 수 없지만, 스스로 벌써 자신의 기적이 제대로 기능하려면, 자신이 책임져야 하는 걸 이해한다.

그들은 기적의 당사자를 다시 데려왔다. 소통이 다시 가능해진다. 이제 몸을 벽 쪽으로 돌리고, 마치 자신에게 무엇이 중요한지 혼자 구분할 수 있다는 듯 아는 체하는 미소 지을 권리가 없다. 죽음에 대한 두려움을 빠르게 밀어내야 한다. 무엇보다 비밀스러운 저항을 암시하는 불신부터 멈춰야 한다. 이제 알기 시작했던 것은, 그것이 내면에서 올라왔을지라도, 잊어야 한다. 이런 생각을 하는 사람들 사이로 갈 수 없다. 거기에서 벗어난 다음이라면 뒤도 돌아보지 말아야 한다.

나를 너무 지치게 했지. 사람들은 뒤돌아보며 말하겠지. 누구나 고개를 끄덕이며 수긍한다. 하지만 그녀가 무슨 말을 하는지는 아무도 모른다. 넌 정말 해냈어. 이것 좀 봐. 누군가 이렇게 말하면 그녀는 시선을 아래로 내리는 습관이 있다. 그녀는 자신과 분리되는 경험을 부끄럽게 여긴다. 모든 것을 아무 때나 "해내는" 것이 아니기 때문이다.

무슨 일이야? 사람들이 그녀에 물을 수도 있다. 몇 주 후 그녀는 침대에 몸을 던지고 펑펑 울었다.

아무것도 아니야. 그냥 내가 너무 약해진 거야.

그녀는 이 일이 자신에게는 너무 안타까운 일이었다는 것을 안다. 그녀는 자기 자신을 존중했고, 그녀에게 맞수를 걸어온 그 힘도 존중했다. 이 둘은 서로 비교했다. 이 둘의 힘은 막상막하로 결과는 불확실하다.

그녀는 여러 서적을 찾아 자신의 병에 붙은 이름을 찾아냈고, 평소와 너무 다르게 나에게 편지를 써 보냈다. 그녀는 순수 적혈구 형성 부전증이라고 썼다. 그리고 이 질병의 결말은 언제나 죽음이라고 했다. 아니, 내가 너에게 또다시 멋지게 말해야 하나? 그래, 그렇지 않다면 누구에게 그러겠니…. 괜히 찾았어. 바보 같이…….

하지만 확실성이라는 기반에 기만이 쌓여가고, 우리는 그녀와 우리 안의 기만을 키우느라 최선을 다했다. 만약 기만이 희망과 비슷한 말이었다면, 그렇게 또 할 것이다. 희한하게도 우리는 우리가 알고 있는 것을 믿어서는 안 되었다. 유스투스가 나에게 그걸 증명해 보였다. 그는 '불치'라는 말을 꺼냈지만, 다시 잊어버렸다고 인정했다. 사람은 어리석고 사악하고 무의미한 우연의 일치를 품고 살아갈 수는 없다.

크리스타 T.가 집으로 돌아왔고 그녀가 없는 사이 새집 이사는 끝이 나 있었다. 그녀는 커튼을 걸고, 살림을 정리하고, 텃밭을 만들기 시작했다.

유스투스가 사냥 나가는 밤이면 그녀는 가끔 혼자 앉아 있었다.

밖은 온갖 거위 울음소리로 가득했다. 가끔 어쩌다 그녀는 편지를 썼고, 책을 읽거나, 음악을 들었다. 달이 호수 위로 높이 떠 올랐다. 그녀는 창가에 한참을 서서 물에 비친 달을 바라봤다. 아이가 태동을 시작했다. 그녀는 고요한 미래와 아이의 출생과 아이의 삶을 그려보기도 했다. 그녀는 아이가 태어나기도 전에, 자신이 왜 다른 아이들을 낳을 때보다 더 강렬하게 아이에 대한 모든 것을 상상했는지 알고 있다. 그녀가, 사람이 이 세상에 존재하는 것 자체가 그녀에게는 너무나 아름다운 일이었다. 그녀가 원할 때면 손을 들어 머리를 쓸어 넘기는 일조차 아름답게 느껴졌다. 그녀가 꿈꿨던 대로 밤의 호수를 눈앞에 두고 집 안에 서 있는 것도 아름다웠다. 혹시 지금 꿈을 꾸고 있는 건 아닐까? 아니면 한참 뒤에 이 밤을 회상했었나? 과거에 있던 일과 절대로 일어나지 않을 일이 한데 섞여 이 밤을 만들어 냈다. 너무나 당연하게 이해하기 쉽고 현실적이다. 슬퍼할 것도, 후회할 것도 없었다.

그녀는 서 있다. 나중에 아무도 기억하지 못할 자신을 기억하고 있다는 사실을 깨달았다. 이후에 어떤 사람도 그녀를 그런 모습으로 기억하지 못할 거다. 이런 거구나. 그녀는 새삼 놀랐다. 이럴 수도 있는 거구나.

이제 이야기를 조금 간단하게 해 보자.

태중의 아기는 딸이었고, 가을에 건강하게 태어났다. 나는 크리스타 T.가 아이 건강을 은근히 걱정했지만, 다행히 안도감을 느꼈을 거라 믿었다. 그녀는 아이를 일종의 담보, 바로 삶에 대한 담보로 생각했다. 이제부터 다시 믿고 의지하고 싶은 오랜 동맹 계약을 갱신하고자 했다. 그녀가 다시 쓰러졌을 때, 그녀는 배신감을 느꼈다.

그녀가 차를 타고 아이들을 돌아본 표정은 작별 인사였을 거라 전해진다. 되풀이되어서는 안 되는 것이 되풀이된다. 반복, 다시 주고 다시 가져간다. 이 단어들은 모두 이중적이다. 이 세상의 의미와 저세상의 의미가 담겨 있다. 그녀는 점점 말이 없어져서, 첫 번째 병원에 실려 왔을 때보다 질문도 줄었다. 요청하지 않았는데도 그녀는 더 많은 격려를 받았다. 당신은 이겨낼 거예요. 당신은 할 수 있어요. 당신도 알고 있죠. 그녀는 자신의 침대에서 보이는 황금빛 성당의 첨탑을 물끄러미 바라본다. 너무 오래다 싶으며, 다시 책을 집어 편다. 그녀는 미친 듯이 책 속으로 빠져든다. 표현과 문구를 적어두는 습관을 다시 들인다. 그녀의 메모장에 적힌 마지막 글은 시 한 편이다.

왜 그토록 사악하게 괴롭히는가?
이곳은 다시 되풀이되지 않을지니
낯선 영혼이 되어
이방인이 되어 곁으로 다가가니….

드디어! 메모장 여백에 이렇게 쓰여 있다. 이는 지금은 죽지 않는다는 의미였다. 그녀가 그토록 고통스럽게 그리워한 건, 우리가 우리 자신을 바라보는 일이었다. 그녀는 자신의 시간이 어떻게 흘러가는지 분명히 느끼고 있었지만 그래도 스스로 이렇게 말해야 했다. 나는 너무 일찍 태어났어. 그녀는 사람들이 이 질병으로 더는 삶과 이별하지 않을 거라는 걸 알고 있다.

약이 다시 효과를 내는 듯 보였다. 그녀는 허기를 느꼈다. 그녀는 어린 자녀들이 보살핌을 잘 받는지 신경 썼다. 그녀는 나에게 쓰고 있다.

너희들의 일상에 대해 많이 알게 돼서 정말 기뻐. 시간이 허락하기만 한다면…….

수혈 횟수도 점점 잦아지고 수혈 시간도 길어지고 있었다. 이걸 알아챈 그녀는 낯설고 건강한 피가 수혈 병에서 한 방울씩 떨어져 자기 팔로 들어가는 것을 보고, 자기 혈액에 파괴적인 백혈구를 생산하는 그녀의 골수를 저지할 힘은 이 세상 어디에도 없다고 생각했다. 너무 이른 시대에 살았다고 생각했는지도 모른다. 하지만 누구도 자기 시대와 다른 시대에 태어나고 죽기를 바랄 수는 없다. 시대의 진정한 기쁨과 진정한 고뇌를 함께 하는 것 말고는 더 바랄 수 있는 것은 없다. 어쩌면 이것이 그녀의 마지막 소원이었을 것이고, 이 소원으로 삶에 집착했을 것이다. 마지막 순간까지도.

상황이 예상치 못하게 급하게 돌아갔다. 혈액 수치가 하루아침 사이에 급격히 떨어졌다. 마치 어떤 힘이 갑자기 소진

된 듯, 또는 어떤 인내심이 더는 버틸 수 없는 것 같았다. 검사지를 손에 들고 있던 여의사는 생을 다한 어느 여자의 침대 옆에 자신이 서 있다는 것을 알아챘다. 그녀는 복도에서 만난 유스투스에게 언제든 자신을 찾아오라고 말했다. 언제든지요. 저희가 의료적으로 할 수 있는 게 더는 없습니다. 지금 부인께 무슨 일이 일어나고 있는지 파악이 잘 안 됩니다. 여기 적힌 것 말고는 모르겠습니다. 시간이 얼마 남지 않았습니다. 그녀는 손을 내리고 돌아섰다.

피할 수 없는 변화는 빠르게 진행된다. 고열과 통증이 따라왔다. 그녀는 마취제를 투여받았다. 그녀가 깨어났을 때, 옆에 유스투스가 있었다. 그녀는 더는 질문하지 않았다. 그녀는 다시는 아이들에 관해 묻지도 않았다. 그들은 천천히 조용하게 상관없는 일들에 관해 이야기하다가 멈췄다. 그녀는 여전히 그를 바라고 있고, 여전히 그를 알아본다. 하지만 의식이 흔들린다. 먼저 미소가 사라지고, 고통을 제외한 모든 표정이 사라진다. 그녀는 한 조각씩 사라져 간다. 무엇인가 그녀를 되찾아 왔다. 마지막 경직이 시작되기 전, 가장 먼저 무관심이, 그리고 엄숙함이 찾아왔다. 이중 의미도 어떤 일치감도 없다. 마지막으로 그녀는 무언가 말하려 했지만, 끝내 하지 못한다. 그녀는 2월의 어느 날 새벽 세상과 이별했다.

땅은 얼어붙었고, 대지는 눈으로 덮여 있었다. 사람들은 그녀의 묘지까지 삽으로 눈을 치워 길을 냈고, 곡괭이로 묫자리를 파야 했다. 그녀가 묻힐 때, 나는 거기에 없었다. 내가 묘지를 찾아갔을 때는 여름이었다. 그녀의 묘지 머리맡에는 서양 보리수가 자라고 있었다. 하늘은 티 없이 맑고 푸른 부드러운 빛이었다. 그 빛깔은 나를 기절시킬 듯 심장을 파고들었다. 내가 청록빛 호수를 들여다볼 때 크리스타 T.가 말했었다. 하늘빛이랑 똑같지.

언덕을 오를 때면, 그녀는 아이처럼 신발을 벗었다. 그녀는 맨발로 억세고 빽빽한 풀을 헤치며 걸어갔다. 그녀의 허리에 매달린 샌들이 이리저리 흔들린다. 그녀는 호숫가 주변의 모든 식물을 채집하려 허리를 굽히기도 한다. 은빛의 엉겅퀴를 발견하고는 신나 한다. 우리는 모두 몸을 돌려야 한다. 이곳은 그녀 집의 갈대 지붕이 환히 내려다볼 수 있게 탁 트여 있기 때문이다. 집이 정말 좋은 곳에 있어. 그녀는 흡족하게 말한다. 위치가 정말 좋지.

그날 밤 그녀는 이상한 꿈을 꾸었다. 전혀 모르는 어떤 낡은 건물인데 내가 계속 계단을 오르고 있더라고. 자꾸 위로

가는 거야. 그러다 지붕 밑까지 갔어. 또 넓은 마루가 나왔는데, 알 것 같기도 하고 모를 것 같기도 했어. 그런데 문도 없는데, 문 개폐장치가 달려 있더라고. 격자 칸막이벽도 있었고. 그 뒤에 소년들의 갈색 모자가 놓여 있더라. 밍크에 가죽으로 된 모자였어. 그러더니 나이 많은 한 남자가 다리를 절뚝거리며 오더라고. 나는 그 사람을 모르는데, 얼핏 학교 사환이라는 느낌이 들었어. 그 순간 격자 칸막이 뒤에 옛날 우리 반 학생들이 있다는 생각이 들더라. 그래서 내가 여기 왔다고 했지. 아이들을 다시 본다니까 얼마나 기쁘던지 학생들 이름도 생각나더라.

내가 꽤 오랫동안 아팠나 봐. 쉬는 시간까지 기다렸다가 아이들이랑 전시회에 같이 가야겠다고 생각했는데, 그때 갑자기 내가 학생들만큼 젊지 않다는 생각이 들었어. 나 그사이에 확 늙어 버린 거 있지. 젊은 기분이 한순간 사라졌어. 영원히 사라진 거지. 모자들은 여전히 거기 있지만, 나는 뭔가 분명해지더라고. 나만 학생들을 기억하고 있던 거야. 우리가 정말 젊었을 때, 그 모자들이 놓인 걸 결코 본 적이 없었는데……. 더 이상했던 건, 내가 느꼈던 고통이 동시에 나를 행복하게 만들었다는 거야.

우리는 아직 완성되지 않은 아담한 여름 별장 집터 옆 솔방울이 달린 전나무 그늘 속에 누워 하늘을 보고 있다. 하늘을 한참 바라보면, 하늘이 마치 점점 우리를 향해 내려앉는 것 같다. 오직 어린아이들의 소리만이 하늘을 다시 끌어올린다. 땅의 온기가 우리 몸속으로 스며들어, 우리의 온기와 하나가 된다. 가끔 우리는 이야기를 나누기도 했지만, 그것도 잠시, 나중에 우리가 서로 무슨 말을 할지 예감만 할 뿐이다. 말도 자기만의 시간이 있기에, 필요하다고 해서 미래에서 끌어낼 수는 없다. 언젠가 그런 말들이 오갈 것을 알기만 해도 대단하게 의미 있다.

두어 시간 후 우리는 헤어질 거다. 그녀는 길에서 따온 붉은 양귀비꽃을 나에게 건네겠지. 이 꽃은 오래가지 않는데, 그래도 괜찮지? 물론, 괜찮지. 그녀는 길에 나와 서서 작별 인사를 한다. 아마 우리 다시 만날 수도 있고, 아닐 수도 있겠지. 이제 우리는 웃으며 손을 흔들어야 한다.

크리스타 T.는 내 뒤에 남아 있다.

어느 날 사람들이 그녀가 누구였는지, 그녀가 누구를 잊었는지 알고 싶어질 거다. 그녀가 보고 싶어질 거다. 그녀는 이걸 이해하겠지. 슬픔이 결코 떠난 적 없던 별다른 사람이 정말 이 세상에 존재했었는지 의문스러워지겠지. 그래서 그녀는 떠올라야 한다. 언젠가는 모든 의구심을 잠재우고 모두가 그녀를 볼 수 있도록.

지금이 아니라면, 언제란 말인가?

크리스타 T.에 대한 추억

1판 1쇄 2025년 6월 25일
ISBN 979-11-92667-76-8 (03850)

저자 크리스타 볼프
번역 양혜영
편집 김효진
교정 이수정
제작 재영 P&B
디자인 우주상자
펴낸곳 마르코폴로
등록 제2021-000005호
주소 세종시 다솜1로9
이메일 laissez@gmail.com
페이스북 www.facebook.com/marco.polo.livre

책 값은 뒤표지에 있습니다. 잘못된 책은 교환하여 드립니다.